第六卷

景梅九 石头记真谛

方豪 红楼梦新考

近代稀见旧版文献再造丛书

民国紅學要籍汇刊

（影印本）

王振良 编

南開大學出版社

目录

景梅九《石头记真谛》

景梅九，名定成，字梅九，笔名老梅、灭奴又一人，晚号无碍居士。山西安邑（今属运城市区）人。留日期间加入中国同盟会，担任山西分会评议部部长。宣统三年在北京编辑出版《国风日报》。辛亥革命太原光复后，任山西军政府政事部部长。一九一六年袁世凯称帝时，草拟《讨袁世凯檄文》，义正词严，国人争诵，被推为『讨袁檄中第一文字』。一九二三年在广州参加中国国民党改组会议，拥护联俄、联共、扶助农工三大政策。一九三〇年后，拒绝南京国民政府高官厚禄，息影家园，纂修《安邑县志》。一九三四年受杨虎城礼聘，创办国学社并编印《出路》杂志，宣传抗日救国。著辛亥回忆录《罪案》。还翻译过但丁长诗《神曲》、托尔斯泰剧本《救赎》和泰戈尔小说《家庭与世界》等。

《石头记真谛》，景梅九著，本书线装两册两卷，铅字排印，凡二二六叶（上卷八十二叶，下卷一四四叶）。西安西京出路社发行，校正者张天放，中华民国二十三年九月出版。首有张继《〈红楼梦真谛〉序》、作者代序《答友人询〈红楼梦真谛〉书》和王婆楞《〈石头记真谛〉序》，另有张继之题签。每卷各附『正误表』一纸。卷上冠首为总论性之《〈石头记真谛〉纲要》，其他包括《叙论》《先论命名》《次论薛林取姓》《次论汉满明清》《再专论宝玉》《论书中诗词》《论著者思想》《附录》《别录》《杂评》《杂录》等内容。卷下包括《评王》《评邓》两部分，分别评述王梦阮《红楼梦索隐》和邓狂言《红楼梦释真》。书前《代序·答友人询〈红楼梦真谛〉书》中阐明著书旨意，认为《红楼梦》『原著者亡国悲恨难堪，而一腔红泪倾出双眸』，是一部隐叙『明清兴废』和『亡国之痛』的激愤之作，因而兼容了索隐派种种旧说。同时又受到当时社会民主思潮的影响，认为《红楼梦》作者有一定的『平民精神』。出版后，有一定的社会影响。

石頭記眞諦

卷上

景梅九先生著

紅樓夢真諦

張繼題

石頭記眞諦目錄

紅樓夢眞諦序一

章回小說原由宋時平話演變而來平話最著者爲宣和遺事乃宋金之際有心人藉當時比較通俗之文言以寫亡國之慘痛與恢復之意志而昭示於天下後世者也今觀吾友景梅九君所著紅樓夢眞諦乃知紅書亦遺事之流亞惟遺事乃明寫南宋時忘仇避狄之情勢而紅書則隱寫明淸間興亡眞僞之痕跡又假借兒女閨房之私以發揮傷時感世之深心篇中表示眷念祖國鄙棄僞庭之處均可忖度而得故眞諦一名忖眞云攷近年來紅書索隱釋眞諸作較之專以文字評註者爲長而仍不免失之於疏略浮泛都不逮眞諦之精詳確切洋洋十萬言獨爲警徹絕倫也予則尤服其綱要中用春秋託始于隱公之說嘗謂我中華民族文化所以能維持彰著於天壤間而永久弗墜者皆孔子作春秋張三世大一統攘夷狄尊中

夏之功也紅書著者乃能竊取春秋之義先寫滿淸用夷變夏之謬畢終標福善禍淫之正論雖以史湘雲獲小麒麟自擬爲小春秋然亦自負不淺矣吾友知人論世之功更不在原作者之下眞諦未篇論著者之思想所謂熟處難忘學人本色但仍切實推論不爲附會之辭以是敢斷言本書出世影響之鉅效力之廣必有出人意表者是爲序

中華民國二十三年夏滄洲張繼撰

代序二

答友人詢紅樓夢眞諦書

承詢鄙著紅樓夢眞諦意旨如何以及有問世必要與否頗覺有感于鄙懷敢爲吾友道之我國歷來學人甚鄙薄一切說部致不許列入著作之林最近歐風東漸始有人提高說部價值然多注意新著對舊著仍未置重推于紅樓夢則略異一般新文學家亦不肯輕輕放過因而有索隱考証辨証釋眞抉隱等作以爲之剖判其要略但求一足曝露原書眞諦而無餘蘊者終未有也此鄙人所以不揣顓蒙而思一揭其奧秘以快閱者之心目本著最初意旨不過耳耳及追尋著者之思想又發見原書關係乎民精神之點覺其符合最新社會學說能超過馬格斯一派議論不禁通身快活爲之發揮略盡自擬爲圖窮匕首實出乎最初意旨之表且感得最初意旨無大影

響於世道人心有深悔從前錯用心之慨喟乃不意邇來強寇侵凌禍迫亡國種族隱痛突激心潮湧誦滿紙荒唐言一把酸辛淚都云作者癡誰解其中味以及說到酸辛處荒唐愈可悲由來同一夢休笑世人癡兩絕句頓覺原著者亡國悲恨難堪而一腔紅淚傾出雙眸矣蓋荒者亡也唐者中國也荒唐者即亡國之謂人世之酸辛莫甚于亡國夢裏不知身是客一晌貪歡似不覺亡國之可悲及至喚醒癡夢始知大好河山與我長別剪不斷理還亂是離愁別是一般滋味在心頭矣　此非黛玉葬花時節之癡想之悲情歟儂今葬花人笑癡他年葬儂知是誰亡國之人眞不知身死何所瓜分耶共管耶印度耶南洋耶高麗耶波蘭耶我有宮室他人是保我有車馬他人是愉人爲刀俎我爲魚肉人爲鞭笞我爲奴類前日戲言身後事今朝都到眼前來昔者惟我獨尊今則寄人籬下矣平素心比天

高一旦身爲下賤矣將如金寡婦之忍辱乎抑如劉老老之諂事耶將如林四娘之殉義乎抑如花襲人之惜死耶將如柳湘蓮之肆志乎抑如包勇焦大之屈身耶將如尤三姐之烈性乎抑如尤二姐之柔情耶將如邢岫煙之沉默乎抑如晴雯之暴露耶將如林黛玉之孤高乎抑如薛寶釵之圓滑耶將如薛寶琴之和順乎抑如夏金桂之乖背耶將如史湘雲之豪爽乎抑如香菱之癡呆耶吁嗟乎今後之同胞何拒何容何去何從或死或生或辱或榮其所以自擇自處之分位均在紅樓一夢中反覺最初意旨爲切近之惟謀其激刺人心不亞于圖窮之匕首則是鄙著眞有問世之必要也已至將來影響于社會得達到如何程度殊非今茲之所能預測知我罪我更不暇計此覆

石頭記眞諦序三

龍門一紀蔑以加矣筆壘墨陣是直一支生力軍突開秦漢間之鐵結重圍也然而堂堂之鼓正正之旗彼明示誅討未感棊難耳孰謂千載而下寢食于龍門者有石頭記一書耶滿胡淫威烈于漢初亡明餘緒又非秦楚武人既不能揭竿而起文士誰復敢秉管以伐于是假優孟之衣冠照然犀之鬼魅或影事而敲磚或因物而借鑑或如鶴隱楓林而露翮石側或如月遊雲外而見形水中利子之矛攻爾之盾沽東鄰酒澆西舍愁其慘淡經營庸得以游嬉筆墨擬之乎移花接木換步脫形倘所謂皮裏陽秋有弦外音者是又百千不易于龍門當日矣予師梅九繹其眞諦與作者賦同心于今古予未敢序師文願爲是言還質之師癸酉七夕安康王婆楞于西京日報社

石頭記眞諦綱要

本書注意讖緯隱語燈謎射覆等事一言以蔽之曰眞事隱而已則讀者非下一番索隱工夫斷無由知其眞諦王蔡兩索隱均有所發明而遺漏粗疏之處尚多不佞特以本著補綴之雖未敢云詳盡而已十得八九正編未盡之意概見于別編附錄以雜評爲殿

關尹子曰不知道妄意卜者如射覆盂高之存金存玉中之存角存羽卑之存瓦存石是乎非是乎惟置物者知之故本書以射覆爲令祖宗而以見本書之寓意不易知

隱語之隱亦作讔文心雕龍云「讔者隱也遯辭以隱意譎譬以指事也至東方曼倩尤巧辭述」本書第一回所謂只按自己事體情理等語以及不記朝代皆遯辭以隱意也假借金玉木石以譬清明以及假借美人以譬名士等等皆譎譬以指事也其文心不讓

雕龍滑稽過于東方矣

甄士隱接以賈雨村作者自謂假語村言鄙人以評者地位而擬以假予忖焉詩云「他人有心予忖度之」故一名石頭記忖眞各家索隱最疏漏者爲不明木石因緣及石頭命名之眞諦以致埋沒著者一片深心故首詳焉

原書最漏洩處除太子魔魘一案尚有吉林貢物堂子神秘柳似煙（改柳湘蓮而留姓）之軼聞林四娘之眞史（有聊齋虞初新志爲證）並非隱書而各家無一知者甚怪焦大之爲王輔臣包勇之爲趙良棟鮑二家之爲博爾濟氏巧姐之爲東峨鴛鴦之爲香妃晴雯之爲李雯齡官之爲大小范（王索知畫牆事而不知椿齡故典）等均有確切證據絕非影響之談而各家知者甚寡因一一抉出之

蔡書本郎潛二筆之說謂十二釵皆明珠上客乃是原作者雙關及旁轉的妙筆因當時朝士曾以乾隆庚辰（二十五年作者尚生存）諸進士擬牡丹亭全本脚色維肖維妙作者乃戲以自己所寫諸女子暗擬明珠所納交諸名士且能令不失本意如以朱竹坨擬黛玉不但利用竹字影瀟湘舘且利用朱字以影射黛玉代表朱明以高士奇擬寶釵不但利用其用金豆事影射金玉因緣且利用高士兩字以注明薛字之由來此戚蓼生序中所謂一聲也而兩歌一手也而二牘又曰作者有兩意讀者當具一心譬之繪事石有三面佳處不過一峯路看兩蹊幽處不踰一樹之領悟也

戚序頗知微旨就「如捉水月只把清輝如雨天花但聞香氣」四語論暗借水月雨花清香以寫滿清兩字水月加主是清又明寫清字水雨花頭爲滿又暗用香滿一輪中句寫滿字故接云庶得

此書弦外音乎弦外音即亡國隱痛吾人欲讀者領略弦外音而不辭一彈再鼓耳

本書雖出一手而删修者不止一人觀八十回本與百二十回不同之處尙多且八十回本之未删各節概犯忌諱則知後四十回之經人删改不少因其正暗寫雍正篡奪一案而有所畏忌故也能參透此中消息方許讀本書原作者必與山東人熟悉以東魯孔梅溪署題爲一證以用唐寅代表唐人爲二証因山東人讀人如寅葬花詩桃花社皆從唐寅借來且唐寅有美人八詠而黛玉有五美吟又唐有宮詩一首曰「重門蠹掩黃金鎖春殿經年歇歌舞花開花落悄無人強把新詩教鸚鵡」正爲黛玉寫照書中特提唐寅以此

董小宛入宮與淸世祖遜國爲一大疑案本書寫黛玉確有似小宛處近人天隨生爲許指薇叙小宛別傳言之鑿鑿若眞有其事

者惟不識其從何處得來往年遊甬上遇鄒君與予談此事亦大略相同惟云冒辟疆扮喇嘛入宮執撞鐘役爲小宛所覩得訴離懷爲小異耳及閱清稗類鈔載納蘭容若名性德一名成德爲康熙朝相國明珠之子嘗眷一女絕色也已有婚約此女旋入宮容若誓必一見會遭國喪故事喇嘛每日應入宮唪經容若賄喇嘛披袈裟雜其儔以入果得見而宮禁森嚴始終無由通辭悵悵而出一則又與所傳辟疆入宮事相彷或者容若所遭與辟疆同而效其故智歟稗鈔又云紅樓夢一書林黛玉之稱瀟湘妃子乃係事實否則黛玉未嫁而詩社遽以妃子題名以作者才思之周密不應疏忽乃爾其卷百十六回寶玉重遊幻境即指入宮事故始終亦未與妃子通一語而寶玉出家即指披袈裟詭充喇嘛時也按此不失爲第二義而天隨生叙述清世祖于小宛亡後積思成夢夢至五台遇小沙彌曰不欲

見三生石上有緣之人乎乃隨沙彌所指見朱樓中美姝四五人其尤美者則董妃大聲呼之終笑而不應乃曰吾念子久矣今得睹之豈容錯過小沙彌笑曰如隔岸河帝怫然曰苟得董妃雖萬丈之淵吾何畏哉一躍而下大驚始醒不更與寶玉之夢相似哉孰眞孰假二者必有一于此矣俟再攷

大觀園袁子才謂擬隨園人皆知其妄因其中有正殿仙境絕非私家花園可比觀寶釵芳園築向帝城西一句斷爲圓明園無疑圓明兩字正是「大觀在上」的注解况稻香亭乃圓明園固有名稱尤爲顯然

歷來專以文字論紅樓皆搔不着癢處如紅樓夢抉隱紅樓夢偶論等所謂可憐無補費精神者最可笑抉隱以忠臣不事二君評紫鵑却不能指出爲明末遺民其失不外乎空泛拙著力求避此

後大舅笑議眞武廟假牆一爲點明書薔之爲畫牆一爲譏笑明末邊牆之不固暗寫洪吳諸人三桂賣寫康熙不修邊牆一事雲自在堪筆記康熙辛未總兵蔡元疏請修築邊牆命閣臣集九卿於闕門外面詢可否以聞衆未及對上復召大學士諭曰朕思衆志成城豈在邊牆諸臣叩首曰大哉王言諸臣見不及此也所請遂不准行按蔡爲大龜元又與黿同音故利用眞武龜背作牆其實是假牆不及衆志成城之爲眞牆也又爲戚序雙管齊下一証

前半部中甄寶玉影宏光與寶玉之影胤礽相同後半部之甄寶玉則影永歷所以說出顯親揚名著書立說言忠言孝立德立功一片語絕非宏光所能講觀錢飲光聖德詩云「文章貴止輩太宗寶魏徵古來神聖主皆有納諫名我皇仁且孝不大色與聲小臣叨侍從竊覩神釆英大帥對失措聖度和且平所謂諸藩鎮見者識中

與給諫觸太后愚直氣以盈舉朝請加誅受杖罰殊輕及與羣臣語往往歎其清（與順治去位下詔罪已文中拒諫飾非諸語正相反）瞿相老崛強遇事上書爭溫綸皆手答曾無勉強情去年獻史卷擬同金鑑呈今復問主上還未御覽曾所言過戇直左右因相傾上言實未讀朕殊有愧卿從此事披閱勿負諄諄誠舉朝歌聖德臣等實不能虛懷本天授皇哉我聖明」即甄寶玉說的不致負了父親師長養育教誨之恩……如今尙欲訪師覔友教導愚蒙等語一樣虛懷豈是荒淫之宏光可比故本書以一人影射數人不得呆看

寶玉說西方有石名黛可代畫眉之筆乃暗用吳絳仙典故情史載絳仙善畫長蛾眉煬帝時拜爲婕妤適絳仙下嫁于萬羣故已之「絳仙爲有夫之婦黛玉爲絳珠仙草化身影射小宛或云容若公子所眷之美人亦是有夫之婦正合」封爲崆峒婦人由是殿脚

女爭效爲長蛾眉司空宮吏日給螺子黛五斛號爲蛾綠出波斯國（即西方）每顆值十金後徵賦不足雜以銅黛給之獨絳仙得賜眞螺黛不絕云黛玉之名實本于此仍重絳仙二字言其爲朱女也猶懼人不明特用絳珠仙草點名又寫黛石畫眉以證實之且絳仙揚州人正是黛玉同鄉其非泛名可知

吳三桂問陳圓圓曰卿在畹第樂乎陳曰紅拂尙不樂越公矧不逮越公者耶黛玉五美吟紅拂一絕詩云屍居餘氣揚公素豈得覊縻女丈夫完全用圓圓口氣其爲陳詠也無疑各家均未指出

王索隱提要謂黛玉父名海母名敏海去水旁敏去文旁加以林之單木均成梅字小宛生平愛梅庭中左右植梅殆遍故有影梅菴之號書中凡言梅者皆指宛也固是不知第一義諦乃在北京煤山揚州梅花嶺關係亡國恨事非但一已之愛好王索隱于第六回

敘劉老老家世斷定爲劉三秀甚是但于小小家姓王因貪王家的勢利便連了宗指爲黃祖名元甫者奴于陳氏又曰王成影黃亮功而于南方土音黃王不分及借笑話中黃王連宗以諷並過墟志三秀伯兄識黃之先本姓王以背主而易爲黃（與貪勢利連宗恰合）均未指出太疏

八回將通靈寶玉放大字跡用篆籀正寫玉璽而懼人疑非胎兒所能啣正作者自己圓謊處寶玉反面文字均有寓意一除邪祟（表示帝統之正邪不容僞簒）二療寃疾（爲爭寶璽往往成寃仇觀王莽奪璽及孫堅袁術爭璽等歷史即知）三知禍福得璽爲福失璽爲禍可以預知（與王命論福善禍淫亦有關係）不特影照醫治魔魘一案發生喇嘛之作祟兄弟之寃仇寶位之得失也

康熙間有陳鵬年詩獄因其重遊虎邱律中有「代謝已憐金

氣盡再來偏笑石頭頑蘇州總督噶禮旁注密劾必謂金氣盡爲滿州王氣已盡石頭頑以復明爲頑民與本書一名金玉緣一名石頭記又稱寶玉爲頑石皆有關合滿人嘗有指摘紅樓爲謗書又嗔滿人多不解反愛好之亦噶禮之流也清末后妃皆愛本書西后嘗自擬史太君瑾瑜二貴妃令畫苑繪大觀園圖令內廷臣工題詩蓋久矣不識忌諱亦可見本書之影響

宋徽宗嘗詠晚景詩云日射晚霞金世界月臨天宇玉乾坤論者以爲金人入汴之讖本書金玉因緣亦隱用此詩意且枕霞閣及詠雪諸詩中霞字皆代表金字可知徽宗又有金芝詩云定知金帝來爲主不待春風便發生與本書賞海棠詩意亦相似

寶釵封蘅蕪君王索隱以蘼蕪附會之非是乃用拾遺記武帝息于延涼臥夢李夫人授帝蘅蕪之香帝驚起香氣着衣枕歷月不

散典故以寫其爲后妃耳且正與冷香丸相應

會稽壽鵬飛作紅樓夢本事辯証云馬水臣謂增删紅樓夢爲曹一士曹字諤廷號濟寰上海人雍正進士官兵部給事中屢上封事於康熙末通籍時入京假館某府者十餘年與樗散軒叢譚所云紅樓夢爲某府西席某孝廉所作者適合又攷曹有請寛比附妖言之獄兼禁挾仇誣告詩文一疏未列全文予於近世中國祕史中查出原疏乃知此疏奏于乾隆二十年胡中藻文字獄後則一士與曹霑正同時人詳視疏語似爲紅樓夢預謀寛禁作地步者全文曰古者太史采詩以觀民風藉以知列邦政治之得失風尚之美惡（本書宗旨寓焉）即虞書在治忽以出納五言之意使下情之上達也及周季子產猶不禁鄉校之議惟是行僻而堅言僞而辨雖屬聞人聖人亦必有兩觀之誅誠惡其惑衆也往者造作語言顯有背逆之

迹如罪人戴名世汪景祺等聖祖世宗因其自蹈大逆而誅之（與本書石呆子一案有關）非得已也若夫賦詩作文語涉疑似如陳鵬年任蘇州知府遊虎邱作詩有密奏其大逆不道者聖祖明示九卿以爲古來誣陷善類大率如此（卽代謝已憐金氣盡一聯與金玉木石之語絕似故特提出以爲防禦非無意識之引証）如神之哲洞察隱微可爲萬世法則比年以來小人不識兩朝所以誅殛大憝之故往往挾睚眦之怨借影響之詞改評詩書指摘字句（卽胡中藻一獄指摘「一把心腸論濁清」以爲毀清以及「雖然北風好難用可如何」「暫歌南風競」天所照臨皆日月地無道里計西東」等詩句與本書論清濁以及東風北風大雪聯句並宗詞聯語中日月等字樣均易發生攻訐）有司見事生風多方窮鞫或致波累師生株連親故（胡獄罪及其師鄂爾泰及張廷玉而胡之屬男十

二歲以上皆斬立決干涉人甚多故云）破家亡命甚可憫也（卽四十八回爲這點小事弄的人傾家敗產也不算什麼能爲的批語）臣愚以井田封建不過迂儒之常談不可以爲生今反古（此却指雍正九年陸生柟之獄因稱陸所著封建府縣等論以爲借古諷今）述懷詠史不過詞人之習態不可以爲援古刺今（卽胡中藻詩獄而本書五美吟懷古詩似之）卽有序跋偶遺紀年（本書不計朝代年月）亦或草茅一時失檢非必果懷悖逆敢于明布篇章（卽眞事隱所由來也）使以此類意旨比附妖言罪當不赦將使天下告訐不休（勢將檢舉本書不可不防）士子以文爲戒殊非國家義以正法仁以包蒙之意（包蒙卽不索隱）伏讀諭旨凡奏疏中從前避忌之事一槪掃除仰見聖明廓然大度卽古歌奏采風之盛（乘機而入眞是能手）臣竊謂大廷之章奏尙捐忌諱則在

野之筆札（本書自在其內）焉用吹求（善自爲地步如此）請勅下直省大吏查從前有無此等獄案現在不準援赦者條例上請以便明旨欽定（往事不論）嗣後凡有舉首文字者苟無的確蹤跡（本書眞事既隱蹤跡難尋）以所告本人之罪依律反坐（好手段）以爲挾仇誣告者戒庶文字之累可蠲（而本書不至得罪）告訐之風可息矣（果自此疏上後文字禁稍寬而本書始得安然風行一世先生可謂善自謀矣）

清稗史稱康熙己卯南巡駐蹕于江寧織造曹寅之署曹奉母孫氏朝謁上勞之曰「此吾家老人也」作者利用此語寫史太君爲清孝莊后不但借其家四次迎駕寫南巡也

辯証謂恆王殉國指周遇吉事又謂姽嫿將軍指姜驤與蔡王兩索所云皆遺本事不知林四娘實有其人抉隱謂姽嫿爲鬼話此

雖附會尚有可取處因林四娘事在虞初新志及聊齋志異均以鬼話著名故

辯証謂巧姐當是胤䄉影子以䄉娥同音嫦娥乞巧郎可影射不如東莪（多爾袞公女）之與嫦娥更爲確切

辯證謂薛蟠影射胤禔引康熙諭中有「大阿哥生性暴戾乃不安靜之人務須嚴加看守」以證薛稱大哥及殺人入獄事甚似又云不拘一格不限一人一事更得讀本書法

胡林翼常云「本朝官僚全以紅樓夢一書爲祕本故一入仕途即鑽營擠軋無所不至」此評殊出人意表所謂仁者見仁智者見智但亦足爲本書關係政治一證以予所聞則清末年之官僚皆以官場現象記爲祕本矣

梵天廬叢錄載「常熟何君立作董妃風箏詩一首並序云董

小宛歸雉皋冒先生後清明踏青攜風箏放之一線直上不讓呂偏頭也洎入禁苑遂無此逸興亦不克有此逸興也詩云「薄命誰嫌一紙輕東風抬舉上瑤京衣裳想像春雲展環佩歸來夜月明最擅迴旋如意舞眞傳縹緲步虛聲將人比物頻搔首不盡茫茫碧漢情」董妃放風箏事雖瑣屑然辟疆之影梅菴憶語及諸稗史皆未記之亦一異聞也」此事足關董妃未歸清宮者之口本書放風箏特重黛玉正由本事敷衍而成何云稗史未記乃未明記耳何詩以嫦娥擬小宛自是識小宛入宮本事者

開卷敘寶玉來歷在「大荒山無稽崖煉成高十二丈見方二十四丈大的頑石三萬六千五百零一塊」即從西遊記第一回「花果山上有一塊仙石其石有三丈六尺五寸高按周天三百六十五度有二丈四尺圍圓按政歷二十四氣上有九竅八孔按九宮八

卦」化來暗影滿洲始祖仙女言吞朱果不過將團圓變作見方石高變爲石頟且西遊說仙石「自開闢以來每受天眞地秀日精月華感之既久遂有靈通之意」亦與本書說寶玉「自經煅煉之後靈性已通自來自去可大可小」相符而自來自去八字又可反指孫行者是隱借猢猻以寫滿人非無意之仿模也

首囘特提甄士隱囼謂隱去眞事然此隱字却有一番道理卽取春秋托始于隱公之意也因隱桓之事大似清初政局公羊傳曰桓幼而貴隱長而卑（卽福臨幼而貴多爾袞長而卑也）其爲尊卑也微國人莫知（順多之尊卑亦然中國人不知也）隱長又賢諸大夫扳隱而立之（謂俗傳吳三桂扳達子扳字卽從此來多氏本有賢名扳俗作搬非是）隱於是焉而辭立（多本可自爲而讓福臨辭位不就）則未知桓之將必得立也如桓立恐諸大夫之不

能相幼君故凡隱之立爲桓立也（淸太宗之亡皇位未定有屬意于多多以孝莊之故決議商同諸王共輔幼君恐人不服先拜幼君而自居于攝卽左傳不書卽位攝也與此數語又恰合）

隱長又賢何以不宜立立適以長不以賢立子以貴不以長桓何以貴母貴也母貴則子何以貴子以母貴母以子貴（福臨之貴爲天子也恃其母后與多氏關係是子以母貴福臨爲帝而母尊爲太后則母以子貴矣此事恰合故知作者取義于此也）

桓公弒隱亦與順治剝奪多爾袞位于身後相似而穀梁讓桓不正一語亦可移贈多爾袞因其輔幼主出于情欲之私而非正也「春秋貴義而不貴惠信道而不信邪」（「多爾袞之讓王實爲邪惡乃淫邪之恩私耳」）

不佞取「他人有心予忖度之」意欲易眞諦爲忖眞者因本

書眞事藏隱多且深大似薛小妹懷古詩大家猜了半天都不是以及諸人擬謎有猜着的也有猜不着的今以已心忖度前人著述之隱意豈敢云所忖均能得其眞乎故評中于不甚確切處恆用「或指」及似指等字樣以示遊移讀者當分別觀之至于評著者思想一段即譏爲不佞所妄忖亦不爲過且可以曰「紅樓自紅樓忖眞自忖眞」蓋借他人酒杯澆自已胸中塊壘固我輩批評家之常事也采伯之號又何敢辭但不佞非論文者殊不得以金聖嘆之批才子書爲比

謂本書爲曹一士所撰倘有一證查書中講書出題均有着落徒賈政所出「惟士爲能」一題最奇特以余忖度則惟士即一士之謂言一士能作本書也是乃夫子自道之處孟子曰無恆產而有恆心者惟士爲能孔子曰人而無恆不可以作巫醫然則無恆心亦

不能撰此長篇小說明矣寶玉破曰「天下不皆士也能無恆產者亦僅矣」以僅扣惟兼扣一字且以片辭找足上句却重在有恆心一面而仍用隱寫本事之技倆直寫到滿人無恆產以至于放僻邪侈無所不爲不可不知聞清季有一精巧玉師刻物必刻己名于其上清宮徵之命刻一雙玉獅不許刻名及成果無其名人詢其確否則謂已刻其名于獅子口中繡球上矣今一士撰石頭記刻畫寶玉而卽隱寫其名于寶玉口中可謂與玉師同工也

今詩別裁錄曹謌廷一士詠鸚鵡有（十年廡下高人跡萬里秦山故國心）兩句按高人跡故國心六字可賭瀟湘館鸚鵡寄人廡下又爲黛玉寫照惟十年二字則一士自道假館某府十餘年之印爪也下句亦可云著石頭記之一片心

寫黛玉爲小宛似利用小雅小宛章詩意以爲左証如四十五

囘寫黛玉在枕上感念寶釵一時又羨他有母有兄……直到四更方睡熟以及八十二囘黛玉于人靜後深恨父母在時何不早定了這頭婚姻又轉念倘若父母在別處定了婚姻怎能似寶玉這般人才及惡夢醒後紫鵑勸他養養神黛玉道我何嘗不要睡只是睡不着合七十六囘黛玉歎道（我這睡不着也並非一日了大約一年之中通共也只好睡十夜滿足的）觀之皆似從小宛詩首章（明發不寐有懷二人）兩語化出來又三十囘黛玉將手摔道誰同你拉拉扯扯的一天大似一天了以及三十二囘黛玉所悲父母早逝無人主張病已漸成恐不能久待又八十九囘寫黛玉自已沒了爹娘自今以後把身子一天一天的遭蹋起來一年半載少不得身登清淨于是合眼糚睡早早醒來直至九十八囘黛玉向紫鵑說「我這裏並無親人我的身子是干淨的」全從小宛四章「我日斯邁而

月斯征夙興夜寐毋忝爾所生」化來溫溫恭人如集于木（似木石因緣）惴惴小心如臨于谷戰戰兢兢如臨于谷直畫出黛玉依人光景故于二十九回寫出黛玉戰戰兢兢的說以及六十五回與兒說氣兒大了吹倒了林姑娘合之九十六回「黛玉聽了傻大姐話顫巍巍的說並講身子竟有千百觔重的兩隻脚却像踏着棉花一般」一節皆與小宛詩末章意同小宛詩二章「人之齊聖飲酒溫克彼昏不知壹醉日富各敬爾儀天命不又」似寫壽怡紅羣芳開夜宴各敬爾儀卽怕人講閑話」命不又則隱寫清太宗天命盛世之不再螟蛉脊令將寶玉認賈芸爲乾兒及與賈環等之不和均用正反筆影射出來

嘗疑第一回敘絳珠仙草生于西方靈河岸上三生石畔西方隱說金是易明白的惟靈河二字失攷偶閱近人清朝前紀第四篇

建州紀云「遼移建州治靈河之南後再移靈河之北靈河卽淩河」仍不離滿洲發源之地三生石亦與滿洲神話天女所生子名布庫里雍順者定三姓之亂有關因作者隱取所謂天女吞朱果之說以影射清入幷吞朱明（故又說仙草成女體後饑餐秘情果卽影照天女吞果之神秘）而爲此窮源之敘述耳其實天女神話仍由玄鳥生商而來所以用漢女靈魂表之

七十五回寫尤氏窗外竊聽裏面稱三讚四並有恨五駡六是暗諷雍正（允禎）之忌諸兄弟一事因古人對擲骰每用喝吆吽呼字樣用稱讚恨駡字樣者絕少且不提么二者因大阿哥早亡允礽行二已廢與允禎爭位諸人只老三允祉老八允禩老九允禟十四允禵骰子以點配合三加五成八三加六四加五都成九八六相加成十四除四點爲允禎自身外其所恨諸人全隱于三五六骰點

中可謂巧筆若加么二不但難用動詞且令意晦此亦作者有意逗露處也近人發見雍正私人戴鐸奏摺一摺中有「八王柔懦無能不及我四王爺聰明天縱」云云又謂「某人有才學被三王爺養在府中」（即稱三讚四之証據）又指十四王爺虛賢下士頗有所圖又發見允禩允禟案諸人供詞中將兩人行爲奸詐圖謀不軌盡情披露允禎特加二弟以猪狗之號故以恨罵二字形容之至戴鐸有似賈芸處詳附錄

石頭記眞諦

敘論

石頭記在章回小說中實爲金瓶梅之變體（古本金瓶梅洋洋灑灑數十萬言並無淫穢之辭其運用俗語如數家珍誠傑作也）金瓶梅影照嚴世藩以西門兩字正射東樓巧不可階其敘西門慶與水滸傳之西門慶行徑大不相同並有奸權氣度與手腕論者疑爲王鳳洲之筆且其中詩詞曲歌皆非巨手不辦石頭記中諸作未許比並也然石頭記確有所影射大半寫明清之間隱事傳聞清乾隆帝曾欲禁絕此書但當時已盛行于世無術消燬遂止正因其暗刺滿人爲乾隆識破故也清亡漸有人揭穿本書之密奧者於是有王夢阮君紅樓夢索隱與蔡孑民氏石頭記索隱同時並出王君則取東華錄皇太后下嫁攝政王故事附會元春省親及過墟志劉

三秀入宮事附會劉老老入大觀園其中亦有不盡合者蔡書則取郎潛二筆謂本書記故相明珠家事金釵十二皆納蘭侍御所奉爲上客者也又採取諸名士傳記穿揷本書中語句敷衍而成者較王君所著稍爲簡要而多遺漏處且未識本書命名之義至胡適之爲紅樓夢攷証則抱定作者曹雪芹硬說是曹之自敍傳辛辛苦苦只攷得南遊一事於本書全體未能拍合故不足服索隱者之心今閱蔡氏于石頭記索隱第六版自序中對於胡氏考証有所商榷振振有辭恐胡氏未易反唇也胡氏對此有所辯答避重就輕但云作者不能將女擬男不知明末東林點將錄及近人乾嘉詩壇點將錄中三女將皆以男擬之且詩人往往以閨怨影射男子與花月痕「美人是名士小影」都是一例的說法又考乾隆庚辰一科進士秦半靑年京城好事者以其貌年各派牡丹亭全本脚色以編修宋小嚴

爲杜麗娘尙書曹竹墟爲春香謝啓昆中丞爲石道姑是用昔人著述中之女子擬今日名士而紅樓夢著者則以自著書中美人擬當時名士爲略異耳又明王九思撰遊春記以賈婆婆擬賈南塢可作劉老老擬湯斌一證又毛西河作不放偷不賣嫁兩劇有人誣謂「放偷從賊賣嫁者歸命本朝不待聘而自呈其身也反之者我不然也」是雖曰誣然觀陳臥子咏明妃云「明妃慷慨自請行一代紅顏一擲輕」以諷李雯則擬降清名士如女子賣嫁亦不爲過孟子以妾婦之道擬公孫衍張儀尤爲確證且起詩社時黛玉分明曰咱們就是詩翁而探春亦自稱居士何見不能相擬然則本書索隱工作仍不至失其重要價値常謂批評本書有三義諦第一義諦求之於明清間政治及宮闈事第二義諦求之于明珠相國及其子性德事第三義諦求之于著者及增删者本身及其家事專論文字者爲

下乘惟予于未見兩索隱之前辛亥在北平創設國風日報時學友唐易庵屢來舘爲余言本書之眞諦雖寥寥數語然决非兩索隱著者所能逮其言曰

「紅樓夢爲思明而作紅字影朱恐人不知特于外國女子詩中標昨夜朱樓夢一句以明之悼紅軒卽悼朱軒寶玉愛紅愛胭脂皆愛朱之謂言玉璽終戀朱明也且寶玉以極文雅之人而賭起咒發起誓來都效西遊記朱八戒聲口亦作者弄狡獪之處再說木石兩字則因坊間所傳推背圖以樹上掛曲尺影朱明今于木字添石字首兩筆恰成朱字惟恐人不察故又名本書曰石頭記言取石字頭以配木而成朱其心思可謂入微矣又林黛玉代表明薛寶釵代表滿兩人姓氏由高靑邱梅花詩中「雪滿山中高士臥月明林下美人來」兩句取得雪（

薛）下著滿字林上著明字昭然可觀（今蔡氏索隱亦引此聯以爲影高士奇可謂知其一不知其二）至風月寶鑑影清風明月作者于明清之間誠有隱痛晴雯之晴實正指清明兩間人並寓情文相生之意又書中秦太虛及賈字皆言僞清耳應本此意將紅樓夢另詳注一番」

以上均係唐君之言尙有脫佚之處余只服其抉出石頭兩字之隱微及林薛取姓之巧合謂非心細如髮何能至此不佞乃另具一副眼光以讀本書果發見無限妙文與暗藏之眞諦

先論命名

按本書以第五囘賈寶玉神遊太虛境警幻仙曲演紅樓夢爲籠蓋全書之文字其寫金陵十二册正册云「貯的是普天之下所有女子過去未來簿册爾凡眼塵軀未便先知的」意在未來先知

四字所謂推背圖皆影照未來非有道者未易先知再觀册上所畫的如一簇鮮花一床破蓆又一枝桂花下面有一池沼其中水涸泥乾蓮枯藕敗又兩株枯木木上懸着一圍玉帶（正從一株木懸着曲尺來）又一堆雪之下一股金簪又一張弓弓上掛着一香櫞又兩人放風箏一片大海一隻大船有一女子掩面啼泣之狀（此種語句全從推背圖取來）又一所古廟裏面有一美人在內看經獨坐又一片冰山上有一隻雌鳳又一盆茂蘭旁有一位鳳冠霞帔的美人又一座高樓上有美人懸樑自盡等等凡看過推背圖者一見便知其所本觀仙姑恐洩天機以及何必在此打這悶葫蘆之言皆是評推背圖語作者意謂讀者欲明本書命名之意非看推背圖不可不然則紅樓夢曲中俺只念木石前盟以及三十六回寶玉夢中喊罵說「和尚道士的話如何信的什麼是金玉姻緣我偏說木石

姻緣」皆不能得其解當然不明石頭記有何寓意矣若看推背圖一株樹上掛曲尺便可悟得木與石頭之相聯原來木石姻緣只是木字和石字頭的姻緣而已所以特取石頭記以定名也明末有宗室某遁入空門者自名曰尺木和尚亦取自推背圖以表其出于朱姓者本書乃表其悼朱明而作與尺木有同情焉而作者猶懼人不識木石之爲明乃於紅樓曲中特道「都道是金玉姻緣俺只念木石前盟」木石前盟即木石前明不過添皿字以掩飾之其顯豁如畫索隱均未能道出何耶至于金玉良緣乃因滿清自謂出于金（覲努爾哈赤自稱後金尤爲明確所謂御批通鑑對兀朮多所回護亦因此滿人姓曰愛親（親或作新）覺羅愛親謂金覺羅謂族言金族也更確）近人金琴著光宣小記曰「清與金爲一音之轉清本女眞國姓愛新愛新譯音譯義皆爲金故清初國號曰大金亦曰

後金後以宋金世仇或多疑慮崇德元年遂改大清字面雖易在滿音原無異也又曰漢文老檔確有金國汗字樣奉天東門題大金天聰年」清金一致無疑義矣一旦入主中國得帝王之玉璽如金玉之結緣指一般附和滿清者言故曰「都道」其痛恨爲何如又攷情僧錄因順治有出家一說並自命爲情僧云孔梅溪題曰風月寶鑑正寫清風明月清初因此四字曾興文字獄故又題曰金陵十二釵則全隱矣

次論薛林取姓

唐君云薛林取姓於高青邱之詩句亦有確據觀紅樓夢曲有云「空對着山中高士晶瑩雪終不忘世外仙姝寂寞林」於豔情曲中忽着山中高士四字豈非不倫不類乃作者明白表示取「雪滿山中高士臥月明林下美人來」兩句以表薛林之來源且故意

藏却林下美人只言世外仙姝因姝字恰以朱女合成（蔡書謂黛玉是朱竹垞影子其姓恰是朱字是作者雙關寫法）謂此寂寞林黛玉實爲朱明之女非滿清自長白山來而爲冰天雪地中人卽薛家金釵也雪下着滿林上着明尤爲顯著奈何輕輕放過終不忘緊接俺只念念茲在茲終不忘朱明縱然與滿雪結婚以至於齊眉舉案到底意難平謂作者無種族之隱痛其誰信之

黛玉姓林本係雙木作者卻寫他是個亡了父母性復孤癖仍作獨木看且于第一回僧人口中說他是西方靈河岸上三生石畔有絳珠草一株總不脫木石兩字鄙人曾疑木石兩字見於孟子舜居深山之中與木石居兩語中似無何等情思然就舜崩蒼梧之野（蒼梧九嶷峯一曰朱明二曰石城三曰石樓四曰娥皇五曰舜原六曰女英七曰簫韶八曰桂林九曰杞林皆與本書有關）湘妃淚

滴成斑竹言則大有關係觀黛玉居瀟湘舘而湘水之源曰朱明爲代表前明之證又號瀟湘妃子分明取舜妃故事又善哭亦似湘妃而寶玉作鏡謎則曰南面而立北面而朝象憂亦憂象喜亦喜分明一個舜帝蔡書謂胤礽是寶玉影子與諸弟不睦亦似舜與象關係清雍正帝所作大義覺迷錄亦引舜爲東夷之人滿洲本出東夷是以舜自命也（戚本紅樓夢六十三回多出芳官等改扮男裝一段由寶玉口中說出「當今之世大舜之正裔」等語尤爲顯明修改本書者畏招禍故删之）雍正與胤礽爲弟兄而相仇與此謎亦有牽連又讀四十八回石獃子不賣舊扇獃字或作呆則石呆子去兩口仍是木與石頭之結合又西遊記屢稱猪八戒爲獃子亦含有朱意與寶玉賭誓學猪八戒聲口一例並云其扇全是「湘妃棕竹麋鹿玉竹的皆是古人寫畫眞跡」不但暗透與木石居將與鹿豕遊

也照顧到了蓋以湘妃哭舜而論舜帝眞可謂千古情祖二十把扇影二十古史則必從堯舜寫來猶恐人說是造謠特着「皆是古人寫畫眞跡」（眞字宜着眼第）一眞跡便要數蒼梧舜崩湘妃哭竹一事因而明標出湘妃來可謂神妙直到秋毫顯矣且本書寫帝王的情史更應用帝王來比擬十六回于賈妃省親時由鳳姐口中說出當年太祖皇帝仿舜巡的故事亦係點醒處又因皇太后下嫁藉口以孝治天下也應請大孝舜帝（因二女妻舜乃下嫁之祖）出來作榜樣至蔡書謂賣扇指戴南山史獄亦是作者有雙管齊下本領寫一人或影數人寫一事或影數事而對于木石姻緣特別着重是以出十分力量寫黛玉之爲人始終不離石頭記本旨非偏重此孤癖女子也又考康熙申詔故明子孫衆多有竄伏山林者悉令歸田里其姓氏皆復舊蓋明旣鼎革天潢貴胄轉徙流亡無不改

姓自晦有改姓林者又林爲朱之確証

十七回描寫大觀園于將至瀟湘舘特先寫「於是出亭過池一山客一石主一花客一木主莫不着意觀覽」就是着意觀覽木石也然後寫千百竿翠竹階下石子成路後院大株梨花仍寓與木石居微意以翠竹襯到湘妃始命名爲瀟湘舘作者不輕下筆如此

大觀園之規模頗大袁子才乃謂取材于其隨園未免近于誇詫不如謂從北平圓明園得來尚可彷彿一二因其所布置之假山臺榭橋樑崇閣琳宮從賈政口中說出此是正殿以及彫刻木版用集錦博古萬福萬壽花樣皆是帝王家苑囿氣象非尋常家花園可擬惟瀟湘舘與稻香村則有意安排然觀所謂三貝子花園亦設山莊則宮中未嘗不有此點綴品也至幽尼佛寺長廊曲洞方廈圓亭

皆圓明所有因清帝皆好佛故宮中特置佛寺而有極樂仙境之舖排耳其與圓明園關係眞切處詳附錄

黛玉代表亡明故寫得極瘦弱風吹欲倒寶釵代表滿淸故寫得極豐滿氣吹欲化黛玉婢用紫鵑正是亡國帝王之魂寶釵婢名鶯兒鶯兒名黃鸝三十五回標出黃金鶯巧結梅花絡自是滿婢（本書以明爲主淸自是賓）寫林家貧寫薛家富黛玉號瀟湘妃子寫亡國哀痛如亡君寶釵號蘅蕪君指滿人興于荒蕪水草之地而入主中國皆興亡對照法作者雖把林薛兩家都寫在南邊而寫薛蟠完全是北方蠻夷的樣子其所嗜好及目不識丁全是初入關滿人身分謚曰獃覇王言滿人雖蠻蠢已由覇而王矣故于第四回寫他送妹入京說出有遊覽上國風光之意卽寫滿人入關漸慕漢化字以文起亦謂滿人雖尙武其能入主中原則以文化興起而後始

得蟠據上國以夷制夏林生于姑言古國也薛生于姨言夷狄也宏光在南亦算南朝故寫黛玉終身向南甄寶玉在南賈寶玉在北其所以戀戀賈寶玉者特以其口含玉乃眞玉璽而不能忘情耳十六回「賈寶玉將北靜王所賜蘦苓香串珍重取出來轉送黛玉黛玉道什麼臭男人拿過的我不要這東西遂擲而不取」臭男人即俗語所謂臭韃子和寶玉夢中到甄家花園被人喚作臭小子是一樣意思代表朱明的林姑娘對臭韃子自應鄙夷意謂賈寶玉雖是臭小子那塊通靈玉是漢人傳代之寶被他吞了去蠢物變靈才有和明代表接近之可能至夢中甄寶玉到大觀園諸女子駡爲臭男子乃所謂「漢兒學得胡兒語爭向城頭駡漢人」之謂也二十九回寫寶玉黛玉兩人心事「寶玉心內是想着別人不知我的心還可恕難道你就不想我的心裏眼裏只有你你不能爲我解煩惱反來以

這話（金玉的話）奚落堵噎我可見我心裏一時一刻都有你你心裏竟沒我了」這全是通靈寶玉講話意謂「漢家玉璽時時刻刻心裏眼裏只有朱明代表而朱明反不知我被金韃吞去的煩惱道我和金韃要結婚豈不是變了愛我玉璽的心了麼」林黛玉心裏想着「你心裏自然有我雖有金玉相好之說你豈是重這邪說不重我的我便時常提這金玉你只管了然無聞的方見得待我並無毫髮私心了如何我只一提金玉的話你就著急可知你心裏時時有金玉見我一提怕我多心故意著急安心哄我」這也是對通靈玉璽講話意謂「滿漢結合全是邪說你這玉璽雖不忘漢已經有人用金玉邪說替你們拉扯你保不住要變心和金韃滿人結合所以我常提起來試你你若有主意戀我朱明當然不理會那些邪說又何必那樣着急亂鬧呢」所以說兩個人本是一個心因玉璽

和漢人是近的反弄的遠了必如此然後才合本書用意不然便是朱明願意被滿人吞併使作者一把酸辛淚更無處可灑矣其中更無味可解又何緣笑作者癡耶

次論漢滿明清

開卷第一回（暗用孝經「開宗明義第一章」語寫出宗明兩字最妙）開首便云「作者自云曾歷過一番夢幻之後故將眞事隱去（此隱字當有托始隱公之意詳附錄）而借通靈說此石頭記一書也故曰「甄士隱」所謂一番幻夢卽明亡滄桑之變如一場惡夢也曰「對着晨風夕月階柳庭花」晨風寓興清之意夕月寓亡明之意柳花言六朝花柳皆是供人吟咏故曰「雖覺潤人筆墨」其意自明甄士隱以眞對假以明爲正以清爲僞此諸索隱者所知其曰「借通靈」卽假玉璽以造成木石金玉姻緣紅樓夢也

特提通靈絕非偶拈因國家存亡以玉璽存亡爲準一部歷史幾乎都爲爭這塊頑石而起其關係不爲不大作者因而出力寫這塊頑石被僧道攜入昌明隆盛之邦詩禮簪纓之族花柳繁華之地溫柔富貴之鄉正寫玉璽在帝王家裏兼寫明清兩代其曰「那野史中或訕謗君相或貶人妻女姦淫凶惡不可勝數（正言若反勿爲瞞過）更有一種風月筆墨其淫穢汚臭（正寫明清際之滿宮淫穢史曰「文君子建」將小宛順治都寫在句下」「其間離合悲歡興衰際遇俱是按跡循蹤不敢稍加穿鑿至失其眞」（重在寫明清之興衰書中自有蹤迹可尋不至失却眞相所以說不比那謀虛逐妄言非謀爭逐于僞朝也）空空道人聽如此說思忖半晌（鄙意賈雨村言有假予忖焉之意從此來）謂其言雖如此而其意則大可思忖故接以只見上面大旨不過談情已悟其中寓意矣因而又

以空空道人因空（僞）見色（眞）由色生情（淸）傳情入色自色悟空注之言其不過空情（僞淸）聲色史耳其曰「無朝代年紀可考……不過談淸」換言之卽「朝代不明只是談淸」還恐人誤會非明淸事乃以風月寶鑑影射淸風明月以闕合之又曰「石頭記緣起說明」卽謂明雖亡而一部石頭記仍緣起于明之旣亡也和一百十六回「和尙對寶玉說世上的情緣都是那些魔障只要把歷過的事情細細記着將來我與你說明」亦言石頭雖寫淸事意仍在明同意皆非閑筆至云地陷東南言明亡于宏光南朝曰姑蘇城十里街有仁淸巷巷內有古廟人呼爲葫蘆廟正謂淸人實古之胡虜廟旁住着甄家言明與淸爲隣也蔡索隱謂甄士隱影射愍帝亦是因其被髮縊死煤山恰似道裝煤與火近故曰三月十五日葫蘆廟和尙不小心失火可憐甄家早成瓦礫場正寫甲申三

月十九日事怕人看板了十五特着接二連三牽五掛四二連三雖是五牽五掛四却[illegible]九仍是十九日也又曰近年「水旱不收盜賊蜂起」八字正寫明季久旱以致有張李之亂卒以亡國甄士隱解好了歌顯寫亡國景象如畫遂同跛足風道人而去非跛足披髮而死之愍帝而誰僧道本朱明一代始末朱元璋爲僧愍帝道裝而死或謂僧代表滿清因薙髮人稱半邊和尚亦通五回寫警幻仙姑引寶玉入室聞香謂是異卉之精合各種寶林珠樹之油所製名爲羣芳髓此言朱明亡時忠烈之士相偕死難如羣芳相隨化骨又曰此茶出在放春山遺香洞意謂煤山留芳故名爲千紅一窟紅者朱也朱明葬亡也酒曰萬豔同杯豔亦朱明之謂同歸坯土至四仙姑一癡夢仙姑（言滿之先祖出于仙女食果如癡人說夢也曰種情大士言朱果爲淸之種子也引愁金女言女眞名後金與明爲仇也曰

度恨菩提言七恨誓天遂度中國是其智如菩提亦可曰提恨皆非讕言蔡索隱謂賈兩村代表滿人應運而起某君索隱曰冷子興言滿州興于冷地皆是作者旣取雪字暗藏滿字以定寶釵姓名而於十三回秦可卿死後寫其托夢于鳳姐則明言「月滿則虧水滿則溢」正提兩滿字且寓排滿意又曰「我家赫赫揚揚已將百載」言胡無百年之運故緊接曰「一日樂極生悲若應了那樹倒猢猻散的俗話」猢猻胡人子孫也庚申外史寫元順帝微時與猢猻善及亡國遁走三十六猢猻皆自投于江而死說者謂正應其即位三十六年此說雖附會然猢猻與胡元之關係不異于東胡之關係此說直驗于最近辛亥革命滿族遂亡大有樹倒猢猻散之象作者先見不讓預言家矣又宋淳熙莎衣道人作歌曰胡孫死鬧啾啾也須還我一百州談者謂金酋萬王死其孫璟立不以序諸酋爭立內亂

胡孫正指滿州胡族之孫當時雍正與諸弟爭立亦有此象賈母作謎曰猴兒梢身輕站樹亦有胡孫據高位但不久必落故射荔枝言離枝也又紅樓夢曲中世難容一折有「又何須王孫公子歎無緣」一句王索隱謂指圓圓甚是但未索出王孫公子隱曲因圓圓最先亦爲冒公子辟疆所眷被豪家奪去卒爲吳三桂所得多爾袞常與通款則王孫應指多攷王孫亦名胡孫漢王延壽有王孫賦杜甫有覓王孫詩與言猢猻及猴兒諸語均可參照

寶玉說女子是水做的男子是泥做的或云因達子達字從土頭故書中男子代表滿人漢字從水旁故書中女子代表漢人蔡書應用此說不應以淸從水漢從土顚倒其取義至某氏因二十三回黛玉問寶玉看的什麼書寶玉說道不過是中庸大學遂謂石頭記爲演性理之書未免附會却不知中庸大學正影明淸兩代因滿人

之祖努爾哈赤受明朝龍虎將軍之封後來叛逆稱帝自稱後金改元天命（章太炎排滿歌有天命天聽放狗屁之句卽指此）而中庸第一句乃天命之謂性當然影射清朝至大學首兩句爲大學之道在明明德顯然影射大明或曰此書爲清康熙朝相國明珠之子而作明珠姓納蘭子名成德字容若好塡詞飲水集悼亡詩有葬花天氣語聞成德改字性德安知大學中庸不指性德二字答曰此予所謂第二義諦也因曹書之寶玉誠有似容若公子處故蔡書索隱常就諸名士說法然曹書已將第一義諦藏于其中卽使明珠公子見之亦不能解是爲最高妙之寫法大學中庸旣影明淸又影性德雙管齊下巧不可階何須懷疑否則本書成容若公子猶及見之自比寶玉故改字性德以牽就此節亦未可知又按乾隆第二妃爲納蘭氏後廢爲尼居杭州某寺廢時無明詔可作元春惜春兩影皆與

明珠家事相關合至十九回于襲人口中講出寶玉說「只除明明德外無書」更足證明第一義諦不然既寫寶玉不喜讀書却喜大學甯非矛盾又說只除明明德即是說玉璽只應戀明除非明得否則便入邪途成爲僞朝矣茲事從來未有看破者可謂粗心然蔡書謂西廂記牡丹亭對舉爲代表當時違碍之書西廂終于一夢以代表明季之記載（即作者所謂一番幻夢所以有紅樓夢之稱）牡丹亭述麗娘返魂以代表主張光復明室諸書（按牡丹亭有猛衝冠怒起是誰弄得中原如是之句尤慷慨動人大有種族之感故作者深取之也）又舉西廂落紅成陣花落水流紅牡丹亭原來是姹紫嫣紅開遍似這般都付與斷井頹垣及良辰美景奈何天賞心樂事誰家院（落紅水流紅嫣紅諸紅字仍影朱字）曰落紅也葬花也付紅紫于斷井頹垣（此句與甄士隱解花了歌意同）皆弔亡

明也奈何天誰家院猶言今日域中誰家天下也又點出黛玉酒令引西廂「紗窗也沒有紅娘報」言不得明室消息又舉四十二回寶釵偷看西廂琵琶（琵琶記蔡邕亦能影射明遺臣事虜事故帶一句）被大人打的打罵的罵燒的燒曰「此等違禁之書本皆祕密傳閱經官史發見則燬其書而罰其人」又舉寶琴所編蒲東寺懷古云「似形容明室遺臣強顏事清之人其梅花觀懷古末句「一別西風又一年」亦有黍離之感又舉黛玉李紈駁辨辭曰「此等忌諱之事雖不見史鑑亦不許人談外史則人人耳熟能詳」皆非附會之詞又「黛玉聽曲至如花美眷似水流年想起古人水流花謝兩無情再詞中亦有「水流落花春去也天上人間」又兼方纔所見西廂記中花落水流紅閑愁萬種湊集在一處子細忖度不覺心痛神馳眼中落淚」中間夾敘李後主亡國之痛以影明亡恨

事尤爲眞切然則寶玉說西廂是中庸大學正言明淸興亡之事非閑筆也

蔡氏又謂「我國古代哲學以陰陽二字說明一切對待之事物」因舉三十一回湘靈和翠縷辨說陰陽云「本書明明揭出淸朝對于君主滿人自稱奴才漢人自稱臣」（滿人有恥稱奴才者曾上摺請改稱臣而淸帝詔曰奴才卽臣臣卽奴才始不改）故蔡氏接曰臣與奴才並無二義以民族對待言之征服者爲主被征服者爲奴本書以男女影滿漢以此」其言固是但古人解易者又謂君子爲陽小人爲陰中國爲陽夷狄爲陰（唐山喬氏力主此說正指滿人故是書在淸時不顯著）作者亦藏此意于陰陽對舉中而未敢明言耳

五十二回寶玉說他遇見眞眞國女孩子正影射台灣鄭成功

眞鄭雙聲相諧且言其所奉爲眞正明朝系統觀其形容眞眞國女子滿頭都是瑪瑙珊瑚貓兒眼祖母綠又身穿洋錦襖袖帶着倭刀謂成功母爲日本人日本女子好帶瑪瑙珊瑚又明提出倭刀更不是西洋女子又說他通中國詩書會講五經能做詩塡詞皆言鄭氏（成功有遺詩甚佳）雖居海島仍奉明正朔不愧爲中國男兒而所寫之詩又顯露思明情感曰

昨夜朱樓夢（是作者自點出紅字影朱）今宵水國吟（台灣四面皆海故稱水國然亦可影淸言昨夕尙屬明室今宵已變淸朝也）島雲蒸大海嵐氣接層林（正寫台灣風雲嵐林仍有木石意）月本無古今（月有明意希望明常明于今古）情緣自淺深（情言淸朝言淸水總自淺深與我無關）漢南春歷歷焉得不關心（結到懷江南宏光朝仍用漢歷以記

春正以及永歷祕結成功事歷歷自有永意又明提出漢字以明眞象若是外國女子何必關心漢南春色耶

接着家人聽了都道「難爲他竟比我們中國人還強」正贊鄭氏鄭氏據海角一島勉強支撑不忘明室眞是難爲他（三字寫得極沈痛如讀錢牧齋投筆集）竟比身居中國靦顏事虜這一般人強的多了可謂罵倒一切奚落蔡書中影寫諸事淸名士不小

蔡書第六版自序云（鄙意甄賈二字實因古人有正統僞朝習見而起賈雨村舉正邪兩賦而來之人物有陳後主唐明皇宋徽宗故疑甄寶玉影宏光而賈寶玉影允礽也）其言極是正邪寓正偏甄賈指正僞太虛幻境聯曰「假作眞時眞亦假」言以僞爲正則反以正爲僞如滿淸不認宏光爲正統是也至謂賈寶玉好女色甄寶玉亦好女色賈寶玉有林薛諸姊妹甄寶玉亦有許多姊妹林

薛是諸名士影子甄家姊妹是候朝宗阮大鋮諸人影子（二回賈雨村說出金陵省體仁院總裁甄家冷子興曰「誰人不知道甄府就是賈府老親他們兩家往來極親熱的便在下也和他家往來非止一日了」言淸未入關與明信使往來已非一日可以說是老親家冷子興代表滿人所以說他和甄家往來不說和他們往來甚顯）作者于五十六回特寫甄府家眷進京對照甄賈兩家寶玉甄家四個女人道「因老太太當作寶貝一樣他又生的白老太太便呌作寶玉」寫出一塊白色玉璽來又說「起了這個小名之後我們上上下下都疑惑不知那位親友家也倒會有一個的只是這十年來沒進京都記不眞了」正統僞朝眞假難辨使人疑惑然記得北京那個不是眞的語言之妙使人心服又說「倘若別處遇見只當我們的寶玉」言滿淸僞朝却得了我們漢人的寶玉幾令人認假

作眞又史湘雲說「你放心鬧罷先道單絲不成線獨木不成林如今有了個對子鬧急了再打狠了你好逃走了南京找那一個去」言正僞相對待若僞朝鬧倒了玉璽可以歸宏光南朝去且指福臨和宏光行徑相似及湘雲說出陽貨孔子寶玉笑道「孔子陽貨雖同貌不同名藺與司馬雖同名而不同貌你說我和他兩樣俱同不成」言朝分正僞而寶玉只一塊也湘雲却笑道「你只會胡攪我也不和你分證有也罷沒有也罷與我無干」言你只以胡人攪亂中華我現在也不辨你有玉璽沒有玉璽反正我和漢人不相干接着寫寶玉夢到一座花園和大觀園一樣又有許多丫環也和鴛鴦襲人平兒（特舉三人也有意鴛鴦言對偶襲人言龍袍皇帝平兒言平等相敵）一般及道「這裏也竟有個寶玉」（不信還有南朝）丫環們忙道「寶玉二字是我們家奉老太太太太之命爲保

佑他延年消災我們叫他他聽見喜歡你是那裏遠方來的小廝也亂叫起來仔細你的臭肉不打爛你的又一個丫環笑道「咱們快走罷別叫寶玉看見又說同這臭小子說了話把咱們薰臭了」這玉璽是從古代皇帝傳來傳國永祚之寶只許漢人稱道他你是臭遠夷臭韃子腥膻之氣薰人怎配口含玉璽「早到了一所院內寶玉咤疑道「除了怡紅院也竟還有這麼一個院落」言玉璽只喜歡朱明不知這裏才正是怡紅的寶玉所在又寫甄寶玉說「夢中到了都中一個花園子裏頭遇見幾個姊妹都叫我臭小子（此臭和賈寶玉之臭有分別不過說宏光亦有穢德故不着薰臭語）不理我好容易我到他房裏偏他睡覺空有皮囊眞性不知往那裏去了」（言僞朝不過臭架子並無眞正統系的性質）及至兩寶玉一見甄的說原來你就是寶玉這又不是夢了（宏光一晌夢光復

寶物未敢自信）賈寶玉道這如何是夢眞而又眞的及賈寶玉醒來襲人指他是鏡裏照影的寶玉瞧了原是大鏡對面相照自己也笑了（言僞朝正統正面相照寫來自爾分明）又賈寶玉自說果然是胡夢顚倒合湘雲胡攪相應言胡人顚倒中原之夢果已實現矣按甄賈寶玉只好如此迷離方合寓言八十回以後紅樓夢工力悉敵使人疑出一手亦寓明清種族意惟寫兩寶玉實地相見好像笨筆然亦寓有光復正統之意在內詳別評八十九回寶玉到瀟湘舘看見一副小對上寫綠窗明月在青史古人空（亦明清對舉綠窗明月昏暗不明矣清史新編更無故人正是亡國人感慨）又掛鬭寒圖是畫「青女素娥俱耐冷月中霜裏鬭嬋娟」詩意（青女散霜仍是滿雪一流人物素娥奔月自是明女乃滿漢宮女之爭也皆極顯露）

再專論寶玉

第二回從冷子興（代表滿淸之興說見前）口中說「政老的夫人王氏（賈政娶妻王氏言僞政府已爲中國帝王故王夫人兄名子騰言滿洲興騰之速也）頭胎生的公子名喚賈珠（言淸人初假爲朱明之臣受朱明玉璽之封添玉爲珠）以朱代明尙有佐證錢牧齋晚年家居與當軸一張姓者觀劇演爛柯山悔嫁劉氏白語中有云你如何嫁了張石匠以張在座伶人遂改張爲王錢因拍案擊節曰得竅呵得竅俄而劉氏復白云「你如何負了朱氏」張亦拍案擊節曰沒竅呵沒竅錢大恧因錢有負于朱明也滿人之負明亦然故曰賈珠（十四歲進學二十歲就娶了妻生了子一病就死了（言不久卽叛朱明不受封號留妻曰李尙與中國以禮往來）第二胎生了一位小姐生在大年初一就奇了（卽元春乃春

王正月謂滿人已得中國歷數（亦竊取春秋托始于隱公之一證（元字亦有意清本胡人與元胡相等耳）不想次年又生了一位公子說來眞奇落胞胎嘴裏便啣下一塊五彩晶瑩的玉來還有許多字跡」（此從西京雜記中元后在家嘗有白燕啣白石大如指墮后績筐中后取之石自剖爲二其中有文曰母天地后乃合之遂復還合乃寶錄焉後爲皇后常幷置璽笥中謂爲天璽」一節取來可見寶玉是玉璽古玉璽有「受命于天既壽永昌」八字「與勿失勿忘仙壽恆昌」意相同言淸人已得漢人傳國之寶且自稱天命因而久假不歸謂爲自有口啣云者有吞併意五彩晶瑩言其明也蔡書謂指胤礽生有太子之德尙覺太淺所以賈雨村說「只怕這人來歷不小」忖度誠然這玉璽歷史很長來歷本然不小）至謂「祖母愛如珍寶」以及那太君還當是命根一般」（是說玉璽

爲傳國之寶歷代帝王視爲受命之基史太君意指歷史家太君如言太史中國史家特別重此玉璽故謂無璽爲白版天子書中寫賈寶玉一失通靈玉卽和沒子碑一般成了白版其實重可知）賈政因寶玉週歲只抓脂粉釵環說他將來是酒色之徒（是影淸世祖及胤礽太子並宏光皆好色所重者北地胭脂南朝金粉）寶玉說女兒是水做的骨肉男人是泥做的骨肉（水影漢泥影滿因滿人一稱達子宇首從土故也）我見了女兒便淸爽（漢以天漢立稱故明爽）見了男子便覺濁臭逼人（所謂臭達子騷達子皆是濁意）冷子興說寶玉將來色鬼無疑而賈雨村却岸然厲色忙止道「非也可惜你們不知這人來歷」若非多讀書識字加以致知格物之功悟道參元之力者不能知也（言人不多讀中國歷史便不知這玉璽來歷致知格物以知玉之體其實暗指大學悟道參元以

以知玉之用其實暗指中庸因中庸之修道言贊天地之化育故曰悟道參元大學首明明中庸首天命清太祖年號說見前言不知明清兩代之事不能知玉璽功用耳）冷子興見他把此事說得重大忙請教其故雨村便發了一大段應運而生應刼而生的大道理（當然是說帝王之應刼運而生且屢言清明靈秀謂明清帝王雖至爲陳後主宋徽宗仍不失爲邪正兩賦之奇人）所以子興說依你說「成則王侯敗則賊了」雨村道正是此意（公然提出滿清之興不過朱明賊子之成功非正統仍僞朝耳）三回從黛玉眼中看貫寶玉原是一個青年公子（即清家公子之意）頭上戴着束髮嵌寶紫金冠齊眉勒着二龍搶珠金抹額（完全是帝王冠帶二龍搶珠寓黃龍奪朱明之意）一件二色金百蝶穿花大紅箭袖束着五彩絲攢花結長穗宮縧（宮字着眼）外罩石青起花八團繡緞

（有清起八旗之意）排繐褂登着青緞粉底小朝靴（青字宜着眼衣靴完全滿裝）面若中秋之月色如春曉之花鬢段刀裁（言薙髮也）眉如墨畫鼻似懸膽眼若秋波雖怒時而似笑卽嗔視尙有情（有情有淸也所寫像貌極似淸世祖其狀如美婦人淸秀絕倫且極有情觀其悼董妃文幾不讓辟薹夢憶又嘗因太倉王揆臚唱聞揆音近魁曰是負心王魁耶蓋小說家有王魁負林英女士事可見順治恥作負心人且爲賈寶玉喜閱小說一證）黛玉一見便吃一大驚心想到好生奇怪到像在那裏見過的何等眼熟（言朱明代表一見玉璽不禁大驚本我故物焉得不眼熟）及寶玉換了冠服露出大辮大辮正寫辮髮之俗又一段風韻萬種情思（風情仍是淸風意）其評寶玉西江月二詞曰

無故尋愁覓恨（言淸太祖尋仇覓恨以七大恨誓天其實皆

無緣故也）有時似傻如狂（滿語以天子爲憨由可汗轉來憨有傻意言其退兵犯明有如發狂狂從犬王有夷狄君意）縱然生得好皮囊腹內原來草莽（滿人起于遊牧不出水草好皮囊反語言韃子臭皮囊也）潦倒不通庶務愚頑懶讀文章（初不愛中國政治與文化）行爲偏僻性乖張那管世人誹謗（言滿人偏據遼東竟張狂圖明不顧世人之非議入關後肆行無忌益乖張矣又清順治在關外深自韜晦遊嬉姣獪漁獵鄙事無不爲之使攝政無猜得以保全恰似寶玉前卷情形畏懼貴政却不顧非議）富貴不知樂業（貴爲天子富有四海尚不知安居樂業）貧窮難耐淒涼（未入中國貧居遼野淒涼極矣）可憐孤負好韶光于國于家無望（滿人不在四民之列益全無于國家縱聰明亦非中國國家所望也）天

下無能第一古今不肖無雙（此似指胤礽）寄言紈絝與膏粱莫效此兒形狀（言中國文繡民族不宜反效滿人）二詞與八回嘲頑石詩相似「女媧煉石已荒唐又向荒唐演大荒（指僞朝說書中幻虛荒詩等字樣均從僞字化出）失去幽虛眞境界幻來新就臭皮囊（言玉璽離正統而爲臭韃子所得）須知運敗金無彩（謂胡金無百年之運）堪嘆時乖玉不光（玉寶已違明時自不光明）白骨如山忘姓氏無非公子與紅粧（言滿洲出長白山姓氏不明其貝子貝勒譯言哥兒紅粧言朱明關係清明兩代也）

寶玉看罷黛玉笑道「這個妹妹我曾見過的」又道「心裏倒像是舊相認識遠別重逢的一般」（言玉璽與朱明爲舊交及爲淸人得去遂與故主遠別言南北隔絕也）至寶玉問黛玉可有

玉答曰「我沒有那玉亦是件罕物豈能人人皆有」（言朱已罕失去玉璽而此玉璽只一人能有曰亦是謂眞主固罕見玉璽明亦遇也）寶玉聽了摔玉並曰「什麼罕物人的高下不識還說靈不靈我也不要這撈什子」（言玉璽應歸上邦朱明不應歸下邦滿人今乃捨却故主已失效力滿人不過偶然撈拾起來非所應要按撈什應作牢實作者故意寫作撈什以形容滿人拾得明人天下）及賈母忙哄他道「這妹妹原有玉來的（言朱明本有玉璽）」因你姑媽去世時捨不得你妹妹無法可處遂將他的玉帶了去（言故國已亡玉璽亦與之並失即滿人不承認得天下于明朝之意）「因此他只說沒有玉也是不便自己誇張之意你如今怎比的他」（言朱明已失玉璽無以誇示天下但他自是正統滿人如何比的上）

蔡書謂寶玉乃胤礽影子王君以擬清世祖皆是也因作者所寫一人決不定代表一人前已說過蓋據魘魅一案論則寶玉是影射胤礽據寶玉以賈政爲父言則影射清世祖最初定攝政王禮儀一切均擬父王又因皇太后下嫁攝政王詔中謂清帝視攝政王如父不可使父母異居則賈政配王夫人合言之恰是攝政王三字寶玉以爲父非清世祖而誰清世祖有五臺出家一說故寶玉自稱情僧又王熙鳳有「寶玉獨頂老祖宗上五台山」一語證之且因清世祖自稱滿住乃佛名文殊之轉音文殊示化五台故滿人好佛所謂堂子神卽釋迦牟尼觀世音菩薩歡喜佛等清帝后每使人稱老佛爺賈母所以得此號也

寶玉房中了頭之名俱有用意襲人言襲人又姓花卽花團錦簇之龍袍皇帝以寫寶玉身分故爲正婢麝月言玉璽目的射于明

月以寫寶玉精神晴雯則以玉璽關係明清兩朝半明半清始有此情文相生之石頭記寫寶玉之關係故皆居側婢之列後用小紅王君索隱謂指洪承疇頗有意因清太宗嘗呼承疇爲老洪作者惡之乃呼爲小甚是

寶玉與秦鍾結合秦與清聲相近言玉璽與清室交往故秦鍾父曰秦邦業言清朝之興業其後則清鍾愛玉璽而玉璽亦戀清秦可卿言可親謂玉璽以清爲可愛親而呼爲卿卿五回寫寶玉到可卿房中先看見燃藜圖及世事洞明皆學問人情練達即文章（仍有明清兩字在內）便不肯在那裏寫僞清不好明家文化及見唐伯虎的海棠春睡圖與秦太虛寫的對聯（唐言唐人秦言清虛言虛僞由唐人寫出僞清來）又案上設着武則天趙飛燕安祿山壽昌公主諸用物完全是皇帝派（武則天本是僞皇帝且滿人尚武

而自稱天命亦甚肖阿武之名滿州又曾姓趙故用飛燕安祿山言胡也兩公主亦有胡女之意因胡自稱公主且表淫亂）壽昌公主之梅額乃天外飛來之媒証同昌公主下嫁舖排典麗與清太后下嫁攝政王有關所以寶玉說這裏好這裏好（好好正是卿卿愛親之意亦滿人之姓也）及夢中警幻迎寶玉至一香閨繡閣中見一女子鮮豔嬌媚有似乎寶釵（北地臙脂）風流嬝娜則又如黛玉（南朝金粉）言玉璽關係明清兩代吾妹一人乳名兼美表字可卿（言兼滿漢南北之美麗江山而以爲可親愛也）夢醒又喊可卿以示玉璽爲愛親覺羅氏所迷惑不易醒也至警幻所云令祖寧榮二公剖腹深囑寧榮與賈寶玉關係從來無人道破皆不明滿清及明清關係之歷史故也攷史滿人祖居寧古塔其後因寧遠一城屢與明室開釁夢中十二册正册末一副結云「漫言不肖皆榮出

造釁開端實自寧」言明清開釁于寧遠至于榮言滿人榮盛之後窮奢極侈獨有此不肖子孫因榮字太暗有安富尊榮之意十三囘秦可卿夢告鳳姐榮辱自古迴而復始又「于榮時籌下衰時事業」又說「若日今以爲榮業不絕不思日後終非長計」皆明點榮字又特寫出一金榮以點出金榮者言後金漸漸榮盛也故金榮與薛蟠一氣言長白種族蟠遼而後榮耀又北靜王即北滿爭來清王之意名曰世榮又說彼此祖父同難同榮以見創業艱難也二囘冷子興說榮寧二公一母同胞寧公居長榮次之寧謂清太祖開釁于寧遠榮謂由太宗之後始漸榮盛故曰榮公長子賈代善（淸太祖次子名代善）娶的金陵史侯小姐爲妻即漸與中國文明歷史生關係也所以警幻云榮寧二公囑吾云吾家自國朝定鼎以來（即滿人入主中國之後）功名蓋世富貴流傳已歷百年運終數盡不

可挽回（正言胡無百年之運）與可卿託夢之言相照應紅樓夢曲中「昨貧今富人勞碌春榮秋謝花折磨」亦如寫金榮元出貧家亦與北靜王世榮同榮相照皆作者微詞不可忽略秦可卿之死乃寓滿清盛極必衰之兆因平三藩時滿兵已衰朽無用故于可卿之死極力鋪排于送殯人中明點出靖國等六公又謂六公與榮寧二公當時所稱八公的便是即清入關時立功之八家鐵帽王也四郡王正寫三藩兼定南王孔有德也某君索隱以孔四貞爲史湘雲則史鼎即指孔有德作者以史太君影太史公謂本書即一部野史然亦須用孔子春秋筆法乃暗借孔有德以證之三藩皆叛孔獨不叛故曰忠清寓忠清中立兩意名鼎者定也言定南王也

作者于榮甯兩府人名皆用假借而獨標代善眞名且代善有兄早死清人稱爲大貝勒正是清太祖之長子所以不改此名一因

故作洩漏一因太祖諸子之名惟代善與中國人名相似三因有清室一代一代好起來之意至以清太祖太宗爲兄弟不過指其武功野心政治皆相伯仲耳清太宗爲努爾哈赤四太子故曰寧公有子四人亦故意露洩之處至寫賈政賈赦爲榮公之孫正寫入中國後政刑皆僞不以統系論矣

二十五回通靈蒙蔽遇雙眞（雙眞指一僧一道言明起于僧亡于道皆是眞王那僧道「寶玉原是靈的只因爲聲色貨利所迷故此不靈了」（言玉璽本係明靈之物自入僞朝大受蒙蔽所以不明不靈特將明字隱去）又贊玉曰「天不拘兮地不羈心頭無喜亦無悲只因煆煉通靈後便向人間惹是非」（正贊玉璽之天縱靈明惹起興亡正僞是非來）又說「粉漬脂痕汚寶光房櫳日夜用鴛鴦沉酣一夢終須醒寃債償清好散場（言玉爲北地臙脂

所汚皆爲寃仇不解所致能將清室寃債還畢乃好結局也）

按楊子法言有句云「欲讐僞者必假眞」本書之辨假眞皆讐僞之心理耳

十九囘寫寶玉到賈珍那邊看戲不想唱的是丁郎認父（寓漢人不忘宗國意）黃伯英大擺陰魂陣（寓崇禎縊死煤山事）更有孫行者大鬧天宮（影胡人大鬧天國）姜太公斬將封神（寓清人入主後大封功臣事）等類的戲文倏爾神出鬼沒忽爾妖魔畢露內中揚旛道會拜佛行香（寫胡人祭堂子神怪及跳神供歡喜佛等事）鑼鼓叫喊之聲遠聞巷外滿街上個個都贊好說「別人家斷不能有的」（言滿人得意上踢據中國爲己有也此節雖寓意亦寫實清外史載內府戲班演戲率用西遊記封神傳等小說中神仙鬼怪之類取其荒幻不經無所觸忌且可從中點綴排引

多人離奇詭變作大觀也戲台闊九筵凡三層所扮妖魔有自下而上者有自下突出者甚至兩廂樓亦作化人居而跨鶴舞馬則庭中亦滿有時神鬼畢集面具千百無一相肖者神仙將出有道童數隊出場又有八仙慶壽道童無數至唐僧取經如來上殿高下列坐幾千人仍有餘地正和此回所寫相同）寶玉見繁華熱鬧到如此不堪田地只略坐一坐便走（寫漢人看見清廷歡舞昇平不堪憤慨且全係妖魔相鬬尚不及燕子箋春燈謎之儒雅也何能坐視

二十二回寫寶玉參禪雖影清順治出家亦正寫雍正宮中參禪事因其有御選語錄即禪宗也

論書中詩詞

全書詩詞以紅樓夢十二支曲爲冠乃融會詞曲彈詞而成者其意則在哀明前已略說今再疏解一二以備參攷開首「開闢鴻

濛誰爲情種」（此指滿族開闢史中天女呑果神話言其事雖混濛已種情根並將舜帝爲千古情祖亦寫在內）「都只爲風月情濃」（自然是淸風明月）「奈何天傷懷日寂寞時試遣愚衷因此上演出這悲金悼玉的紅樓夢」（作者自道作書緣起書中屢用無可奈天以及良晨美奈何天皆寓國亡種滅奈何不得旣悼玉璽又悲金人者因明已亡而淸亦不能久保蓋深知君主之禍有黃黎洲原君之微意故篇中能舉帝王富貴一齊抹撥頗有平民思想當于別篇詳之）「金玉姻緣木石前盟前已說過」而「枉凝眉」一曲正言木石姻緣之無望如水月鏡花一樣空想「恨無常」（此曲似哀三藩因三春並寓淸初三藩之意故有路遠山高之語與書中元春並不相似待攷）「分骨肉」指探春似哀尙耿二王以窮通離合寫其遭遇王書謂指三桂與其父母分離亦合第一義

影孔四貞平南王孔有德夫婦遇難時四貞尚幼從乳母北來故襁褓中父母即雙亡也四貞有父風又歸清宮收養及嫁孫延齡後又成寡居與詞意甚合

悲中樂指史湘雲蔡書謂影陳其年頗似曲中霽月光風耀玉堂寫其爲明清得意之文士「此難容」指妙玉蔡書謂影姜西溟孤負了紅粉朱樓春色闌亦點出其爲明亡後名士「喜寃家」指迎春影射孫延齡「虛花悟」指惜春影射陳圓圓又影明亡後逃禪避世一流人物看破貧富榮謝之無常不特明人折磨滿人亦將衰敗而發此悲吟浩嘆也「聰明累」指鳳姐蔡書謂影王國柱甚似亦指多鐸多爾袞「晚韶華」指巧姐第一義指劉三秀之女及其仲兄之子所謂狠舅奸兄也指李紈哀仕清諸人之將相功名皆不久也亦指三秀「好事終」指可卿指明清開釁之人眞是寃家

對頭也「飛鳥各報林」總結一攝明清兩朝而後出現干淨土也紅樓夢曲大有顧恭萬古愁曲意聞清世祖最愛聽此曲常使宮女歌唱侑酒亦寶玉夢聽紅樓曲之証（餘參看王書可得）

石頭記緣起詩云滿紙荒唐言（荒言亡唐言中國緣中國有稱漢者有稱唐者然則荒唐言卽亡國語）一把酸辛淚（亡國恨也）都云作者癡（癡心復國）誰解其中味（別是一般滋味）總結曰石頭記緣起說明（言本書由說明亡而起也）一百二十回結處又着作者緣起之言曰「說到辛酸處荒唐愈可悲（言亡國酸辛悲痛難言）「由來同一夢休笑世人癡」（言興亡皆一夢世人之癡卽作者之癡共一片光復癡心宜憐不宜笑也

黛玉葬花詩哀明亡也李後主詞流水落花春去也天上人間正寫亡國情形悼翠哀紅無非幽情詩中「明媚鮮豔能幾時一朝

漂泊難尋覓」點出亡明景況又以「杜鵑無語正黃昏」補出愍帝遺恨落日黃昏皆無明之象再結云「一朝春盡紅顏老花落人亡兩不知」言運盡朱明衰敗國亡種滅無人知也瀟湘館鸚鵡一日忽咏「儂今葬花人笑癡他年葬儂知是誰」此指宏光因宏光小名福八宮中妃嬪常教鸚鵡呼之以爲戲沈士銓宮詞「英武金籠喚御名」句即此也兩句在黛玉則有隋亡時蕭后言妾命不知在何時之意在宏光則有漢獻帝朕命不知在何時之意故特用英武寫出甚合

白海棠亦咏明清間事因作者以雪白代滿洲故特取白海棠寓清興也探春詩中有「玉是精神難比潔雪爲肌膚易銷魂」（言滿雪終盛漢人銷魂）然仍從朱明得來因言「倩影三分月有痕」尚有明人痕跡也寶釵詩云「胭脂洗浄秋階影冰雪招來露

砌魂」（言北地胭脂曾爲明人掃盪是仇敵也而吳三桂招來滿雪始露頭也又「淡極始知花更豔愁多焉得玉無痕」（正寫白雪冷淡而鮮豔因與明多仇而于是有獲得玉璽之痕跡也）寶玉于雪滿盆後曰「出浴太眞冰作影捧心西子玉爲魂」太眞表滿雪之豐盛而冷淡玉璽則如西施顰眉欲報仇也又云「曉風不散愁千點宿雨還添淚一痕」（言淸人仇未散如有宿恨使人有亡國之痛哭耳）黛玉云「半掩湘簾半掩門碾冰爲土玉爲盆」言尙有漢人一半我玉璽自有一分應碾冰雪至地耳又云「偷來梨蕊三分白借得梅花一縷魂」言幾分離愁別恨均由煤山一縷魂來（書中梅字有從煤山化來者）又云月窟仙人逢縞袂秋閨怨女拭啼痕」言明已窟亡天下縞素兒女皆恨怨也結云「嬌羞默默同誰訴倦倚西風夜已昏」言亡國之恥憑誰告訴只有默默哀

長夜之不明而已湘雲詩有云「秋陰捧出何方雪雨漬添來隔宿痕」何方滿雪竟從幽洲陰暗處捧出仍不無宿恨也次首云「玉燭滴乾風裏淚晶隔簾破月中痕」（玉蟹已淚落清風之裏而與明月相隔破無可如何也）

咏菊諸詩亦影明亡因菊殘猶有傲霜枝一語是表示亡明之剛烈寓意沉痛在黛玉菊夢一律開首云「籬畔秋酣一覺清和雲伴月不分明」點出清明兩字言吳三桂叛離之後愁人一夢覺來已變爲清朝而黑雲遮月不是明矣繼云「登仙非慕莊生蝶憶舊還尋陶令盟」（非慕胡人枝葉而還憶舊明與紅樓夢十二十四囘只念木石前盟同意因陶令號淵明詩本究源惟舊明耳）又云「睡去依依隨雁影驚迴故故惱蛩鳴」依依故國之夢爲雪雁驚迴秋蟲夜吟惱人不眠愁更愁也結云「醒時幽怨同誰訴衰草寒

煙無限情」言亡國幽怨無可告訴望塞外衰草只有無限淸人耳

雪詩正表滿人之興故用鳳姐創始（因鳳姐兼俱多鐸多爾袞資格書中寫多姑娘正爲與鳳姐對照）云「一夜北風起」言滿人起于東北也李紈續「開門雪尚飄」暗用開門雪滿山意以點滿字至「有意榮枯草」言滿人榮盛于水草也「無心飾萎苗」不管明人之委頓「麝煤融寶鼎」言明鼎已融化于煤山「綺袖簇金貂」言滿族貂表已入主矣「鼇愁坤軸陷」言國亡如地陷「龍鬥陣雲消」言黃龍入關一戰而李自成銷滅也「坳垤審夷險」言夷人險詐處處設阱「枝柯怕動搖」言國本已傾而福王爲枝葉又現動搖之恐至「月窟翻銀浪霞城隱赤標」言明已陷于滿雪而朱氏隱滅矣結云「欲誌今朝樂憑詩祝舜堯」指當時附淸文人以仕今之新朝爲樂而且以舜東夷之人祝滿夷也（

觀顧天成輓康熙詩云「已過虞舜巡方日尚少唐堯在位年」亦一証據）李紈曰「彀了彀了」言不要附會彀受的了

紅梅詩正指朱明亡于煤山故有「魂飛庾嶺春難辨霞隔羅浮夢未通」（庾嶺正是梅山影煤山未明隔去魂夢不通矣）至李紋「凍臉有痕皆是血酸心無恨亦成灰」明寫愍帝縊死之狀使人心酸恨煞又云「移眞骨脫舊胎」寫清人禮葬愍帝脫胎于古事故結云「江北江南春燦爛寄言蜂蝶漫疑猜」言江北清主江南宏光尚覺春光不少而往來使臣如蜂媒蝶使可以開誠相見莫相猜疑也薛寶琴詩云「閒庭曲檻無餘雪流水空山有落霞」亦言滿人尚未至明庭而煤山已亡朱明矣故接云「幽夢冷隨紅袖笛遊仙香泛絳河槎前身定是瑤台種無復相疑色相差」言愍帝之死正如一夢而仙遊冷香泛空使人知是朱明君王之魂生前

本是帝王種不得以其縊死之色相而謂其差錯也寶玉詩中「入世冷挑紅雪去離塵香割紫雲來」亦言愍帝入世去世均不失朱明氣派耳香割紫雲寫斷長公主臂之慘劇黛玉桃花詩亦哀明亡桃紅影朱明單觀其結處卽知「憔悴花遮憔悴人花飛人倦易黃昏」言人亡國瘁黃昏失明也「一聲杜宇春歸盡寂寞簾櫳空月痕」亡帝魂魄悲亡國空賸明室痕跡而已能不悲哉又黛玉葬花詞桃花詩均由唐六如集中取得以唐寅擬黛玉卽以黛玉代表唐人耳詳附錄

柳絮詞亦悼明讖清湘雲如夢令云「空使鵑啼燕妒且住且住莫使春光別去」言明亡如一塲幻夢尚冀春光且住勿令完全漂泊消滅凡別離之辭皆寓去國離邦之慘黛玉唐多令悲南朝也百花洲燕子樓皆南朝名勝一團團逐隊成毬飄泊亦如人命薄空

繾綣說風流」指阮大鋮楊友龍一輩雖是唐人多令名而實係輕薄才人空眷戀舊國自誇風流朝士而終不覺薄命故曰「草木也知愁韶華是白頭嘆今生誰拾誰收嫁與東風春不管任爾去忍淹留」國破山河在春城草木悲亦可曰草木亦識國仇恨竟令中華衰老嫁與東夷憑人收拾去更無人管爾輩矣尚忍淹留僞朝廷而不圖進取也耶寶琴西江月更顯然曰漢苑零星有限隋堤點綴無窮」言漢苑明宮零落已盡只餘亡國隋堤供人點綴愁恨而已「三春事業付東風明月梅花一夢」（三藩事業全付與東夷淸風明室只有煤山落花一夢耳若由隋堤寫到揚州則此句寫史閣部梅花嶺魂夢也用西江月詞言閣部沈水如月墮西江耳）「幾處落紅庭院誰家香雪簾櫳」朱明朝庭宮院全衰滿雪呈香竟是誰家天下恐人不知故自贊曰幾處誰家甚妙「江南江北一般同偏

是離人恨重」江南小朝江北僞朝一般無二只亡國之人抱恨無窮耳至于寶釵代表滿清故意作興騰詞曰「白玉堂前春解舞東風捲得均勻」言明堂之春光盡爲東夷席捲而均分故接云「蜂團蝶陣亂紛紛幾曾隨逝水豈必委芳塵」滿人蜂擁而來一陣紛亂（團陳兩字寫武力）擾攘而其功名自不至漂落墜地也「萬縷千絲終不改任他隨聚隨分韶華休笑本無根好憑風借力送我上青雲」言千派萬系皆不改長白色態或隱用北極朝庭終不改句以示北朝耳聚于北京或散于各省任地顚狂自肆又道中華之人勿笑滿人無根基而吳三桂一借我力便上青雲飛入中土矣

七十八回史林聯句凹凸舘亦是悼明亡之意先從湘雲口中說出「可惜寶姐姐琴妹妹天天說親道熱早已說今年中秋大家要一處賞月……到今日便棄了偺們……倒是他們父子叔姪縱橫起

來你可知宋太祖說的好臥榻之側豈容他人鼾睡」（明寫滿清入關與宏光南朝口頭尙說親和表示用漢人用漢文其實早把明史敗棄漢人排斥陰有宋太祖平吳之詐決不讓宏光睡于臥榻之側所謂攝政王與順治又是叔姪又親如父子故曰倒是言顚倒正統也反讓他父子叔姪縱橫起來此係作者故意流露處不然剛說寶釵姐妹怎麼拉到父子叔姪寧非矛盾）聯句用韻數欄杆止十三根湘雲道「偏又是十三元」（言明亡于東胡不異宋亡于胡元燒餅歌有明滅元元滅明語所以說偏又遇着胡人也）最初「清遊擬上元」一句正點擬滿清于元胡幾處誰家仍是誰家天下之恨爭餅嘲黃髮（譏附清之黃髮元老爭寵新朝）分瓜笑綠媛（謂女眞瓜分中土其樂可知）「香新榮玉桂」謂香滿一輪由于吳三桂故黛玉聯道「色健茂金萱」言後金已宣明露面于中

國矣宜乎湘雲譏他「犯不着替他們頌聖去可見當時文人頌揚滿清必用金玉等名辭至「晴光搖院宇」謂明之國基已搖動聯云「素彩接乾坤賞罰爲賓主」指長白種族接承明統入主中國有賞有罰以滿人爲主以漢人爲賓所以湘雲道又說他們（滿人）做甚麼不如說咱們南朝福王尚可與愍宗「聯吟序仲昆」是弟兄輩也「漸聞笑語寂空剩雪霜痕」寫亡國言論不自由啼笑皆非只見滿雪嚴厲而已「階露團朝菌」言羣小新承雨露亦可指宏光諸小「庭烟斂夕棔」言小朝庭之昏暗也「秋湍瀉石髓（石頭精髓已瀉盡）「風葉聚雲根」（後葉零落聚于雲南）寶婺四句言小宛以孤潔之身而入清宮爲嫦娥之奔廣寒在亡國題外故湘雲曰你也溜了不但句溜事溜人亦溜然亦緣銀蟾作怪呑月失明而有此兎脫耳「犯斗邀牛女乘槎訪帝孫盈虛輪莫定

一似言福王被殺後廣州雲南方面又有唐王桂王出奔皆明帝之子孫欲圖存于斗南者惟舉棋不定無由問盈虛消息也不過空存正閏故接云「晦朔魄空存」至「宵燈焰已昏寒塘渡鶴影」言明亡遼東鶴飛來「冷月葬詩魂」以禮葬愍帝（明亡之魂）然在漢人觀之只增頹喪不過滿清權術故湘雲曰作此淒清奇譎之語正讖此事耳妙玉所續意指永歷如銷金鼎膩玉盆（仍是金玉良緣特用銷金仍希金氣盡也膩者親也所親亦玉璽耳）縈紆沼寂寞原（寫永歷展轉迂回入滇池以至緬甸之原野不堪寂寞）接云石奇神鬼縛木怪虎狼蹲（仍歸木石言永歷被執縛于緬人又遭虎狼之吳三桂毒害有神出鬼沒之奇怪景象）朝光透曉露屯（仍希復明也）振鳥啼猿（亡國痛淚與葬花參看自明）岐熟焉忘徑泉知不問源（謂吳三桂徑忘明恩如飲水不思源矣）

鐘鳴鷄唱（漏盡更殘聞鷄聲而應自警也）興悲愁煩（有興者有敗者無仇何以至此）遺情誰言（無聊以自遣尙何言哉尙何言哉）徹且休云倦（思明不倦）烹茶要細論（再論烹雜種以快心耳）又問晶頗有意味晶言明而後明福唐桂亦稱三藩是三明也皆陷于溝瀆不振故曰問晶甚爲顯著仍不外悼朱本旨凸碧言金突與耳七十八回姽嫿詞乃明季事實即聊齋志異所寫衡王府中之林四娘恆衡同音靑州不改是作者點出朝代之正筆必用寶玉爲詞亦謂林四娘之義烈當用明之玉璽表章之也詞中流寇正指孔有德破靑州旋爲明兵擊敗故不作亡國語蔡書竟不明此事出處何疏漏乃爾

二十八回雲兒唱的曲（雖與考爾博爭娛雲一案有關仍寓明清代革意）「兩個冤家都難拋下想起你來又記掛着他」（自然是說玉璽關

連明清兩朝）「兩個人形容俊俏都難描畫想昨宵幽期私訂在荼蘼架」（邀清人入關乃吳三桂私訂密約非一般人所公認）一個偷情（與投清音合）一個尋拿拏住了三曹對案我也無回話（明人尋至遇投清者比之拿奸証明原物歸故主自然沒有話講）

至于寶玉唱的

「滴不盡相思血淚拋紅豆」（自是思明愍帝亦號思宗杜鵑歸魂能無血淚）開不完春柳春花滿畫樓（故宮花柳盡爲滿人摟掠去有李後主花月正春風之感）睡不穩紗窗風雨黃昏後（風飄雨打黃昏不明正指明亡）忘不了新愁與舊愁（新仇舊仇正指明清相仇歷史言當然忘不了）咽不下玉粒金波噎滿喉（有臥薪嘗膽意萬方玉石已被滿人吞

咽于喉中漢人當然咽不下）照不盡菱花鏡裏形容瘦（滿肥漢瘦自然憔悴菱鏡背月無明不忍照矣）展不開的眉頭挨不明的更漏（點出不明兩字）呀恰便似遮不住的青山隱隱流不盡的綠水悠悠（即鄭所南滿目青山綠水所南何以爲情之意也）

書內明月多指前明惟中秋月有時指清人因取古人「此夜一輪滿清光何處無」包含滿清兩字蔡書謂賈雨村中秋號云「天上一輪纔捧出人間萬姓仰頭看」爲代表滿洲是也因恐人不明白故二上句點出滿清二字云「時逢三五便團圓滿把清光護玉欄」更顯明矣

論著者思想

著者曹一士及重訂者曹雪芹生于清初乾隆之際目覩滿人

傾軋猜忌之情形以及富貴功名之虛僞且在黃黎洲明夷待訪錄出世之後痛知君權之奇酷頗有去君思想故于本書字裏行間時露平民色彩若生于近今當成一銳進主義者試舉其顯著者言之如第七回寶玉初見秦鐘自思道「天下竟有這等的人物如今看了我竟成了泥猪癩狗了」（此句仍影朱元璋相貌如猪有弦外音）可恨我爲什麼生在這侯門公府之家若也生在寒儒薄宦之家早得與他交接也不枉生了一世我雖比他尊貴可知綾錦羅紗也不過裹了我這枯株朽木（枯株仍古朱）美酒羊羔也不過塡了我這糞窟泥溝（仍有猪窟意）富貴二字不曾遭我荼毒了（這些話在如今很平常但在君主時代野心家正抱大富貴的希望自覺富貴爲荼毒的除過幾個高人隱士眞是少有惟明末所謂愍帝竟對其長女發出「若何爲生帝王家」之慘語正與寶玉可恨

我生在這候門公府之家一嘆相合這猶可諉曰是亡國君的覺悟乃不意所謂興朝順治帝一旦看破富貴高吟我本西方一衲子爲何生在帝王家飄然遠引亦與寶玉同慨寧非怪事此作者菲薄富貴之念所由來也）又寫秦鐘見寶玉形容出衆舉止不浮更兼金冠繡服豔婢嬌童（帝王富貴）果然怨不得人溺愛他可恨我偏生于清寒（滿清起于寒苦之東方）之家那能與他交接可知貧富限人亦世界上大不快事（末兩語乃作者本心一片不平之氣都注向富貧兩字不但要去貴還想去富世界到了無富無貴的境界便近乎極樂園無政府地步了甚麽富貴貧賤眞使人大不快活只好一筆抹摋不許字典中再現此等字樣然後還我平等自由豈獨寶玉秦鐘之欣幸也哉是全人類之福音也）

十五回寫鳳姐攜帶寶玉秦鍾往鐵檻寺路經田家寶玉見莊

家動用之物都以爲奇不知何名何用及聽小廝告訴乃道「怪道古人詩上說誰知盤中餐粒粒皆辛苦正爲此也」一面見紡車越發稀奇（寫出一個不辨菽麥天子來仍寓重農意所以寫莊田人雖視鳳姐寶玉等如天上人並不畏避反加以奚落是眞平民精神最近中華革命文字之功首推章鄒章大炎卽以載恬小醜不辨菽麥八字得罪于滿庭可知此段非贊寶玉也惟與俗傳清康熙帝命畫苑寫耕織圖並題咏農家各詩有照應耳

此外最直捷痛快罵倒帝王人家除焦大叫罵「扒灰的扒灰偷小叔的偷小叔以及柳湘蓮對寶玉說「你們東府（遼東）裏除了那兩個石頭獅子乾淨罷了」寫盡清庭淫亂來其次莫如六十五回尤三姐嘲罵賈珍賈璉兄弟如曰「這會子化了幾個臭錢你們哥兒兩個拏着我們姊妹兩個權當粉頭來取樂兒你們就打

錯了算盤了」駡盡買賣式婚姻究其根源不過兩個臭錢作怪所謂人皆惡其銅臭是也世上只把這一項臭錢革掉一切淫亂醜惡行爲自然消滅無政府主義極端主張廢除金錢者以此若賈氏沒有幾個臭錢何能誆騙欺負人家寡婦孤女害了他們性命（滿人稱貝子貝勒皆曰哥兒或曰阿哥乃本書稱呼賈府公子哥兒們張本書中所謂老祖宗老佛爺爺們皆滿人家庭慣用語）

十九回襲人講寶玉說混話凡讀書上進的人他就起個名字叫祿蠹按祿蠹兩字直駡倒古今一切作官者書中寫賈雨村之貪婪王熙鳳之弄權（兼及甚麼大守公子搶親）薛蟠之仗勢以及兩府之淫亂都是作者反對官吏的精神所以第一回由道士口中念好了歌把功名金銀嬌妻兒孫都一筆勾消又用甄士隱註解結到「因嫌紗帽小致使鎖枷扛昨憐破襖寒今嫌紫蟒長亂烘烘你

方唱罷我登場反認他鄉是故鄉（不特寫滿人入主忘了故土凡人忘了本來面目都是）甚荒唐到頭來都是爲他人作嫁衣裳」更說得警策上下五千年史不過一連幕戲曲而已欲令作官者自己徹悟一齊放下自然可到無富無貴無貧無賤的樂地故作者自謂翻過筋斗來也

書中屢寫寶玉不喜出嫁兩字是反對婚姻制度主張戀愛自由所以二十九回寫張道士給寶玉提親寶玉非常生氣四十六回寫鴛鴦反抗賈赦連寶玉都非薄起來說便是寶金寶銀寶天王寶皇帝（是作者故意露洩）橫豎不嫁人就完了寫迎春之誤嫁尤三姐之自擇無成皆是反對舊式婚姻乃前人所未有者此著者思想高人一等處也又九十三回寫蔣玉函沒定親說「他拿定一個主意說是人生配偶關係一生一世的事不是混鬧得的（舊式婚

姻混鬧的多）不論尊卑貴賤（又是平等思想）總要配得上他的纔罷」言下透出自由擇配的意見和七十二回來旺婦倚勢霸成親彩霞因來旺兒子不正經容貌又醜不願意嫁他是一般思想此外如寫尤三姐守候柳湘連司棋被查出私情並無畏懼慙愧之意皆有自由戀愛的精神在內書中劉老老某君索隱謂射影豫王妃孀婦劉三秀事以紅樓曲中老來富貴也眞僥倖以及狼舅奸兄亦指劉婦之仲兄觀其與假子並進榮國府臥怡紅院皆可爲証蔡書謂影射湯斌亦多確據不失鄙人所謂第一第二義諦然作者平民思想亦藉此老老發揮不少如第六回初到賈府被門上挺胸凸肚的家人半天不睬及周瑞家引進府中則見滿屋中東西耀眼爭光使人頭暈目眩見了鳳姐立坐不是說出瘦死的駱駝比馬還大些你老拔一根汗毛比我們的腰還壯形容貧富不等可謂盡致三

十九回又到賈府送棗子倭瓜並野菜棗子言劉早生子倭瓜與阿哥雙聲與花兒落了結箇大倭瓜卽生大阿哥同意野菜言異種也說起吃螃蟹搭上酒菜一共倒有二十多兩銀子阿彌陀佛這一頓的錢教我們莊家人過一年了寓漢文帝罷露臺之意正寫皇家之濫用及領去見賈母說出老太太是享福的若我們也這樣那些莊家活也沒人做了簡直當面嘲駡便是許行「賢者與民並耕而食饔飧而治」的大道理一切政府全是懶漢團是做糞的機器老廢物（三字由賈母自說更妙）偏要坐享人生的幸福若莊家活沒人做他們也只好喝秋風罷了中國歷來抗官有罷農舉動卽由此思想傳來四十回寫賈母說出軟煙霞影紗可以拏來糊窗劉老老口裏不住的念佛說道我們想做衣裳也不能拏着糊窗紙豈不可惜是駡富貴人家暴殄天物不知來處艱難眞是造孽所以替他們

念佛及說老太太正房大箱大櫃大棹大床果然威武比我們一間房子還大又說小屋裏東西越發整齊越看越捨不得離了是說富貴易動人羨豔易生人野心劉項觀始皇所以有「大丈夫當如此」及「此可取而代也」之歎也又寫劉老老正誇鷄蛋小鳳姐說一兩銀子一個劉老老夾不起來滑滾在地下忙要去拾早有地下的丫頭拾了劉老老歎道「一兩銀子也沒聽見個響聲就沒了」和說用好紗糊窗一樣的暴殄及換來烏木讓銀的劉老老道「去了金的又是銀的到底不及俺們那個伏手」是鄙薄金銀的意思聽鳳姐說銀筷可試菜毒劉老老道「這個菜裏有毒我們那些都成砒霜了」是講富貴人作惡事太多了所謂賊人心虛總怕人暗害他若講起平民革命眞可以把菜變成砒霜毒死這些廢物懶漢也就完了不用費甚麼大事學劍俠的暗殺手段以及興師動衆的

革命又攷夢廳雜著云乾隆丙戌夏紹郡有食茄而斃者茄爲夏蔬中佳品烏有毒然屢試屢驗剖視之蟲生于穰非外入者於是咸棄置不敢食蒔茄者亦鋤而去之堆壘道旁窶人與乞丐收貯之作饔飧竟無恙於是鼓腹而謳于路曰「天憫窮民之乏食也故置毒于茄吾儕小人藉以不餒倘眾中有毒吾儕爲侏儒矣」（言飽欲死也正和劉老老菜裏有毒兩句話照應足爲平民吐氣）

四十一回寫鳳姐說一茄之費劉老老聽了搖頭吐舌說「我的佛祖倒得十來隻鷄的配他」可見富貴人家之造孽所謂日食萬金決非誑語安得不惹起平民革命

四十二回鳳姐對劉老老說巧姐多病不知何故答道「這也有的富貴人家養的孩子都姣嫩自然禁不得一些委屈再他小人兒家過于尊貴了也禁不起以後姑奶奶倒少疼他些好了」其言

切中富貴人家嬌養兒女的通病所以著者以生于富貴家爲不幸也但此等言未必能入富貴者之耳仍不如把富貴抹煞自然沒有這些毛病

十九回襲人說他家的人要贖他囘去一節雖是寫清庭宮女之苦況亦兼寫富貴人家蓄婢之非人道「如曰咱們家沒有倚勢仗貴覇道的事」正是反語又曰「教我們骨肉分離」寫出賣女作人婢妾的苦處六十囘春燕對他娘說「這屋裏人無論家裏外頭的一應我們這些人他都要囘太太全放出去與本父母自便呢你們說這一件事好不好」他娘喜的忙問了此語果眞便念佛不絕雖是寫清宮有放宮女之說而與爲人作婢妾不得自由自便而有和骨肉分離之慘仍是一氣貫下來的平民思想又特于四十六囘鴛鴦駡他嫂子道「怪道成日家羨慕人家的女兒做了小老婆

一家子都仗著他橫行霸道的一家子都成小老婆了也把我送到火炕裏去」眞寫到賣女與人家作婢妾的醜顏故寫寶玉對諸婢純作平等觀正是作者自「寫廢除婢妾造成男女平等世界」之思想也

九十二囘賈政道「雖無刁鑽刻薄卻沒有德行才情的白白衣租食稅那裏當得起」固是寫滿人以貴族自命落胎便有口糧不入四民之列白白的坐享衣食之奉仍寓政府有倉廩府庫則是厲民自養之意以租稅厲民以衣食自養乃政府通病到了無政府主義倡明時期他們也自然覺得當不起了眞寫得刻透白白的三字形容貴族派純然是高等造糞機器無所事事之骨髓出來所以賈珍接著講咱們不要說這些正是覺得刺耳難堪妙筆無兩

九十三囘由稅租人說拿車差役混打車夫碰扯了兩輛車要

求賈珍打發人到衙門要車又說「再者也整治整治這些無法無天的差役纔好爺還不知道呢更可憐的是那買賣車客商的東西全不顧掀下來趕着就走那些趕車的但說句話打的頭破血出的」寫當時衙役之欺侮平民與今日軍人拉車情形一般可惡又收租的說是府上收稅車不是買賣車足見收稅又較買賣人有面子以甚衙役之凶橫某君評曰「北人拿車南人挺船借端滋事難以枚舉衙役之毒甚矣哉生民塗炭食寢肉皮吾心才快于書爲閑文其實此等皆著者正意」揭出著書者平民思想來與鄙意恰合

紅樓夢眞諦

附錄

所謂本書第一義諦作者故意流露地方很多如第三回寫賈政房中舖設完全是攝政王派頭故千金綫蟒條褥尤特提出文王鼎三字明寫攝政王有定鼎之功第六回鳳姐對劉老老說話特着「朝庭還有三門窮親何況你我」一語以及六十八回鳳姐講張華「拚着一身剮敢把皇帝拉下馬」又說「我就是韓信張良聽了這話也把智謀嚇回去了」和十九回襲人和寶玉說話特着「便是朝庭宮裏也有定例或幾年一選幾年一入沒有長遠留下人的理別說你家」以及鴛鴦拒婚說出就是「寶天上寶皇帝」都是故意透露他是寫清廷事又二十四回湘雲諷黛玉說「我只保佑著明日得一個咬舌兒林姐夫時時刻刻可聽愛呀厄的去」愛

呀厄多不明是何語乃暗用滿語也因滿語姐夫爲厄夫故副馬又名額駙史湘雲又是孔四貞影子四貞生長淸宮能滿語特用「愛呀厄」和「姐夫」寫在一處以湊成厄夫兩字

二十二回賈母書謎曰「猴子身輕站樹稍」命賈政打是影射多爾袞坐寶座頭疼乃讓順治的傳說所謂猴兒坐不住金鑾殿也並有猢猻不穩之意五回既于秦可卿房中寫設者武則天趙飛燕安祿山壽陽公主同昌公主等物皆是宮中器用又于三十回寫寶玉嘲寶釵道「怪不得他們拿姐姐比楊貴妃」及寶釵答道「我倒像楊貴妃只是沒一個好哥哥好兄弟可以做得楊國忠的」此暗寫劉三秀伯仲兄弟雖有好壞皆不作皇親事都是有意寫照淸宮情事

四十九回黛玉見湘雲等昭君套（明寫漢女胡裝）等服裝

先笑道「你們瞧瞧孫行者來了（仍是猢猻意）他一般的拏着雪掛子故意裝出小騷達子樣兒來」（明提出滿洲達子來胆子不小）又衆人見裏面穿的鹿皮小靴越顯得蜂腰猿背鶴勢螂形都笑道「偏他只愛打扮成個小子樣兒」是寫孔四貞愛男裝也嘗戎服登堂代孫延齡制軍此明點也小靴着眼是漢女的男裝妙極

三囘寫黛玉入榮府到堂屋迎面先見一個赤金九龍靑地大匾名榮禧堂又寫某年月日（明字）書賜榮國賈源（是寫滿洲受明封爲龍虎將軍實爲清之發源由是榮盛）萬幾宸翰亦明帝之璽也對聯曰座上珠璣昭日月堂前黼黻煥煙霞（又寫出日月相並明字來）又一行小字是鄉世教弟勳襲東安郡王穆蒔拜手書（曰東安是寫遼東疆吏也）王索隱謂「滿洲肇祖名孟特穆

蒔與栽同言皆穆之種子」甚是至五十三回寫賈氏宗祠（僞清祖廟也）又對聯曰「肝腦塗地兆姓賴保育之恩（言滿人入關兆人肝腦塗地流血不少）」「功名貫天百代仰蒸嘗之盛」（言龍虎將軍功名爲滿人所紀念者也）又聯曰「勳榮有光昭日月」（與三回聯同）「功名無間及兒孫」（言龍虎將軍亦世襲也」又聯「已後兒孫承福澤至今黎庶念榮寧」（言滿人承龍虎將軍福澤不忘根本也）又曰「列著此神主却看不眞」既譏其爲僞神又寫其祭堂子神之祕密耳

讀石頭記二十九回對于張道士一案多不明了近人因西太后時白雲觀高道士招權納賄事疑清初亦必有此類道士特未能細攷按白雲觀見于清初著述者以廣陽雜記爲最顯原書引孫宗武言今世全眞道人所謂龍門法派者皆本之邱長春其規則王刀

山也山在華陰太華之東奇峭次于華嶽開山之祖乃王刁二師故以人名山邱長春曾主其席演派至徧天下也其法派凡二十字曰道德通玄靜眞常寫太清一隊來復本合教永貞明至眞字輩有馬眞一者世號顛仙言其不死今猶在遼東云今復興白雲觀道人王來陽乃其嫡派來陽名清正今白雲觀已[illegible]然非故矣據此則白雲觀清初復興道士即王某張道士或即王之隱影至賈珍謂張道士曾經先皇御口親呼爲大幻仙人當今轉爲終了眞人又疑是馬眞一因大幻終了恰可影射眞一兩字大幻若眞一了百了也清虛觀準是白雲觀（雲有虛無飄渺之象）惟馬眞一事跡不甚明了待查又清人入關後頗貶斥道教順治二年江西撫李鳳翽進正一眞人張應景符四十幅得旨以無補治道且恐天下效尤置之（書中寫寶玉不喜張道士本此（又康熙二十二年旨張繼宗現號正一

眞人卽照所襲銜名給與誥命（此却似賈珍所謂當今封爲終了眞人一據因眞正一了亦相連也）復云「一切僧道不可過於優崇致令妄爲爾等識之」（此雖貶辭亦可見當時僧道必有因君王優崇而妄爲者觀雍正六年徵治道士李不器一事可以爲證因陝西將軍常色禮奏道士李不器揭報岳鍾琪謀反特下諭云李不器向因隆科多薦在內庭行走（此與書內寫張道士常往兩府裏去凡夫人小姐都是見的相合）仁皇帝廣大包涵喇嘛西洋人及僧道等類蓄養甚多（此與書內張道士自謂是門下出身相合）其中不肖之人借供奉名色在外招搖而李不器尤爲狂妄（可見當時道士聲勢不小定有賈珍所謂現今王公藩鎭都稱張道士爲神仙不敢輕慢情形）至仁皇帝賓天朕以李本籍陝西發回原籍交年羹堯拘管詎年將伊送往終南山厚加供養李不器怙惡不悛

肆爲大言且揑造朕旨有只要他在不要他壞之語（與藩鎭優禮道士之意合）今春朕問岳鍾琪鍾琪奏李在陝每年供給在通省存公銀兩内支給朕批諭此事當日外給甚爲錯誤李本有罪之人留其性命已屬寬典烏可厚待隨令岳將伊看守詎李因此懷恨造爲無根之詞深可痛恨常色禮容此奉旨拘禁之人逃入將軍署内並令乘轎轅門駭人觀聽云云（正見當時道士之招搖炫赫不在本書所寫情形之下而與清末季所謂高道士之驕縱可想對照而觀自見）

蔡索擬焦大于洪承疇大錯因焦大分明一粗魯武夫又不得志絕非洪比考之清軼事則是王輔臣小影王輔臣不知書武勇絕倫又號馬鷂子隨姜瓖降清八王子爲蝦八王死沒入身者庫後隨洪承疇經略河南洪行輒左右之遇險阻必下騎自執其轡有岡巒

泥滑不可行者必背負洪以過雖家人不是過故尤氏曰「因他出過三四回兵從死人堆裏把太爺背了出來」（恐王事八王亦如此然作者每借題發揮不專指一家也）洪又撥王到滇遂輔隷吳三桂部下其事吳如事洪一日與吳三桂侄吳應期便飯有蠅王總兵者呼出輔臣恐廚人得罪曰我等身親矢石人也倥偬之際死蠅亦嘗食之王不解意乃與輔臣賭以坐馬輔臣遂勉吞之吳應期曰王兄直如是好騎耶人與兄賭食死蠅兄便食之若與兄賭食糞兄亦將食耶（按尤氏曰焦大自已挨餓偷東西給主子吃兩日沒水得了半盌水給主子喫他自已喝馬溺又叫衆小厮將焦大捆起來用土和馬糞塡了他一嘴卽影照此事）輔臣怒罵曰吳應期汝恃王之猶子當衆辱我人懼汝王子王孫吾不懼也吾將食王子王孫之腦髓而嚼其心肝搲其眼睛矣遂揮拳擊食案案四足皆折）焦

大罵蓉兒曰蓉哥兒你別在焦大根前使主子性兒別說你這樣兒的（影禍子）就是你爹你爺也不敢和焦大挺腰子呢……再說別的咱們白刀子進去紅刀子出來和王輔臣罵吳應期口氣絕相似）其後三桂聞此事遣人語輔臣曰使酒罵坐何必牽引老夫乃云汝是王子吾將食王子腦髓心肝（卽焦大辱及蓉兒爹之意）令他人聞之捧口笑我（卽鳳姐還不早打發了沒王法東西留在家裏親友知道豈非笑話之意）輔臣亦怏怏不樂曰我是汝家人受制于汝天下無不散之筵席安能鬱鬱久居此（卽焦大之憤慨意）乃遣人持金錢入都徧賂朝廷左右用事者人人交口贊王輔臣清帝聞其名適平凉提督缺出特點王輔臣（鳳姐說遠遠的打發他到莊子上去就完了平凉正是遠地甚合）輔臣至都久不得陛見輔臣又不肯以金璧賂賄部臣淸帝忽念及平凉提督令人召入

語必移時都下哄傳馬鷂子爲馬兒頭（按焦字卽從馬兒頭三字化出因古有馬頭人之說馬字去下勾添人于頭上卽成焦字仍是木字加石頭成朱之妙腕又取天大地大王亦大之言而稱之曰焦大）清帝問輔臣出身答身者庫乃驚曰如此人物乃隸身者庫耶（焦大先罵大總管賴二說他不公道欺軟怕硬有好差使派了別人卽輔臣屈居身者庫之不平語）清帝賜輔臣蟠龍豹尾槍一對謂曰「此槍先帝所遺以付朕者汝先帝之臣朕先帝之子他物不足珍」云云當輔臣未降清清人莫敢攖其鋒望見黃驃馬輒驚曰馬鷂子至卽披靡走故寫焦大罵賴二你也不想想焦大太爺蹺起一隻腿比你的頭還高些（此又影寫輔臣身長七尺如呂布狀）二十年頭裏的爺大太爺眼裏有誰別說你這一把子雜種們（直寫出滿族非我中國種來怪筆也）又稍帶寫到祠堂裏哭太爺（

是所謂先帝臣的身分）罵出「那裏承望到如今生下這些畜生來每日偷鷄戲狗爬灰的爬灰養小叔的養小叔」又把多爾袞盜嫂及淸庭淫亂一齊傾出痛快絕倫）

薛蟠本表示滿人之橫暴頑鄙一流人然與賈政係親必與多爾袞有關係者查有多爾博本名扎布圖某覺羅子爲人粗鄙任性剛愎敢爲（直是薛蟠性質）多爾袞喜其似己養爲子改名多爾博（本書四回寫薛蟠初至賈家與族中子姪聚賭嫖娼無所不爲乃從多爾博名字化出博蟠雙聲不但寫其性質）一日奉差至涿州見有娶婦多爾博聞其美遽使人要截于路而自娶之婦以抗拒死其夫憤恚自經兩家父母控于官官畏其勢熖不敢置理（書中寫薛蟠打死馮媚拖去英蓮從門子口中說英蓮不知死活暗寫馮婦已死寫雨村殉情枉法卽畏勢不理之謂且雨村任應天府暗指

順天府涿州正屬順天府）又多爾博尤喜男色與肅親王子富壽同狎一優伶名娛雲互有餽贈娛雲因是致富（與薛蟠好男色愛蔣玉函誤認柳湘蓮又拍合）後因刼取娛雲至相奮鬥互致夷傷娛雲卒歸薛（與薛蟠被打相影響又寫多爾博好乘駿馬過市亦與薛蟠乘馬捉柳二相彷）多爾博得意時謂人曰「富壽有母尚不能保」謂多爾袞納博爾濟錦氏乃肅親王妃富壽母）故書中薛蟠說酒令第一句曰「女兒悲嫁了個女壻是烏龜」正議肅王是烏龜也）後多爾袞得罪清帝念肅親王無罪被陷特封富壽爲和碩顯親王頃刻之間炎涼頓異富壽思有以報復置酒于信邸既酣命召娛雲來與之疊膝而坐淺斟低唱時多爾博罰撥信邸爲奴乃命多爾博行酒娛雲追憶往事歌不成聲多爾博恬不以爲忤人多笑其頑鈍無恥（本書二十八回寫薛蟠醉拉雲兒命唱體已曲

兒雲兒拏起琵琶（即琵琶別抱意）唱道「兩個寃家都難丟下想着你來又記掛着他兩個人形容俊俏都難描畫想昨宵幽期私訂在荼蘼架一個偷情一個尋拏拏住了三曹對案我也無囘話」既寫出多爾博與富壽爭娛雲又寫出前後信邸三對面娛雲歌不成聲的情形妙絕且明寫一雲兒以影娛雲尤佳至雲兒說酒令第一句曰「女兒悲想來終身倚靠誰薛蟠曰『我的兒有你薛大爺在你怕甚麼』寫出娛雲先歸薛後歸富壽眞不知倚靠誰矣）

賈政配王夫人剛是攝政王三字本應寫爲多爾袞而多爾袞是多方面性質人既好文敬儒又經武善戰又好色縱欲又好道服丹賈政只占好文敬儒一面唯元春歸省影射太后下嫁是寫其本事餘則假借他人當之好色縱欲則借賈璉寫之賈璉行二多爾袞母烏喇納喇氏生三子多居其次性喜漁色尤以通肅親王妃博爾

濟錦氏爲甚肅王名豪格乃其從兄也賈璉娶尤二姐與尤氏亦有染似之惟博爾濟錦音近鮑二家的多爾袞初遇博氏一見目成僞入內廂更衣遂與亂每値佳節良宵輒託肅妃名義往謝至必留連信宿一日有小婢被撻而怨白其事與肅王乃禁博氏無往睿邸博氏不忘情乃致書于多爾袞情深如許多乃設計命肅王北征已又與博續舊好又誣肅王以貽誤兵機奪爵被囚遂致憤死臨死白太妃曰我死必立遣博爾濟錦氏毋留此禍水致貽滅門之禍也太妃年已七旬逢人告其事聞者皆掩耳而走（按鮑二家的正乘鳳姐作壽佳節良辰成其美事又因小婢被鳳姐掌擊始露其事並寫鮑二家的媳婦羞憤自殺即影博爾濟錦的丈夫自殺太妃告人即寫史太君戲言又和甚麼趙二家的害你媳婦合拍）

多姑娘似指多鐸查多爾袞於諸昆季中與豫親王多鐸感情

最洽多鐸爲人狠戾自恣卽屠揚州之人故本書以鳳姐代表而稱之曰鳳辣子者也而作者似對之有深恨乃特傍寫一姓多之人明指其名而又號之曰多渾蟲直寫爲混蛋耳年三十六忽出天痘勢甚危劇太醫戒以百日內不可御女犯者不能救多鐸不能堅持竟入寵姬室（本書寫巧姐出痘賈璉私通多姑娘多姑娘浪語曰「你家女兒出花兒供着娘娘也該忌兩日」正寫多鐸出痘太醫命忌女色賈璉通多姑娘却趁出多鐸私入寵姬室來穿叉甚妙至賈璉說「你就是娘娘誰還管甚麼娘娘」（因俗謂太后爲娘娘乃寫太后下嫁多爾袞後而多爾袞尚漁色無制也）又多鐸曾勸多爾袞謀篡排于鮑二家勸賈璉把平兒扶了正以寫出是因平兒與王熙鳳同居意言與王平等卽攝政王之意

多爾袞又有娶朝鮮王女一事書載韓王李倧有女曰明煙年

甫十六明眸皓齒能通中國典籍而勇力絕倫拔劍上馬數百人非其敵多爾袞望見之詫爲天人下令軍中必欲生致而明煙蹻捷如飛往來飄忽無能得也多爾袞破其城王及眷屬俱被獲惟明煙未獲已退保蓋城堅守多爾袞作書報之明煙復書洋洋千言有代父從征愧對木蘭之殺敵救親有志終作提縈之上書諸警句多爾袞乃送李王還都要以婚姻韓王許之歸告明煙明煙誓死不從因其曾與金某私訂嫁娶之約至是變生意外明煙欲仰藥以殉金某阻之以爲人生祇此須臾吾兩人能聚首一日且圖歡樂一日於是兩人蹤跡益密李王亦不禁幸多爾袞方轉戰南北無暇及此及移明社乃申前議明煙已二十餘矣李王不敢違抗責金相約束其子首相懼覓其子則已死矣蓋以是絕女之望使舒其君父之憂明煙會意毅然請行清史載順治七年五月攝政王率諸王大臣親迎朝鮮

國送來福金於連山是日成婚卽指此事（按明煙性質大似尤三姐而屈服于多爾袞又似尤二姐因其性質變化故以尤氏姊妹兩人寫之以宰相子金某影柳湘蓮並寫尤二姐前夫）惟多爾袞卒于順治七年十二月相處僅七閱月安知非明煙暗殺之耶明煙了多卒後請還朝得到朝鮮自築別苑終身

多爾袞無子有女曰東峨貌美而性慧多愛之自幼令作男子妝束延師課讀十四工吟咏性尤溫婉雖生長貴胄絕無嬌縱之習某年値多生辰在東城護國寺延喇嘛唪經東峨隨母詣寺即視車騎風馳侍從雲集迨抵寺門有士人陳某趨避不及（大似鳳姐（本應寫巧姐而巧姐在書中太幼不能出頭則用有是母乃有是女之法寫鳳姐）少時好作男子裝束又寫其隨賈母到道院小道躲避不及皆是東峨格格軼事）陳見東峨儀態萬方神魂俱奪次日

復往出白金十兩爲寺僧壽冀於窗櫳中一覩秀色僧允之及東峨復來出黃袱取香牌（又是老道拿出紅袱香盤事）忽憶牌上忘書字因問僧寺中有能端楷者否僧以陳對因喚來前趨伏殿上執筆戰栗不能成字東峨慰之曰秀才休恐（又與小道士跪在賈母前亂顫說不出話來賈母教他不要怕相合）命綴書並詢其家世甚注意之乃招陳爲記室因滿州郡主有此椽屬也陳移入王府與東峨唱和日久遂通情款而未敢明言會有蒙古某台吉來朝慕攝政王勢力又豔東峨美竭力運動求婚多爾袞欲以結內蒙之心遂允婚東峨涕泣自歎適多爾袞事敗東峨以罪人女奉旨給信王爲奴某台吉自請離婚陳時已辭出王府聞東峨在信邸冀得一面苦無機緣乃求爲信王邸僕會逢歲除信王福金入覲中夜升輿陳于燈火中見有執唾盂隨轎者似東峨東峨亦遙見陳涕不可仰陳

知不謬惆悵歸寓忽聞戶外彈指聲啓視則一少年掩入方愕顧間少年遽脫其帽則東峨也陳不知所措東峨曰離別未久何至是耶陳曰吾特爲卿來耳乃道相思之苦東峨曰今日君勿爲妾吊當爲妾賀耳倘非遭事變則早歸彼傖安得復見君耶陳亦喜曰吾今日始敢言愛卿蓋以卿故雖終身爲奴不恤東峨曰何至是妾雖被沒顧蒙王妃顧念同枝加以優禮祇于大典時一執賤役而已且吾父功多罪少不久可得昭雪妾亦不致久居此君亦不可久留宜速返妾不能再來即去矣陳尚欲言東峨已攜帽出回顧曰君在此何名曰府中知我名王貴東峨頷之遂去數日後見執事房出一帖云僕人王貴年少好嬉應即斥逐毋得逗留祇得襆被去陳知東峨好意感激發憤遂成進士未幾信王以東峨漸長許其自由陳乃遣人迎歸偕伉儷焉後半以周姓娶巧姐爲奴一節大似迎春册語中作賤

公府千金如下流一語巧姐結局曾于劉老老命名時豫言曰「這個正好就叫做巧姐兒好這個叫做以毒攻毒以火攻火的法子（兩語甚怪與巧字不合有東峨遭毒害之意）姑奶奶定依我這名字必然長命百歲日後大了各人成家立業或一時有不遂心的事必然遇難成祥逢凶化吉都從這巧字兒來」後數語完全是東峨結局眞是遇難成祥逢凶化吉故對陳曰「君勿爲妾吊應爲妾賀也倘我不遭事變則早歸彼傖安得復見君」其巧如是亦可知其概矣）至一百六十回夾寫外藩郡王相中巧姐及歸嫁周姓一節正是蒙古某台吉求婚東峨不就而東峨卒歸陳一案非閑筆也當另詳之

寶玉在賈政處言玉璽本攝政王所獲也多爾袞破額哲于北里圖額哲及其母蘇泰太后率衆降蘇泰太后有寵婢曰厄貞者美

姿容善詞令侍多爾袞簽判文牘命向櫝中取玉章鈐之厄貞睨視而笑問故厄貞曰王爺爲帝室懿親手握軍符此章何微小耶多曰此吾私章官爲銅質玉者爲寶非皇帝不能用也（此寶玉名所由來）厄貞曰妾侍太后曾見有玉印一方長可四寸彼云得自前代裹以錦袱什襲珍藏（此寶玉婢所以號襲人而又配以蔣玉函也言函中寶玉什襲珍藏又襲人爲龍衣人雖影皇帝而多爾袞袞字亦龍衣之變名俗所謂袞龍袍皆有關照）從未見其一用多聞之驚喜囑向太后索觀靳不肯與乃用引誘威嚇僅乃得之色澤溫潤篆文古拙確爲前代之物（與本書所寫寶玉有篆文而屢疑爲頑石意相合）歸獻于朝謂爲受命之徵東華錄載天聰九年多爾袞獲歷代傳國玉璽相傳爲元順帝攜逃沙漠後遂遺失二百餘年牧羊者見羊三日不食以蹄刨地掘得之後歸林丹漢其文爲制誥之

寶璠璵爲質蛟龍爲紐光氣燦爛洵至寶也云云卽指此按此璽爲宋璽非秦璽故記言假寶玉也實則一塊頑石何關得失是以作者决不重視而只寫其籍帝王之手而通靈作怪耳

多爾袞嗜鼻烟藏以小壺用時倒出少許使美人以頰承之待其嗅畢然後退按寶玉嗜胭脂嘗咬婢唇雞指愛朱毛病其事實乃從此化出胭脂言烟旨也

恆恪郡王號弘胜清聖祖孫也幼襲父爵性嚴重儉僕時國家殷盛諸藩邸皆畜聲伎恢園囿惟王尙崇儒素奉粢除日用外皆置買田產屋廬歲收其利人以客笑之王曰汝等何無遠慮藩邸除奉粢田產外無他貨取之所不於有時積之子孫蕃衍何以爲生計後諸邸皆中落至有不能舉炊者而王之子孫皆自給人始服王之先見（按本書十三回秦可卿夢告鳳姐兩事第一祖塋無一定錢糧

第二家塾無一定供給又曰如今盛時固不缺祭祀供給但將來敗落之時此二項有何出處莫若趁今日富貴將祖塋附近多置莊田房舍地畝將來家塾亦設于此云云與王言極相似按恆王亦立學參之末年八旗生計之困難則愈服斯人之卓見而本書亦不能專以小說目之矣

又九十二回鳳姐說像咱們這種人家（宗人府）必得置些不動搖的根基纔好或是祭地或是義莊再置些塋墳往後子孫遇見不得意之的事還是點兒底子不致一敗塗地（此因影射睿王之一敗塗地其語意仍是由可卿夢告而來與恆恪郡主遠慮同特摘出以相參証

寶玉既代表聖帝而作者死于乾隆三十年頗明四朝之事故寫寶玉之多情似順治寫寶玉被魅擬允礽寫寶玉之參禪擬雍正

寫寶玉之淫亂擬乾隆如金釧投金一事恰與乾隆爲太子時戲某妃相合相傳雍正有一妃貌姣豔乾隆年將冠以事入宮過妃側見妃方對鏡理髮遽自後以兩手掩其目（書寫金釧合眼打盹暗照掩目）蓋與之戲耳妃不知爲太子大驚遂持梳向後擊之中乾隆額遂捨去（書寫金釧將寶玉一推而王夫人却對寶釵說原是前日他把我一件東西弄壞了暗影傷乾隆額事）及月朔乾隆謁后后見其額有傷痕問之隱不言尋詰之始對后大怒疑妃之網太子也（按三十回王夫人罵金釧曰下作小娼婦好好爺們都叫你們教壞了即疑其網寶玉耳）立賜妃死（金釧投井）乾隆大駭欲白其寃逡巡不敢發（三十二回寫寶玉于金釧死後坐在王夫人旁邊垂淚是不敢言其寃光景）乃亟過書齋籌思冉三不得策迅往妃所則妃已環帛氣垂絕乃乘間以指染硃印妃頸且曰我害爾

矣魂而有靈使二十年後且復與吾相聚乎言已慘傷而返（書中寫寶玉因金釧死十分感傷幾欲身殉又于金釧生辰到井臺設祭焙茗代祝有曰「你若有靈有聖我們二爺這樣想着你你也時常來望候望候二爺未嘗不可你在陰間保佑二爺來生也變個女兒和你們一處玩耍豈不兩下都有趣了」不但寫出乾隆祝某妃魂靈再世並從對面寫出某妃來生變個美男和珅與乾隆結緣更妙）乾隆妃所謂孝賢皇后者本傅恆之妹傅恆夫人與乾隆有私故作者于玉釧嘗羹時特夾寫傅秋芳一段以影射之皆非閑筆

五代王建作府門繪以朱丹蜀人謂之畫紅樓可爲朱紅想照之證

稗史載有柳似煙者河間人白皙姣好如處女性尤聰慧凡彈琴擊劍鬬鷄走狗之術無不善河間素產寺人似煙之從兄某爲閹

衣監蒙上寵朝臣欲探上起居者咸賄某故家境頗裕似煙喜揮霍從兄屢戒不能悛及似煙到京流連妓院盡盪厥資爲從兄所絕然妓女霍三娘鍾情似煙卒席捲所有從似煙遁去又云霍三娘故繩妓父死落妓院鴇母迫接客卽飛上屋必使鴇哀求乃下及睹柳則一見如故與訂嫁娶柳貧無金霍曰我能出是請先行俟我城外某處廟中于是遁去頗似書中柳二郎與尤三姐[illegible]俟再詳之

攷雍正三年五月初九日諭云沈竹戴鐸乃朕藩邸賤人行止妄亂鑽營不堪（八字可贈本書中賈芸）暗入黨羽捏造無影之談壞朕聲名怨望譏議非止一端（因戴鐸曾于康熙年時從慫于允禎直揭爭位隱衷允禎曾批以「如此等言語我何曾向你說過一句你在外如此小任驟敢如此大胆你之生死輕若鴻毛我之名節關乎千古」與此數語意同本書寫賈芸爲寶玉提親寶玉罵

卷上　六十四

以冒失鬼（戴之直揭允禎謀位眞是冒失故遭批斥）以及百十七回賈芸編排寶玉釵黛一段話句句皆能關合）朕隱忍多年及登大寶知此二人乃無父無君之輩寬其誅而皆棄之不用」又與賈芸先認寶玉爲父親後來却改了稱呼且言寶玉于他提親以後總不大理他相似）

王索隱云董小宛原名琬後去玉故于賈母說「你妹妹原來也有玉的」一露自是勝謡又謂蔣玉函與寶玉亦合寫言此美玉（意指小宛）獨蔣能貯藏之如函之固是以嫁蔣之襲人爲入宮小宛也然不如以玉爲璽因蔣賈雙聲寶玉口「含玉」又與「玉函」兩字相同而倒轉含玉卽將玉函之視爲固有正寫僞朝寶愛珍襲此璽也至擬襲人於小宛則應証之以息夫人襲息亦雙聲可通

別錄

或疑紅梅非北方所有但聞某旗下親貴種枝梅於地下冬時搭蓬保護名之曰燕梅可見北京不會有成林紅梅此事亦不確嘗讀觀林詩話都下舊無紅梅一貴人家始移植盛開召士大夫燕賞皆有詩號紅梅集傳于世以半山「北人初未識渾作杏花看爲冠後東坡見云何待北人太薄按此都下雖指汴梁而足爲北方亦可植梅之證本書紅梅別有寓意然作詩賞紅梅亦有取于觀林詩話且暗用何待北人太薄語意以爲諷刺又閱藤陰雜記載崇效寺雪塢上人手種雙梅待名流之屐齒又以清初諸名士有同遊崇效寺看梅之作積成詩册擬留寺中俾與青松紅杏圖同作山門之寶松杏圖相傳爲敗于松山杏山一役之軍官畏罪爲僧自號梅菴特繪此圖以誌感茲圖於詩册必爲紅樓夢作者所見故特寫攏翠

菴乞梅又借北人不識作杏看詩之意題作紅梅而崇效雙梅未必即是紅梅此宜活看因作者著眼處不在梅杏而在松山杏山陷後崇禎縊死煤山之事蹟劉伯溫燒餅歌至「奔走梅山上九重」句帝曰「莫非梅花山作亂乎基曰非也」是以梅影煤之確證林黛玉譯敏爲密亦寓梅花密識之意故予謂欲讀本書必讀推背圖識諱之書者以此又觀高士奇蓬山密說寫暢春苑天馥齋前植臘梅花冬不畏寒開花如南土足爲當時北方有梅之確證

評者欲將大觀園寫歸曹家因有大觀園形勢並不甚大之說却把稻香村外佳疏菜花一望無際（十七回）以及崇閣巍峨層樓高起面面琳宮合抱迢迢複道崇迴俯正殿都忘記了大觀園雖不及三海皇宮亦可擬圓明園觀雍正圓明園記開首言圓明園在暢春園之北而書中會芳園可擬暢春又曰「傍山依水相度地宜

構結亭榭取天然之趣省工役之煩」此與十六回榮府舊園竹樹山石以及亭榭欄杆等物皆可挪就前來如此兩處又甚近湊來一處省許多財力以及十七回有自然之理得自然之趣諸語相應又曰「園之中或闢田廬或營蔬圃平原膴膴嘉稻穰穰偶一眺覽則遐思區夏普祝有秋至若憑欄觀稼臨陌占雲望好雨之知時冀良苗之應候則農夫勤瘁稼穡事艱難其景象又恍然在苑圃間也」此正與十六回賈政對一望無際之菜畦謂入目動心未免勾起引歸農之意以及非范石湖田家之詠不足以盡其妙尤爲符合圓明園至乾隆始行擴充所謂四十景多非舊觀惟對苑圃則有東臨稻畦爲觀稼軒爲怡情悅目爲稻香亭之記載書中曰杏帘在望曰稻香村正用本名亦露洩處而不及四十景則仍圓明園舊貫也視乾隆圓明園後記曰「昔我皇考因皇祖之賜園而葺之……軒墀亭榭

凸山凹池之列于後者不尚其華尚其樸不稱其富稱其幽」而書中七十六回凸碧凹晶正寫凸山凹池數語以狀幽樸此亦大觀爲圓明之傍證乾隆記中又曰「規模之宏敞邱壑之幽深風土草木之清佳高樓邃室之具備亦可稱觀止」此非大觀而何（按圓明園在西直門外西北十里故寶釵咏凝暉鍾瑞句云「芳園築向帝城西」默指其地）

嘗論本書無閑筆即點劇酒令笑話燈謎均有寓意最顯者如十八回元春說齡官（此處齡官乃伶人意自古優伶多以諷諫稱故特用齡官）極好再做兩齣戲賈薔因命齡官做游園驚夢已露下嫁風光乃猶嫌曲中不能關合本事于是寫齡官自以爲此二齣原非本角之戲（即非本事之意）執意不從定要做相約相罵二齣（不是齡官定要做此二齣戲是作者定要寫出本事故特著此

卷上　六十七

兩話以喚起讀者之注意）孜相約相罵是叙釧記（王索隱謂金釵記似誤）中兩齣中間還要加演講書落[illegible]兩齣始能接笛相約乃史小姐命婢雲香去皇甫吟家（特利用皇甫覆姓關今攝正王于清后下嫁時順治已改稱皇叔父攝政王爲皇父攝政王凡奏疏俱改書皇父攝政王字樣故得假皇父名義行事）約皇甫聞會對其母說出史親家要改嫁他的小姐（清后下嫁也是改嫁故于扁額名中曾用获葉典故一照）老夫人唱「吓有這等事」妙當時之人初聞清后下嫁必皆驚咤者曰「吓世上竟有這等事」口氣恰合）親家處緣何變亂綱常理（下嫁正是愛親覺羅家變亂綱常處）議定婚姻只怕難改移（是不贊成改嫁此處却似借用寫議定下嫁不能改移）你好逆倫義（直對面罵多爾袞盜嫂逆倫嘗謂本齣改嫁女兒不過失信背約說不到逆倫恰似代下嫁一案作的

曲詞無怪乎齡官執意要唱他呵呵）接講書一齣寫皇甫吟與韓時忠講書畢說出岳父要將女兒改嫁韓引俗語「一家女兒吃弗得兩家茶」（淸后下嫁雖逆倫却算一家女兒嫁一家）乃說出雲香到他家約他到花園相會韓乃生心用「當夜入人家非奸即盜登時打死不論」恐喝皇甫便其不敢自去自己須要假扮作皇甫（便是攝政王假稱皇父東華錄載多爾袞死後被削職順治諭旨中有自稱皇父語恰與韓生自稱皇甫犯此詐罪同例）又曰「即算是我代勞而已」（多爾袞亦可曰替亡兒眞皇父代勞）落園寫韓代皇甫到史家花園受小姐釵釧銀兩由雲香唱出（這是嫦娥愛少年把玉輪碾彩鳳飛下離瓊苑似神仙眷鸞鳳翻雨雲亂殷勤自覺情留戀蓬萊閬苑春堪羨」（眞是一曲正賀淸太后下嫁好詞因嫦娥正是改嫁者離瓊苑及蓬萊閬苑皆皇家氣象絕非

平民寒士皇甫家所能借用奇極妙極）按相罵即雲香又來催娶皇甫安人罵其賠賺雲香說他小姐節操堅持安人曰「全得好節操」（嘲清后無節操）「雲香唱不肯移一夫名譽」（清后竟嫁二夫）及雲香氣極坐安人椅上安人曰「你看他公然上坐」（即你看公然自稱皇父配皇后）「難道是龍位皇位坐不得的」（恰點出題來）又罵安人老不賢皆影本事此回暗寫眞皇甫不會到花園落園是假皇甫與本書用「元妃到大觀園會賈政影照清后下嫁假皇父」正是一樣筆中有鬼爲得不令讀者驚服。

合肥闞某著紅樓夢抉微謂本書全從金瓶梅化出以寶玉擬西門慶以黛玉擬潘金蓮湘蓮擬武松平兒擬春梅等等皆屬影響之辭最謬者以寶玉擬玉蕊以林四娘擬林太太按四娘爲衡王府宮人外史確有記載死後英靈不昧嘗示威干侮己者抉微先生獨

不畏招烈魂之憤怒而予以巨創乎牘子眞不小至于舍紅（一樂微例簡稱）兩書之關係只在文章之脫胎不在事實之蟬蛻即如人稱金書爲水滸外傳亦不過用其假借西門慶潘金蓮一段故事尙不得指金之西門諸人即水滸之西門諸人今何得指迴不相同之寶玉諸人即金之西門諸人耶謂紅書暗用金書筆意寫出與金書相似或相反的事實則可謂紅書即金書之續編則謬矣鄙人亦有本書爲金書變體之言正謂其以意淫代身淫以清俗代粗俗以及種種曲牌酒令清客小子均用一樣寫法而紅書且有不及金書之處然決非謂紅書諸人皆金書諸人之化身閱眞諦者自明

醉鄉瑣志云閣藏有吳三桂上康熙書中有一那九顏王子椿功跋扈毒流宮闈一語宮闈句暗指清后下嫁事于張崇山宮詞外又得本事一證桐城錢秉鐙著藏山閣詩其長干行七古一首中有

「兒家夫婿不出門那識天邊離別苦自從五馬渡江東花樹催殘一夜風已見綠珠碎金谷更聞息嬀入楚宮」一末句蓋影照董小宛入清宮事兒家夫婿暗指冒公子或曰順治著有董鄂妃哀詞分明云滿洲人何得言小宛予按此乃君娶于吳爲同姓謂之吳孟子故智特應譏之曰君納漢女爲異姓謂之董鄂氏而已所謂欲蓋彌彰者也

五十三回于寧國府除夕祭祖以前寫黑山村烏莊頭來送禮物王索隱謂指西藏喇嘛之進貢非也完全寫吉林屬進貢情形應注重莊子及莊頭子樣吉林外記載吉林寧古塔伯都納三姓皆有官莊石渠餘記載近畿各王公宗室莊田亦屬記盛京官莊即所謂莊子也又載各處莊頭入市強買及停設莊頭一則吳振臣寧古塔紀略載官莊一莊共十人一人爲莊頭九人爲莊丁即本書莊頭出

處黑山村乃黑水白山之簡語爲進孝有用反哺二字作謎者甚是因官莊所耕山地皆公田惟屯田仿井田制每戶給田百二十五畝以十二畝五分爲公田十二畝五分爲室廬場圃以百畝爲私田至乾隆改屯田爲屯莊仍與官莊等反哺乃言莊戶素受皇恩每歲進貢聊盡烏鴉反哺之義故名烏進孝賈珍道「這個老砍頭的」也有來歷吉林外記云每年官處給票砍運修造船隻及八旗官兵蓋房燒柴承領票頭謂之木頭老鴉（老鴉即烏木頭指砍木故言老砍頭的眞無一字落空）砍存過冬謂之打凍（坐實砍字是謂烏老莊頭本義較反哺尤長）砍來硬木煉火成炭公私咸用本來莊家非種田即打圍燒炭每人名下責糧十二石草三百束豬肉一百斤炭一百斤（即木炭）石炭三百斤蘆一百束凡家中所有悉爲官物衙門有公費皆取辦官莊故官莊甚苦（以上見寧古塔記略

）烏進孝單中銀霜炭一千斤柴炭三萬斤皆由官莊裝來可知竹葉亭雜記載吉林將軍副都統及寧古塔伯都納三姓阿勒楚喀副都統等每歲慶賀年節（故本書寫烏進孝來于吃年酒之前）有表文文曰「臣等誠懽誠忭稽首頓首上賀伏以德純乾元首正六龍之位建用皇極肇開五福之先恭維皇帝陛下率育蒼生誕膺景命蘿圖席瑞共球集而萬國來同紱扆凝禧陬筵恬而八方和會太平有象慶祚無疆臣等恭遇熙朝欣逢聖誕伏願玉燭常調溥時雍于九牧金甌永固綿泰運于萬年臣等無任瞻天仰聖懽忭之至謹奉表稱賀以聞」（本書以白話意譯爲「門下莊頭烏進孝叩請爺奶奶萬福金安並公子小姐金安新春大喜大福榮貴平安加官進祿萬事如意」本來邊人上表半用滿文不過這幾句白話由漢文潤色成駢體實多不通故賈蓉道「別看文法只取個吉利兒罷

」吉利二字寫盡表文意思眞能手也新記又載吉林屬每歲進貢方物與烏進孝單子上所開的如大鹿（貢單曰梅花鹿角鹿）獐子（貢單曰鹿獐）鹿筋（貢單鹿肋條肉）至于野猪鱘鰉魚野鷄皆完全相同各色雜魚（卽貢單中草根魚鰟頭魚鯽魚花鱗魚等等）榛松桃杏瓤（卽貢單中松仁榛仁核桃仁杏仁等等）末開各色乾菜卽貢單中最末所開山韭貫菜衆菜蔞蒿菜河白菜黃花菜紅花菜蕨菜芹菜叢生蘑菇鵝掌菜等等）單中御用胭脂米碧糯白糯粉秔雜色梁穀常米（略與貢單中稗子米鈴鐺米小黃米秔稗子米高粮米粉麵玉秫粉麵蕎穇麥等相同惟御用胭脂米爲潤豐縣所產據友人云共四十八頃其末長寸許紅色在前清純係貢品庶民不得嘗云是貢米中特色故亦列入與西洋鴨同例所差者惟野羊靑羊家風羊熊掌海參鹿舌牛舌蟶乾亦皆吉林屬所

產或貢單中遺漏貢物中尚有許多物產爲烏進孝單子所無者而十得八九則爲貢物無疑若說孝敬賈府眞應了「五方寶物歸東海萬國金珠貢瀋人」的謠言了惟就新年論其爲吉林屬每歲進貢事無疑又觀烏進孝講「今年大雪路上滑走了一個月零兩日」正是從前吉林到北京路程若云西藏便得幾個月且貢物也不一般又賈蓉道「你們山坳海沿子上的人」和表文中「陬澨恬」三字指山陬海澨與遼東藩地相合一說滿洲王公各有所領莊田或八九處或十數處官莊不等每年莊頭亦有例貢故賈珍說你們一共只剩八九個莊子烏進孝說那府八九處莊地皆屬王公者亦通這是作者故意躲閃處與兼顧處然斷不是曹雪芹家裏事

黛釵命名取自高靑邱梅花詩細攷高詩共九首多與本書有關乃知著者惟恐人不識林雪來歷及煤山梅與花嶺關係故完全

採用之茲錄評如下（一）「瓊姿只合在瑤台誰向江南處處栽（卽書中寫林以絳珠仙草而流落江南之意）雪滿山中高士臥月明林下美人來（注意雪下滿字明下林字詳見正論）寒依疏影蕭蕭竹（卽瀟湘館竹影）春掩殘香漠漠台（卽葬花本事）自去何郎無好詠東風愁寂幾回開（何郎指何水部遊揚州梅花閣故事黛玉北上辭却揚州故里爲滿州東風吹冷寂寞瓊閨曾無幾回開口笑如梅花之懶開放也）（二）縞袂相蓬半是仙（十二釵俱有來歷）平生水竹有深緣（水竹正是瀟湘竹）將疎尙密微經雨（如寶黛疏密之際恆有淚雨）似暗還明遠在煙（明已湮沒）薄暝山家松樹下嫩寒江店杏花前（松山杏山之敗象）秦人若解當時種不引漁郎入洞天（淸人若重理窩王何必引雍正入宮雍正好扮漁翁寶玉扮漁翁正影此事）（三）翠羽驚

飛列樹頭冷香狼藉倩誰收（正寫葬花心事）騎驢客醉風吹帽放鶴人歸雪滿舟（淸風吹落冠冕明人歸滿洲矣）淡月微雪皆似夢（月已不明一場幻夢）空山流水獨成愁（靑山綠水皆是愁思）幾看孤影低回處只道花神夜出遊（顰卿死後寶玉夜訪瀟湘館寶釵識以會神仙芙蓉花神亦由此化出）（四）淡淡霜華溼水痕誰施綃幌護香溫（林家小姐才是香玉正是綃帳中一段情話）詩隨十里尋春路愁在三更掛月村（花落月墮亡國之愁也）飛去只憂雲作伴銷來肯信玉爲魂（湘雲作伴寶玉驚魂情事顯然）一尊欲訪羅浮客落葉空山正掩門（月夜聯詩畢尋妙玉已歸櫳翠庵自掩門矣）（五）雲霧爲屏雪作宮塵埃無路可能通（小宛已入滿宮從此蕭郎是路人何能通消息耶）春風未動枝先覺夜月初來樹欲空（東風搖落月影空來）翠袖佳

卷上　七十二

人依竹下（瀟湘妃子小影）白衣宰相住山中（冒公子亦宰相才白衣終老奈何）寂寥此地君休怨回首名園盡棘叢（自古無不亡之國圓明水繪同一沈淪耳）（六）夢斷揚州閣掩塵（故土難忘徒勞夢想）幽期猶自屬詩人（月夜聯詩幽情自見）立殘孤影長過夜看到餘芳不是春（夜殘花落國破家亡草木不芳那有春明光景）雲煖空山栽玉徧（玉已植于長白山矣）月寒深浦泣珠頻（泣朱即悼紅悲明月之冷落珠淚頻傾）掀蓬圖裏當時見錯愛橫斜郤未眞（錯戀寶玉安知是假）（七）獨開無那只依依肯爲愁多減玉輝（多愁多病輝光自減）簾外鐘來月初上燈前角斷忽霜飛（月落烏啼霜滿天情況不堪聞鐘鼓之聲）行人水驛春全早啼鳥山塘晚半稀愧我素衣今已仕相逢遠自洛陽歸（素心已改不忍與故人相逢春晚一枝聊煩由水驛寄

消息而已）（八）最愛寒多最得陽仙遊長在白雲鄉（小宛雖得寵而夭逝多情皇帝疑爲仙去）春愁寂寞天應老（天若有情天亦老君王不堪寂寞而生愁思）夜色朦朧月亦香（月夜魂歸朦朧莫辨）楚客不吟江路寂（此梅菴憶語所由作也）吳王已醉苑臺荒（鳳去臺空君王心醉）枝頭誰見花驚處嫋嫋微風簌簌霜（風霜催殘名花無主）（九）斷魂只有月明知（冷月葬詩魂心中只有一明在）無限春愁在一枝不共人言唯獨笑（看花滿眼淚不共楚王言）忽疑君到正相思（所思惟寶玉耳因思生疑）歌殘別院燒燈夜妝罷深宮覽鏡時（聞牡丹亭曲而自警對鏡窺妝寶玉正來）舊夢已雖流水遠山窗聊復伴題詩（秋窗風雨幽夢難成只好題詩自遣而已）可見著者採用高詩之意不惟雪滿山中一聯特欲喚起讀者注意故不辭借他人酒杯澆自己

塊磊也

三十三回標目「椿齡畫薔癡及局外」椿齡兩字最奇王索隱謂影射范承謨土室畫牆事極確又謂椿齡二字是說高年之叟因范畫壁廊中自稱螺山髡翁可見其年已老固然而猶未盡也考椿齡二字出于范仲淹老人星賦「會茲鼎盛厲乃椿齡」句中隱用范姓且仲淹又稱小范老子而承謨之於其父范文程亦可稱小范其命名之不苟如此與包勇取義膽包天暗用通身之膽趙子龍典以影趙良棟之姓同一狡獪亦可云機帶雙敲法是則標目上句不啻自贊而元春歸省演相約相罵之用齡官却利用小范老子四字作爲小范之老子文程被多爾袞迫其孀成淸后下嫁一案而用「進稱皇父不可使父母異居」兩語硬扯皮條所以定要唱相約相罵而用戲曲中韓生假稱皇甫一事可以影照之也

薛蟠錯認唐寅爲庚黃亦有來歷昔有吳士遊外郡遇一縉紳先生問金閶寫生孰爲擅場荅以文徵仲又問文所服膺人何曰唐子畏也縉紳首肯曰良然嘗見文先生私篆云「維唐寅我以降」聞者掩口即庚唐互差之笑談本書仍引用此典反譏唐人已降清者故寶玉罵焙茗反叛而馮紫英爲馮銓之子順治間御史吳達劾銓疏本中有「密勿之內政本所關銓乃令其子源淮擅入張晏延學士講讀史舘及中書等官窰盤銀匕珍窮水陸歡飲竟日爲結納地其平日縱子往來清要招搖納賄更可知」觀二十六回薛蟠正說誰知他是糖銀菓銀（言唐人已降清誰知他是唐國人）接着馮紫英來又講他父親事及在沈世兄處赴宴並特治東帖請客便是結納清要之証二十八回寫馮紫英請寶玉等歡晏即內政院歡晏竟日之証又因銓在明曾晉少保兼太子戶部尚書武英殿大學士

故以神武將軍及紫英關合之紫英說「家父倒也託庇康健」豈故犯父諱乃有意用康健渡過健全金安以影銓名耳

萬年少遺詩隰西草堂五律其八「新聞驚夙夜故事憶喬蘇世内多生鷙人間有聚麀」其九「侏儷爭鬥「位」祕戲「演」春王」一聚麀祕戲皆諷清人亂倫又是清后下嫁事一証

芳官葵官等均有影射史太君壽筵命芳官演牡丹亭尋夢影舊夢重尋寓清后與洪承疇密敘舊情一案曲中有偷學少年語可見命葵官演惠明下書影吳三桂搬兵救圓圓且吳本人亦善演本劇故不令抹臉言本色也考清稗載「吳善度曲不差累黍有周公瑾風焉蓄歌童十數輩自教之中六人藝最強稱六燕班蓋六人皆以燕名也嘗微服遊江淮間遇某家演劇主人延吳入樂作脫扳乖腔百無一當主客極口褒獎吳默坐搖首而已主人不知是吳嗔曰

「村老亦諳此耶」吳曰「不敢然嘗此數十年矣」主人愈不悅客有黠者請吳奏技吳欲自炫遂登台演惠明寄柬一折聲容台步動中肯要坐客皆相顧愕眙少焉樂闋下場一笑連稱獻醜而去」按本曲有「繡旛開遙見英雄俺你看半萬賊兵先嚇破膽」兩句頗合吳三桂扳達子破闖王時神情惟葵取向日吳三桂雖背明而起義仍以向明自誓故借葵為喻耳

俗傳順治幸熱河悼古論今詞曰「看士農工商終日忙忙人生碌碌爭短競長都不知榮枯有分得失難量歎秋風空想夜月烏江阿房宮冷銅雀臺荒都做了邯鄲夢一場眞乃凄凉眞乃徬徨總不如樂天知命守分安常休說前王與後王休說興邦與喪邦大限到難消禳自古英雄輪流亡分明是榮華花上露富貴草頭霜看破世事皆如此興廢何必掛心腸說甚麼龍樓鳳閣說甚麼利鎖名韁

閒時靜坐詩酒猖狂唱一曲歸來未晚歌一調滄海茫茫看百花堆錦繡萬鳥弄笙簧山傍水傍野外園場當此極好風光且盡樽前酒一觴轉眼不免兩鬢霜」按此辭與紅樓夢曲甚有關合而順治爲僧之說亦覺可信

七十七回借藥籠中人物古語以配藥形容滿庭之無才所謂調經養榮因凡有血氣者多不爲滿人用以致漸有不調之景象滿漢不調滿人即無由安富尊榮以自養而歸於完善故曰用上等人參二兩即須用三兩個上等人材以參與政事也「開小匣內尋了幾枝簪挺粗細的（即在滿旗家室家中見了幾枝派簪纓粗而無文細而不大的人物）故王夫人嫌不好又找一大包鬚沫出來（即紀曉嵐所謂「今草包容有鬚眉不成人材）故王夫人焦燥道「用不着偏有（言用不着的材料偏偏不少）但用着了再找不着

（要用的人材更不好尋求（成日家叫你們查一查多歸攏一處（卽令廷臣留心考查人材聚集于朝庭以供用（你們再不聽隨手混撂（言廷臣不識人材多被忽略過去或棄置不用）及彩雲尋了幾包藥材王夫人打開看時也都忘了不知都是什麼沒有一枝人參（罵倒滿庭臣工所謂豐草長林鳥獸居之牛鬼蛇神眞不明是甚麼東西連個人影也沒有如何記得這些眞令人有一見似人者而喜」之慨　鳳姐說「只有些參膏蘆鬚雖有幾根也不是上好的（言只有些身爲奴才並不是上好人物俗語常有幾根筋正是此意）王夫人沒法只得親身請問賈母（求之于歷史自然有許多人材故曰有大包皆有手指頭粗細不等（亦是些供使的小人物）令小廝送醫生家又命將那幾包不能辨的藥也帶了去（與不知是甚麼同意所謂卿等自難辨善者抹索可得）醫生看

自說這幾樣都各包號上名字了（明提名字可知是人不是藥醫生畢是識貨者）但那一包人參固然是上好的只是年代太陳這東西比別的大不同憑是怎樣好的只過一百年後便自己成了灰了（取所謂歷史上人物都成過去陳迹且寓胡運百年即成不復然之死灰意書曰人惟求舊器非求舊惟新故曰和別東西不相同也）如今這個雖未成灰然已成糟朽爛木也沒有力量了（朽木之材何足算也）所以要提新的在外頭去揀（清庭無人乃求之漢人即素日視爲外人者）寶釵說「外路人參都沒有好的雖有全枝他們必截兩三段（言漢人中亦無全材完人多爲三朝元老事明事闖事清故曰截兩三段意極顯豁）鑲嵌上蘆泡鬚枝攙勻了好賣看不得粗細（人物志上寫「奴僕須知」賣身求榮粗細由人挑選）我們舖子裏常與參行交易（此寫高士奇包攬人才

有藥籠中物之意及王夫人說「賣油的娘子水梳頭」聊以解嘲而已他家有甚麼油水

胡適根據第一囘作者自己又云忽念及當日所有之女子及石頭答空空道人云竟不如我半世親見親聞這幾個女子諸語斷定本書爲曹雪芹自叙果爾則曹氏當自命爲寶玉而書中所有才氣在寶玉上之女子皆寶玉所親見沒有他所親聞的（只有夏金桂是所親聞又絕非所重視者）作者不是寶玉替身可知因作者並擬諸女子於諸名士諸名士與作者未必全有交情故特加親聞兩字以示區別何得強指作者爲寶玉耶

紅樓夢眞諦 雜評

清人有諺曰爲人不看紅樓夢讀盡五經四書不中用」一時稱研究本書者爲紅學派某名士曰「我研究少一畫三曲之經學」即謂紅學則本書之傾動一世可想余謂此種諺說乃一種有力之鼓吹或出於著者或修刪者所擬亦未可知因著者之作本書也實有取于經義非尋常小說家言其於春秋則取託始于隱公之誼而標出甄士隱于首囘當時北有攝政南有監國（宏光初曰監國）皆與隱公攝政相仿又取獲麟之誼而寫史湘雲獲金麒麟以明其爲野史又取盜竊寶玉之誼而寫賈寶玉言滿人盜取玉璽而成僞朝也此其大端細瑣不論其于書則取舜娶堯二女而寫多爾袞之偷嫂娶大玉小玉姊妹以及玄曄納姑爲妃並南巡等事于詩經則取王姬下嫁后妃歸寧以寓清后下嫁之意于內牆茨之譏自然

可見于禮則取「春官昨進新儀注大禮恭逢太后婚」詩意寫元妃歸寧之禮儀特詳喪禮祭禮稱是于易則取太極之旨寫清太宗名皇太極又特着詠太極圖限先字全韻一筆以點醒而四春之爲元亨利貞及老夫少婦枯楊生稊之義亦隱見于篇章其他讖謠占卜之辭皆易道也于大學則取大學之道在明明德以影大明所謂「維民所止」爲雍正無頭之徵兆亦寓于內于中庸則取天命之謂性以影清太宗之年號而雖善無徵及蒲蘆也諸謎亦非空設于論語則取吾未見好德如好色者也以寫南北兩朝皇帝之淫亂于孟子則取「象憂亦憂象喜亦喜」之意以反影康熙諸子之爭位所謂今天下之言不歸楊則歸墨亦與當時不歸南則歸北以及爭儲者不歸允礽則歸允禎之情勢相合又曰將來鬧到無父無君皆一串下來而雍正篡位及不善終之傳說自然附合故曰「爲人不

看紅樓夢讀盡五經四書不中用」反言之卽必讀五經四書始可明白紅樓夢之旨趣否則以尋常言情小說輕輕看過則不中用矣且不但取義于經書而且取義于纖緯旁及子史雜集無不鎔鑄而尤竊取于著名說部如西遊記金瓶梅水滸傳封神傳以及西廂記牡丹亭皆擇其能關合種族政治社會之處而仿模之而引證之所謂借他人酒杯澆自己胸中塊磊者善讀本書者自識之

寫晴雯乃明清間一失志文人而特費筆墨幾欲奪寶黛之席定非尋常之輩細考知係李雯李號舒章與陳臥子齊名爲明諸生不過流離世故北遊有人荐于多爾袞多氏方思致書史可法命多人擬作皆不稱意舒章一夕成文甚合多氏意旨然未重用憤懣南歸讀臥子王昭君篇曰「明妃慷慨自請行一代紅顏一擲輕」則感慨流涕期遇臥子於九峯山中未渡江而臥子及禍舒章鬱鬱道

死雲間有爲詩唁之者曰蘇李交情在五言蓋寄慨于陳李也金陵十二釵別册首册畫的既非人物亦非山水不過是水墨滃染（叟章之象）滿紙烏雲（不明）濁霧（不清）而已（晴字半明半清不明不清而脫帽露頂王公前揮毫落紙如雲烟之意亦寫于其中正指爲多氏所寫之文章不明不清而倘自鳴得意有明妃慷慨請行之失甚可惜也）詞曰「霽月難逢（不明）彩雲易散（文采無餘）心比天高身爲下賤（一代紅顏一擲輕甘爲下賤）風流靈巧招人怨（文士文筆靈巧無比而一時擬者皆懷忌妬故未能得志）壽夭多因誹謗生（因明妃詩句之誹謗鬱鬱道死）多情公子空牽念（此可指多氏亦可指陳臥子舒章空爲臥子牽念而未得一面于九峯山下而多氏雖愛李之文因衆擠之而去且鬱鬱以死空餘想念而已皆合）

「袞則有闕維仲山甫之」著者取此意成晴雯病補翠雲裘一篇正寫李雯一夕成書之狀況如五十二回曰「用鍼逢了兩條分出經緯亦如界綫之法先界出地子來」（寫與史可法書分開南北界限及華夷界限以書史經緯之）「後依本紋回來織補」（特提出織字即隱取詩」織文鳥章」意既指孔雀爲文鳥兼譏其背謬爲鳥文章將李名字俱藏于內奇極又言其依多氏本人所說之文意用筆來回彌縫其失使無隙可擊故又曰「眞眞一樣了」看不出甚麼破綻來然其中不免有違心之處故晴雯又說一聲「補雖補了倒底不像我也再不能了」言此書雖極力彌縫終覺于大義不相似然也不能再說別的了又寫「身不由主倒下了」（正言李氏之爲此書實爲人所逼迫而不自由以致自損身分如李陵之降胡故曰倒下了）至七十八回芙蓉誄中特着「高標見

嫉閨門恨比長沙貞烈遭危巾幗慘于雁塞」上句言其見嫉于當時附清之文人下句言其不免李陵降胡之譏與當時之以蘇李交情擬陳李相符與李長青被詔而爲記一句寫李姓及被召作書皆顯筆也晴雯臨死恨落虛名亦言舒章空落事清之名實未得志也

十七回石洞擬題「衆人說就用秦人舊舍四字」可謂虐謔言清后下嫁乃寡婦遇舊水從石洞流出與泉瀉山間相似仍以寫女陰之狀乃清太宗曾宿之舊舍也古人謂子之與母如寄物瓶中亦有謂借屋而居者且舊字大有來歷攷羣居解頤載「元和初達官中外之親重婚者已先陟溱洧之譏就禮之夕儐相則有清河張仲素宗室李程女家索催妝詩仲素朗吟曰舜耕餘草木禹鑿舊山川程久之乃悟曰張九張九舜禹之事吾知之矣羣客大笑」餘草木舊山川不特與本回睢園遺跡的遺字秦人舊舍的舊字映合成

趣而太后下嫁陰寓舜娶潙汭禹遇塗山之意當時應戲多爾袞曰「老九老九舜禹之事吾知之矣」著者暗用本典可知雎園亦有影照九域志「雎陽郡有梁孝王東苑方三百里苑囿中有百寶山雁池修竹園」因瀟湘有竹故清客想出這箇典故又因梁孝王爲漢文帝子景帝之同母弟竇太后少子愛之賞賜不可勝道以影射清后之愛清太宗同母之弟此第一義又因梁孝王遊客甚多皆善屬辭賦以影射明珠門下諸名士此第二義也

漢書五行志中上云王子鼂以成周之寶圭湛于河（按卽左傳昭廿四年冬十月癸酉王子朝用成周之寶湛于河或作沈于河）又云甲戌津人得之河上陰不佞取將賣之則爲石是時王子鼂纂天子位萬民不鄉號令不從故有玉變近白祥也癸酉入而甲戌出神不享之驗云玉化爲石貴將爲賤也後二年子鼂犇楚而死按書

本寫寶玉本質爲石又對甄寶玉自稱不過一塊頑石言玉璽在漢則爲玉在滿則化石漢貴而滿賤玉璽歸滿爲石貴爲賤矣至寫失玉瘋魔有人以石代玉弄出假寶玉一案固然指僞太子兼指僞朝亦同時寫允礽被廢貴將爲賤也因著者注意讖緯故隱采五行志語意也

襲人命名有珍襲與襲取兩意孟子曰是集義所生者非義襲而取之也行有不慊于心者則餒矣清多爾袞得史可法書氣爲之一餒故以燒損翠雲裘寫之裘以孔雀毛織成可謂「織文鳥章」而非集義因而不免缺失晴雯（即李雯）費一夜力爲之織補倒底不像縱令狠像也不過鳥文章（李雯字舒章故以是識之）罷了是夜襲人不在爲掩襲取之跡也卽文中得天下于賊非得天下于明的飾辭至後半部襲人與寶釵合而得寶玉乃寫允禎襲取寶

位亦非是正義

雜綠

夢華鎖綠（楊掌生著）曰紅樓夢以小李將軍金碧山紅樓台樹石人物之筆描寫閨房小兒女喁喁私語綃影綃聲如見其人如聞其語竹枝詞所云閑談不說紅樓夢縱讀詩書也枉然記一時風氣非眞有所不足於此書也余自幼酷嗜紅樓夢寢饋以之十六七歲每月所見記於別紙積日既久遂得二千餘籤擬汰而存之更爲首掇拾葺成紅樓夢注凡朝章國典之外一切鄙言瑣事與是書關涉者悉滙而記之不賢者識其小者似不無小補焉其禪悅文法託諸空言概在所屏似與耳食者不同今忽二十五年未能脫稿殊自慚也

（按此君所得之籤注必與清明之際政治社會大有關係者自云未脫稿甚爲可惜）

五囘可嘆停機德堪憐咏絮才兩句分咏黛釵咏絮一語可以柳絮詞爲証而停機一語無着久蓄于懷而莫解及讀太白烏夜啼詞曰黃雲城邊烏欲棲歸飛啞啞枝上啼機中織綿秦川女碧紗如煙隔窗語停梭向人問故夫欲說遼西淚如雨始大悟其意重在問故夫及遼西字樣借影董小宛而於二十六囘特寫寶玉入瀟湘館足至窗前覺得一縷幽香從「碧紗」窗中暗暗透出及聽得黛玉長嘆在窗外笑道爲甚麼每日家情思睡昏昏坐實碧紗如煙隔窗語一句以及四十五囘秋窗風雨夕詞中「寒煙小院」「疎竹虛窗」「淚洒窗紗」皆與本句有關由是襯出停機越去來于以見原作者之不輕下一字不妄用一辭

正誤表

篇目　眞諦卷上

頁數	行數	字數	誤	正
十七	十一	九	琴	琹
二十一	十九	七	當	尙
二十二	十五	八	清	情
二十三	十	八	寓	萬
同上	十七	八	萬	寓
二十六	九	二十一	力	易
三十	十五	十一	子	字
三十一	十四	二十一	叚	若
三十三	一	二十一	朱下脫　已下衍	明　翠
	二	二十二	璽下衍　亦下脫	明　翠
三十五	二十	五	清	靖
三十六	十二	二	用	困
四十二	十二	三	陳	陣
四十八	十七	十二	連	達
五十七	十六	十	媚	淵
六十四	十一	三十二	想	相
八十二	二	二	綠	錄
同上	三		山紅	山水

石頭記眞諦

卷下

景梅九先生著

紅樓夢真諦

張繼題

紅樓夢眞諦

評王——評王夢阮紅樓夢索隱

余于清季始讀紅樓卽疑其有關于明淸間政治繼聞谷芙塘師云紅樓曾爲乾隆所欲禁刊益疑之辛亥學友唐易庵爲余抉其祕奧始覺澈透曾與寒泉談及亦爲擊節至王君索隱一出寒泉極稱之余從友人處略覽一遍覺其所發明者多與唐君相合而尙未能窮源竟委一抉作者之苦心也嘗考王君所詳者惟陳圓圓董小宛劉三秀三人事對于明淸代革事僅于賈寶玉夢見甄寶玉處特別提出雜寥寥數言頗中肯要宜其自用套圓標記之也有時敷陳多言而未說出本意尤使人不快卽如開首評「此開卷第一回也」已指出作者取「開宗明義第一章」之意却未將宗明二字揭露又不知其影射淸后下嫁攝政王詔中以孝治天下事又于紅樓

夢曲中不知悲金之爲悲滿視爲賓辭木石眞諦完全不解所擬影射諸人亦未盡合此其蔽也而其明快細微處亦不少如二十六回從小紅寫出洪承疇降淸時心事情形玲瓏剔透與評寶釵冷香丸爲劉三秀榮寵一段異曲同工爲本索隱上乘禪然蜂腰橋三字亦甚有意明淸之相接實以洪承疇一降爲蜂腰也又寫劉老老爲影劉三秀亦極詳盡惟于九回鴛鴦打發老老出去時贈藥中有催生保命丹分明指三秀受孕及諸醫錯用藥幾要了命故特用此種藥關合之不然老寡婦何需此藥若令送傍人又未提出著者眞意可知何竟不索出耶提要中謂湘雲指孔四貞甚是又云相傳四貞爲聖祖所納應以三十一回因麒麟伏白首雙星証之此亦略處提要對本書命名謂大抵記石頭城之事又云金陵地屬江南風月非閨門常度紅樓對靑樓是欲牽合板橋雜記中人物而不知其別有深

意也提要謂本書以葫蘆廟爲開始乃全裝天下後世于悶葫蘆中此言得一半眞諦惟當添莫明其妙（廟）一語乃足再加以胡虜隱語更佳提要又謂寶玉命名言能寶愛此玉玉指黛玉卽暗指小宛」不如指玉璽之的確提要以赦刑政王影攝行政王四字不如分別刑赦政王都屬賈僞專以賈政影攝政爲較合觀賈赦字恩侯明言所謂恩赦都是假的因當時對明宗室及漢人先殺後赦以示恩耳非眞惠也故又興文字之獄提要「謂金釧玉釧合寫小宛姊妹或曰乾隆宮中隱事或然歟」所謂隱事應指乾隆與和珅一段因果乃不肯說出何故又謂賈環之猥薄固似但不如謂爲假還乃久假不歸意清人入關初亦曾欲還江山于明室而竟據爲己有其刁頑可想故寫賈環極頑皮無恥益深惡之也又言賈瑞于鳳姐爲獲遇劉氏如得天之祥不如謂爲賈天文祥妥當又以薛蟠指吳三桂

不如謂指滿人及多爾袞假子爲合謂焦大指圖賴不及王輔國之切合謂包勇似指三桂不如謂指趙良棟謂巧姐指睿王養子多爾博不如睿王女東峨之情事符合謂尤二姐指肅王妃博爾濟錦氏固是但未知作者用鮑二家的從旁趁出博爾濟之奇巧（其他尙多詳附錄）

第一囘評「自已又云」擬諸太史公自序及周秦諸子用「詞曰書云」不如謂學莊子逍遙遊「齊諧者志怪者也諧之言曰」筆法因作者自命爲荒唐言故也評寶玉「無才可去補蒼天」曰小宛或有補天之志非也此段玉雖指本書全部而寶玉仍係玉璽言其無補于亡國也明末遺老以明亡爲天崩地裂某君西遊記補亦有此意何得以小宛當之「枉入紅塵若許年」紅仍指朱家枉作朱家傳國寶耳不專指情僧「此係身前身後事」身前爲明

身後爲清關係兩代歷史豈指一人評風月寶鑒謂以鑑名書如千秋金鑑資治通鑑皆進御之書可見爲帝王而作是也但惜其未將清風明月意道出且標出東魯孔氏亦有竊取春秋之意與以史字擬孔四貞之姓參看自明評僧人問甄士隱念出四句詩中菱花空對雪澌澌謂鏡取圓圓意雪謂三桂字長白近似不如謂菱鏡有背月之象言三桂反明對雪爲對滿洲長白爲是評賈雨村對月詠懷「時逢三五便團圓滿把清光護玉欄天上一輪纔捧出人間萬姓仰頭看」謂指圓圓不如蔡書謂指清興因詩內有滿清字樣爲證無滿字者則多指前明

二回智通寺聯身後有餘忘縮手眼前無路想回頭索隱謂爲一般熱中人說法其實仍是譏諷滿人作者多以猢猻擬東胡身後有餘言有尾也忘縮手言其伸手取中原也眼前無路言滿人必有

窮途一日想回頭欲回滿洲即錢牧齋一死虜千秋悔入關一之意又云其中想必有箇翻過筋斗來的索隱謂閱盡興亡勘明因果固是但仍用孫猴筋斗雲故事以諷滿洲作者每用西遊記筆法大可注意

長子賈代化索隱謂指太宗文皇帝因太宗名皇太極書中取太極生兩儀兩儀生四象故謂二昆四字隱含太宗名又云賈代化乃假代話與雨村名一義不知假代話可翻爲僞朝話亦用一氣化三淸之化字太極之生儀象亦變化而生者

賈政升了員外郎索隱謂指攝政在外實則諷爲圈外狼也滿人初入關有狼虎之像故用侍郎是狗（是狼是狗）笑話射之

索隱謂寶玉啣玉而生玉專指小宛非是前已說過又曰啣之口見燮之專則不如口啣大憲之現成其指玉璽無疑

甄家幾個姊妹都是少有句索隱謂指宏光宮眷固事但用蔡氏索隱法則亦兼指阮大鋮馬文驄諸人

索隱謂元春姊妹並指陳圓圓甚是亦取元亨利貞意仍從易有太極設想來的元春之正大探春之銳利惜春之貞靜皆具圓圓一德而迎春命運却不亨通正寫圓圓從闖王從田琬三桂均不亨通嫁中山狼正指闖王乃是反寫正面則寫其一顧之緣便居人上亦可云亨通矣又謂迎春爲三桂迎圓圓探春爲三桂探圓圓于被盜後惜春謂三桂不從圓圓建議爲可惜亦是惟亦寫出圓圓身世之四賓事元春指其入明宮迎春指其從闖王探春指其從三桂而南惜春指其出家

甄家風俗女兒之名亦皆從男子之名命取索隱謂指秦淮佳麗固是然正表出書中女兒亦兼影射男子蔡書應據此爲斷得別

成立一說

二回黛玉常聽祖母說外祖母家與別家不同索隱謂爲宮闈其實兼指滿洲因中國自古以中原爲內夷狄爲外故曰外家與別家不同謂特異于諸夷也黛玉爲賈母摟入懷中心肝肉兒叫著哭起來索隱無注乃寫史家懷明有故國之痛故曰想其母正合今言母國之意又黛玉不足之症索隱謂爲小宛多病其實兼寫明之積弱貧病

鳳姐一雙丹鳳三角眼兼寫努爾哈赤面似關羽非但寫其威也

堂屋對聯座上珠璣昭日月索隱謂言帝王夫婦實則此乃寫其祖宗事明時得珠璣珠字須着眼謂朱王賜座也堂前黼黻煥煙霞索隱謂山林結果實則寫長白山下氣象並寫堂子神祕與滿人

吸煙習慣謂東安郡王穆蒔爲擬滿祖孟特穆所蒔栽之種又偏安東鄴甚是但即此可見此聯寫其臣明其筆法則取自金瓶梅西門慶戲林太太事先寫其家祖像之尊嚴對聯之堂皇反襯其後人之淫亂是一樣精彩不宜略過

賈政室中文王鼎索隱無注賈政名存周以周公輔成王爲比其家固宜有文王鼎也

此寶玉西江詞索隱謂言情僧性情不知其統寫滿族詳見眞諦又王夫人說寶玉一時甜言蜜語一時有天無日上句謂事明之際暫重言甘下句謂其滅明白日無光瘋瘋傻傻寫可汗一名憨也索隱但謂其爲寶黛作讖失之突「混世魔王」亦言其混沌無明寶玉說西方有石名黛可代畫眉之墨索隱着眼于張敞畫眉故事實則作者自揭本書命名之眞諦木石影朱正用石頭筆在木上畫

石頭上兩畫如畫眉狀畫眉對點睛眞作者畫龍點睛處也石字上一平畫像橫眉一撇像眉尖着重正在眉尖故曰這妹妹眉尖若蹙因用顰顰亦寓兩筆畫成朱黛雙眉之意

寶玉摔玉一節索隱謂玉取董宛之玉旁故曰原有實則寫玉璽原屬朱代今屬僞代也詳見眞諦

黛玉見寶玉進來原來一個青年公子索隱無注此青年公子卽清室哥兒意非冒公子也及一見便吃一大驚心中想到好生奇怪倒像在那裏見過的何等眼熟索隱以小宛初見冒辟疆情形擬之固是而仍寓明人對于玉璽之見慣故曰眼熟不然只可驚異何得曰眼熟如此

賈母將自己身邊一個二等丫頭名喚鸚哥的與了黛玉索隱引含情欲說宮中事鸚鵡前頭不敢言甚是惟于賈母自己身邊及

二等字樣未注意賈母姓史以射作史者作史重在直言而滿庭多忌諱故不敢言便居第二等矣不避忌諱者始爲一等是作者自擬鸚哥不再見言化爲瀟湘館之鸚鵡矣足使代表漢人之黛玉當頭自警

襲人原名珍珠索隱謂用綠珠故事實寓珍襲玉璽之微意曰珠乃朱家所珍襲者也故與玉函作配（詳眞諦附錄）至說襲人伏侍賈母時心中眼中只有一個賈母今跟了寶玉心中眼中只有一個寶玉索隱謂小宛嘗則言玉璽發見于多爾袞（袞爲龍衣故以影射）從蒙古某王妃處移來故曰先在賈母處

第四回敘李紈歷史索隱以劉三秀擬之頗似惟李寓禮意故曰其父名李守中言滿人入關俗則多從滿禮則多守中所謂生降死不降官降吏不降男降女不降等一半皆守中國禮俗也貴珠之

死指朱明之亡甚是國亡禮存大嫂（老禮）所以得獨完也字宮裁者言中國之禮已半受清宮裁奪不僅影三秀之入宮惟知伴親教子外則倍伴小姑等針黹誦讀而已索隱謂劉孀無子無小姑亦是反筆其實言明亡後于禮只存得孝慈兩端只能以男讀女織傳家而已

索隱以薛家影周田諸戚甚非薛之爲雪爲夷蟠爲蟠據皆寫滿人入主故寫黛玉不能自主而寶釵則反客爲主至于薛蟠性情似滿人與多爾博有關詳見眞諦附錄

「賈不假白玉爲堂金作馬」一諺賈不假指僞清玉堂金馬已據中土阿房宮秦宮即清宮金陵即日成爲金史矣東海滿人在渤海東白玉牀既得玉璽即登大寶如據臥榻矣龍王來請金陵王自命眞龍天子而稱後金王矣吳三桂亦自命爲眞龍天子請兵滿

洲故曰來請豐年好大雪影長白山薛之音如雪珍珠如土（言朱家墮地而亡）金如鐵（言金家之強硬）蔡書以五方寶物歸東海萬國金珠貢瀋人一聯擬之已落第二義索隱乃謂指周袁田三家失之遠矣門子曰「這四家皆連絡有親一損俱損一榮俱榮扶持遮飾俱有照應」正言其爲一家耳

薛蟠之與香菱頗似三桂之與圓圓但菱鏡背月仍有背明之意言其與滿人一致也至賈雨村判斷薛馮一案特書此事皆由葫蘆廟內沙彌新門子所爲乃言胡虜入關失其政刑自創納賄枉法之新門沙彌者滿人信佛自稱曼殊而爲佛弟子也索隱僅以悶人葫蘆擬之非是

索隱以寶釵擬科爾沁王吳先善女近是惟寶釵是金差仍爲東夷代表不可不知餘詳眞諦王子騰擬睿王甚是薛蟠亦指多爾

博爲睿王假子也

賈政命薛姨媽住東南角上梨香院不但謂滿人登場如優伶之虛僞而梨香亦含雪意東南仍東北夷之對寫耳若以梨花擬劉三秀冷豔正在東南

第四囘可卿房中設置一切索隱謂皆宮闈故事可知所指是也惟同昌公主兼寓清后下嫁意應補出西施紅娘兩句索隱但言抱衾與裯不知兼用越女入吳崔女私奔兩意以譏小宛與清室穢史因可卿不但寫小宛兼寫大玉小玉姊妹故曰兼美警幻一賦索隱謂有陳思感甄之意甚是已將多爾袞偷嫂事暗藏于內惟蓮步乍移四字應注意是指漢女可知兼寫小琬矣

太虛幻境一夢係本書全體的籠罩索隱因偏寫圓圓遂將清明兩代大關係未能提出詳批在眞諦中今摘其遺漏及錯誤處略

言之所謂癡情結怨朝啼暮哭春感秋悲各司皆屬宮怨故曰兩邊配殿扁額竟未提及至于畫册仿推背圖意亦未提出而于正册寶黛表明清兩朝亦太忽略玉帶掛林正緣曲尺掛樹絕非空點釵黛惟停機得三字頗異停機乃孟母與樂羊子妻斷機故事或寫黛爲明清繼續間人物亦未可知册子及曲中湘雲索隱皆就圓圓着想實則寫孔四貞詩後高樓判「情天情海幻情深情既相逢必主淫」情皆指清着幻字言是僞朝也惜未索及「漫言不肖皆榮出」索隱謂榮禧堂攝政所居又睿王名多爾袞取榮于華袞意甚是然亦指入主後安富尊榮之清帝「造釁開端實在寧」索隱謂慈寧宮太后所居蓋指孝莊亦是惟此處着開釁兩字則指清未入關以前興于寧塔肇釁于寧遠之役與「家事消亡首罪寧」指亡國首在寧遠「宿孽總因清」言宿怨因清同意次乃指睿王之敗家亡

人散在慈寧下嫁孽緣警幻云偶遇榮寧二公之靈一段不但責慈寧不善持家政也寫胡無百年運甚顯而索隱竟未道一字甚怪

聰明累于書中寫鳳姐于清室寫多爾袞因多失敗有家亡人散景象一場歡喜指清后下嫁忽悲辛指敗亡忽喇喇似大厦將傾因多乃清室一柱也索隱亦未能道及

第六回寶玉與襲人同領警幻所訓雲雨之事襲人自知係賈母將他與了寶玉的索隱謂小宛入宮當時慈寧所命而謂此處係指多爾袞與小玉（多得玉璽袞字與襲有關）因小玉是慈寧（大玉）作主與多最初結婚者故曰初試雲雨（警幻有妹曰兼美夢中初試雲雨以影照大玉有妹）

寫劉老老一進榮國府索隱以劉三秀擬之極是惟小小之家姓王應注意南人黃王不分故曰因貪王家勢利便連了宗而笑林

正有黃王迍宗戲說「終是天子脚下」索隱謂挿入近畿鄉鎮實
則有爲清王蹂躪之意又陪房周瑞隱索謂豫王不如專以過墟志
所謂滿州掌家婆二太目之貳者副也故曰陪房劉老老「我見他
心眼兒愛更愛不過來那裏還說得上話兒來」索隱無注這正寫
三秀心許豫王默然承受意特着愛字可見

賈蓉借屏一段索隱所批極是因鳳姐雖寫豫王身分同時是
鏡中三秀眞寫的小神

第七回寶釵與周瑞家談冷香丸一節索隱批評精到因寶釵
答語全不似平日嚴重聲口且緊接着劉老老事及送宮花戲熙鳳
情事其意自顯又句中白牡丹白荷花白芙蓉梅蕊（言三秀備四
時之氣也）以及白露霜雪梨花樹下索隱謂喻嫠婦固是但應以
過墟志「當豫王妃死時三秀偏衣練裙而出王遇于中霤淡冶若

仙時目光恰兩射王曰何雅素乃爾」一節實之因彼時三秀正如梨花一枝也故曰冷香以舊詩「冷豔全欺雪餘香乍入衣春風且莫定吹向御階飛」合之更妙

寫寶玉秦鍾相見後心裏話恰似豫王三秀身分然作者的平民思想已透露于其間實乃能手焦大一節索隱謂隱指圖賴亦似惟不及王輔臣之切合（詳眞見諦附錄）「爬灰的爬灰」寫多爾袞私姪婦事「養小叔的養小叔子」寫清后下嫁事將清宮穢史一齊寫出胡適乃謂作者自敘家事豈其然乎

第八回奇緣巧合四字恰寫出三秀一段因緣索隱以寶玉寶釵識鎖認玉光景擬三秀遇合極是惟嘲寶玉一詩新舊金玉字樣則關係清明兩朝事（詳見眞諦）不可不知酸笋鷄皮湯不但言老縐且取夏姬鷄皮三少意

襲人說「不如趁勢連我們一齊攆了也好你也不愁沒好的伏侍你」此又大似小玉吃他姐姐的醋與多爾袞鬧氣聲口索隱無注

第九回索隱以馮銓擬李貴甚似李貴說人家的奴才跟主子賺些好體面我們這些奴才白陪着挨打受罵的恰是滿臣對清帝的口吻降清者稱臣然清帝有奴才即臣臣即奴才之諭這裏人家我們的分別便是滿漢界限索隱未及

茗煙索隱謂是名湮是姓名湮沒不傳按此係暗指太監太監人常呼爲公公而不提名又紀曉嵐對太監說笑話曰昔日有個太監便停止問曰底下呢紀曰底下沒有了正合湮沒之意

第十回索隱以金文適擬金寡婦甚似金榮母親胡氏正是胡金非胡縐意言諸金皆東胡所生榮者也

太醫診可卿病一段云或以爲喜脈以及婆子好幾位醫生都不能說的這樣親切與劉孀病姙時諸醫亂投藥情形恰合隱索謂可參合極是

第十一回中靖侯史府索隱謂此中山靖王擬之謂有望明復興之意甚是因史字原從孔家春秋來其意可知

賈瑞字天祥乃假文天祥以擬洪承疇極是兼影降清諸臣鳳姐到園中寫景四六遙望東南通幾處依山之榭（言東南有眞文文山謝疊山在）近觀西北結三間臨水之軒（則與清結魚水之歡矣）大可注意

鳳姐在園中突遇賈瑞恰似多爾袞初次窺嫂浴于園中光景隱索注意九字謂指九大王府甚是故特着一家骨肉及沒人倫的混帳東西兩語與這樣禽獸顯是罵多爾袞語又曰「幾時叫他死

在我手裏他纔知道我的手段」因清后之俯從多爾袞也是一種手段非此不能令多死心踏地輔其子也鳳姐點戲一還魂指先奸後娶一雙官誥指新夫即故夫皆與清皇后下嫁有關乃影照多氏處尤氏笑道那裏都像你這麼正經人呢反譏清皇后老不正經索隱以剌骨二字批之是也

第十二回賈瑞索隱全以清后勸洪承疇降清一事擬之極是惟風月寶鑑乃以清風明月影寫明清兩朝相關歷史故曰單與聰明俊傑風流王孫（兩語寫盡清明之際一切文武人物）等看照即殷鑑不遠之意千萬不可照正面是背明（菱鏡背月古有是言）只照他的背面（背面向明背清）背面照見髑髏係亡國死節之君臣正面照見美人像貪淫附清之大夫故曰正面以假爲眞認僞朝爲正統惜索隱忽之

第十三回可卿夢託鳳姐諸語索隱未注意「月滿則虧水滿則溢」兩滿字以及「胡無百年之運」的成語未爲透徹

第十四回標目大可注意因此回正寫鳳姐辦理榮國府威風而林如海之死只略帶一筆而標目則云林如海捐館揚州城乃指多鐸下江南屠揚州之事曰林姑老爺是九月初三日巳時沒的乃用「誰憐九月初三夜露似珍珠月似弓」語影照朱明亡國之可憐巳時則殘月不明矣林从朱化姑老爺言故國也且屠揚州正是秋日篇中特著威重令行四字與上回殺伐决斷合看皆寫屠城十日封刀令之嚴酷宜多鐸之十分得意揚州一役後明室始不振而北人始得安靜因緊接賈寶玉路謁北靜王故曰大可注意也

寫鳳姐舉止大雅言語典則因此不把家人放在眼裏揮霍指示任其所爲旁若無人索隱以擬劉妃之才應以通墟志中媼曰劉

卷下　十一

居家喜南面而坐諸僕屏息指揮惟謹（正是鳳姐辦理可卿喪事時光景）數語實之

第十五回寫北靜與寶玉裝束容貌以及性情皆相似一在榮府一名世榮索隱謂同寫順治甚是龍駒鳳雛正寫王子寶玉入莊家是寫康熙微行事俗傳康熙有咏農人農婦等詩均有關照諸詩待攷

第十六回元春選宮寶玉置若罔聞索隱謂以數語考之似又不指董妃按此節元春已暗透到淸宮下嫁此意頗爲順治所不悅故豫着此語耳

黛玉又帶了許多書籍來索隱謂小宛不離書史似誤因小宛被刼北上何能攜書此處應以蔡書所擬朱竹垞當之此處寶玉亦應擬納性德始合鳳姐講南巡所有洋船貨物都是我們家的索隱

謂「此作者自言也聖祖二次南巡即駐驛雪芹父曹寅鹽院署中」胡適辛苦所證明條作者自傳一件事已被此君先發明了

第十七回處處影照下嫁事惟門客一層恐兼寫納相家因納好客故寫門客順承賈政醜態百出考「吳梅村嘗謂太倉王麓臺之父太常曰彼蒼者天當是君家門下清客（本回清客二字則著眼于清字言漢人爲清人客者）太常駭問何故答曰善探主人所欲而巧于趨承事事如意者門客也今日之天無乃近是」善探數語可贈此篇門客

入園開門一山指遮掩人目羊腸小道指費盡曲折至題鏡面白石方露其意賽香爐言眞面小終南指捷徑又由寶玉說出編新不如述舊（言多之偷嫂山來舊矣）刻古終勝雕今（言只刻畫故事足矣）况此處並非主山正景原無可題之處（言尚未至主

題）不過是探景一進步耳（多偷嫂由于窺園浴一進步直觀幽隱）所以又說「莫如直書古人曲徑通幽」（言窺園故事故曰古人）舊句在上倒也大方」（言此乃舊曲出浴任人窺探可謂大方不拘）入石洞後至橋上亭問客曰「當日歐陽公醉翁亭記云有亭翼然就名翼然罷」（按此利用俗士謔談以醉翁亭記山水狀況擬男女生殖器又俗傳歐陽續娶小姨有舊女婿爲新女婿大姨夫作小姨夫的話恰合多爾袞娶大玉小玉姊妹不過小姨夫又作大姨夫耳此著者狡獪處）賈政說道「此亭壓水而成」（壓字亦雙關）又用歐陽瀉於兩峯之間（女子生殖器）竟用他一個瀉字（瀉字更淫）門客曰「竟是瀉玉二字妙」（言多與大玉淫媾而洩妙不可言詞不雅訓縉紳先生難言者所以由寶玉口中批曰「粗俗不雅再求蘊藉含蓄」（正言如此露骨寫來未免

如俗本金瓶梅太粗野有失蘊蓄）賈政說如今我們述古你又說粗俗不妥「言我們如今是講偷嫂故事又嫌粗俗」乃寶玉說出沁芳（仍影魚水豔事較瀉玉略有含蓄耳）賈政拈鬚點頭（寫攝政得意認可也）寶玉四顧一望機上心來（即景生情）念出一聯「繞堤柳借三篙翠（意謂入港）隔峯花分一脈香（仍從兩峯瀉玉變化來翠香皆含玉字在言下）宜乎賈政又點頭微笑也至「淇水遺風」索隱曰「的是鄭衛之風」極是言其淫亂也「有鳳來儀」明點下嫁而「寶鼎茶間煙尚綠幽窗棊罷指猶涼」清人喜茶煙清后善着棋皆寫本事「猩猩氈簾」（滿俗也）「湘妃竹簾」（用娥皇女英故事皆非閑筆）賈政至稻香村曰「未免勾引起我歸農之意」（大似周公『茲予其明農哉』口氣暗點攝政以周公輔成王自擬）「杏帘在望」（影射幸兩字

」天然諸語寫出勉強野合違反天倫如何巧說也不自然故曰「
卽百般精巧終不相宜」題聯曰「新漲綠添澣葛處（取薄汚我
私薄澣我衣意以影淫媾餘波（新漲字面極謔）好雲香護采芹
人（以采芹乃俗謂入黌門之秀才其爲雅謔可知雲護是遮掩醜
態否則省親與采芹何涉）」「秦人舊舍」（言清人故婦也故寶
玉道越發過露）又曰「秦人舊舍說避亂新意如何使得」（則
謂此乃淫亂之處不能避人）「莫若蓼汀花漵」（寓母子兒女
之情清雖已爲大母多亦在臣子之列乃乘蓼莪之咏而實行幽情
之暢敘故賈政曰更是胡說言胡人之俗耳）接着賈政進港（卽
入港意）問采蓮船（卽採花意）及賈珍說座船未造成「賈政
笑道可惜不得入了」（又是謔首卽紀曉嵐送人新婚詩韻一部
謂平上去入也故賈珍曰從山上盤道亦可以進去其爲謔語可知

」至牽藤引葛一節則言多之偷嫂乃由舊日葛藤絲蘿而來因多娶清后妹故寫金葛（言清人稱後金時已有瓜葛而金豋（金燈）玉露（玉輅）紫芸（奪朱）青芷（成清）那離騷（風騷情懷）文選（文后自選）什麼藿納薑彙（胡拉強合）什麼綸組紫絳（什麼紅黃帶子「什麼石帆水松扶留」什麼東番松花江扶餘遺種）綠荑（錄夷也）丹椒蘼蕪風連（以椒房之戚忘蘼蕪故夫淫風連合）皆有關合故寶玉曰人不能識皆像形奪名（不能明說耳）漸漸喚差了（原非草木本意乃差錯湊合宜爲賈政所喝倒也）蘭風蕙露（蕙絮蘭因淫風露流）一客聯曰「麝蘭芳靄斜陽院杜若香飄明月洲」（乃寫明亡後光景故衆人云頹喪頹喪當是未忘故國之文人耳）又一人曰「三徑香風飄玉蕙一庭明月照金蘭」（亦寓思明意故賈政沈吟不語）及寶玉

題扁曰「薇芷清芬」寫到清人分際「聯曰」吟成荳蔻詩猶豔睡足茶蘼夢也香（方到本事）

賈政說這是套的衆人道只要套的妙清后下嫁是套的王姬下嫁尤覺活動却從賈政口中說出「豈有此理」四字駁之妙極以上索隱所略故特詳之

女兒棠外國種索隱謂暗點朝鮮女甚是故賈政特說出這新鮮（朝鮮）字來題「一客道蕉鶴（交合也）一箇道「崇光泛彩」（重覆光彩也）至寶玉曰暗蓄紅綠又曰依我題紅香綠玉四字方兩全其美（則將朝鮮女與清后下嫁一並寫出）

第十八回寫下嫁正題「種種儀注」（即從張瑝言清宮詞「春官昨進新儀注大禮恭逢太后婚」兩語中得來索隱忽之非是）寫合族子弟候于門外恰似張詩「上壽稱爲合巹樽」（故

先寫出賈政過壽）「慈寧宮裏爛盈門」光景

　大觀園三字索隱謂「大觀爲宋徽宗年號徽宗太后劉氏以不謹聞遂自殺作者定微取其意耳」近是亦兼取大觀在上及洋洋大觀民具爾瞻等意

　論用寶玉題咏謂賈妃以寶玉爲幼弟獨愛憐之又曰雖爲姊弟有如母子（言孝莊爲太后則與多爾袞有母子名分不待以嫂弟論又云眷念之心刻刻不忘又曰知愛弟所爲亦不負其平日切望之意寫孝莊之眷念多氏之深皆微辭也）

　索隱對諸扁額皆能道出本意惟「桐剪秋風」索隱以春風桃李秋雨梧桐當之非是當注重剪字乃取剪桐封弟故事以影射清后下嫁其弟下嫁一諭亦近兒戲與君無戲言故事恰合

　元春絕句云「卸山抱水建來精（言白山黑水建州來的老

妖精也卸抱二字極謔）多少工夫築始成（言費許多周折組成此段婚事也）天上人間諸景備（此曲只應天上有人間那得幾囘聞是異典也）芳園應錫大觀名（臨觀之義或與或求大觀在上民所觀也）

四處賦詩探春精妙一時言不盡（乃取笑林不可言妙轉爲妙不可言的謔語精仍是妖精索隱謂無深意非是）

文章造化（下嫁一諭相傳出自錢牧齋手巧妙奪天工故曰「山水横拖千里外」言千里姻緣横空拖來「園開日月」在明故空「景奪文章造化功」（反是文章奪造化功爲淸后所深賞也）

文采風流（直用老杜咏曹家父子事文采風流今尙存連子建感甄偷嫂事皆寓其中故詩中有神仙字樣以影洛神

世外仙源（天上人間）香融金谷酒（金人喜宴）花媚玉堂人（大玉堂子皆詠本事）

寶玉四詠索隱惟取好夢初長四字不知「誰詠池塘曲謝家幽夢長」正用懷弟二字作趁與剪桐同工也）兩兩嬋娟（寫太王姊妹或兼朝鮮王女故又日對立東風主人應憐分明不止一人）杏帘在望詩中桑榆燕子梁是言清后與多爾袞已至桑榆暮景猶效燕子雙棲不爲無關合）點戲四齣豪宴乞巧仙緣離魂皆指本事索隱無誤遊園驚夢更屬明寫相約相駡尤爲顯然齡官似寫范文程錢牧齋諸人因下嫁由多爾袞授意于范求文于錢「賈妃甚喜賞賜齡官銀錁」卽清后賞錢牧齋多金並謂曰卿文可値千金一事也

齡官定要做相約相駡兩齣乃是本回點睛文字以劇中假冒

皇甫一層影多氏假稱皇父也索隱未指出且齡官以遊園驚夢原非本色之戲與本回評寶玉題咏雖非名公大筆却是本家風味互相照應寫下嫁是胡人本色家風不應忽略

第十九回貴妃次日見駕謝恩回歸奏帝龍顏甚悅（此指清后下嫁次日順治受賀事）

寶玉講除明明德外無書應注意明字非明心見性之謂乃明朝也詳見眞諦愛紅毛病應取蔡書愛朱意

黛玉說你有玉人家就有金來配你（言玉璽與後金結合）人家有冷香你就沒有暖香（言滿雪竟不能暖日化之與氣的煖兒吹化薛姑娘參看）林老爺小姐纔是眞正香玉呢（指黛玉代表眞寶玉）

耗子精偷玉眞以滿人得玉璽爲鼠竊矣

第二十回晴雯道「你們那瞞神弄鬼的我都知道」寫出清人宮闈淫亂不可告人兼允礽及兄弟爭位弄鬼弄神事所以接着敘賈環怕寶玉說他家規矩做弟的怕哥哥是爲魔魘張本此處賈環暗指允禵可知又云「兄弟之間不過盡其大概的情理就罷了」即是兄弟間之不甚和睦又云賈環等都不怕他」直寫到允禵等謀害允礽一案」都怕賈母（此處賈母指清聖祖因其嚴治謀位諸人故）寶玉說賈環譬如這件東西不好橫豎那一件好就捨了這一件取那件（暗殺允禵謀位心事觀其與本文擲骰並不關連可知）「難道你等着這件東西哭會子就好了不成」（允禵曾因謀位哭泣向人求計）「你原來自取樂的倒招的自煩惱不如快回去罷（原欲稱帝自娛倒招出被黜煩惱不如快回心罷皆影允禵事寫允禵謀位亦孤注一擲辦法故以擲骰寫之寫其呼盧

不成轉出么來卽失敗之兆索隱未及何也

第二十一回寶玉靸鞋往黛玉房中來索隱謂湘雲擬孔四貞頗得要領册妃一層尤足爲因麒麟伏白首雙星一回作證麒麟以孔子獲麟意寫孔字一些不錯後再詳之

寶玉閱南華經一段索隱過略實則將滿清盜國包藏于內故特取外篇胠篋（言外賊竊寶玉于篋中也）「摘玉毀珠」（得玉璽以毀明「小盜不起」（是張李之失敗也）「焚符破璽而民樸鄙」（明提玉璽是滿州無璽依然鄙野）「滅文章散五彩膠離朱之目（着意朱字而天下始人含其明矣」（人心思明因清人毀滅其文物也）「彼釵玉花麝者張其羅而穴其隧所以迷眩纏陷天下者也（言金華玉衮騎射皆以讖緯之學富貴之說迷眩世人之耳目發生糾纏以陷滅中原者也索隱僅云世祖天資穎

悟雅尙釋老善擬莊列誤矣）

[illegible] 巧姐患痘索隱謂影寫豫王死于痘甚是詳眞諦附錄

附 第二十二回鳳姐說「既高興要熱鬧就說不得自己花費幾兩老庫裏的體己（老庫明點府庫之財）只有寶兄弟頂你老人家上五臺山不成」索隱謂指順治出家五臺及淸帝幸五臺事甚是因本回正敍順治出家悟禪故先著此語以點明之非閑筆也

鳳姐知賈母喜謔笑科諢點了一齣郤是劉二當衣（因鳳姐有時代表劉三秀過墟者載三秀閱劉仲與書勸其侍王勿爲小諒書尾竊署伯名特慍曰「此非伯兄言乃劉二所爲耳豈四十金未滿渠願又欲賣我乎」故利用戲齣點明劉二以爲笑謔當衣與得金賣人俱有照應與相約相罵暗用假皇甫影假皇父一例也

「他們有大家彼此我只是赤條條無牽掛的」（此不但緊

接醉打山門寄生草曲中要語大家彼此四字連滿漢界限兄弟不睦都寫在內與紛紛說甚親疏密一句相應將順治爲僧心事整個寫出神筆妙諦）

寶釵讀語錄一節却將雍正最喜禪宗所選語錄包在內邊不但指順治

賈環一謎「大哥有角只八個」（允禔行八）二哥有角只兩根（允礽行二）「大哥只在牀上坐」（有據臥榻之意故曰枕頭「二哥愛在梁上蹲」（老二當就尊位故曰獸頭俗曰龍頭也）不能單作笑話看

諸謎索隱大致不差寶釵一首兼寫孝莊因梧桐葉落仍用剪桐故事「恩愛夫婦不到冬是多氏之先亡也索隱與賈政翻來覆去甚覺悽惋下將諸謎語全合之睿王身分得之矣

賈璉道「我昨日晚上不過要改個樣兒你就扭手扭脚的」（活畫曾見淸宮春上一臣册中寫帝妃交媾狀種種不同有用宮女扶持伺侍折腰扭頭等形由賈璉一語道破矣」

茗煙買飛燕合德（指董妃）武則天（指孝莊）楊貴妃（似指肅王妃等）的外傳（言本書也是淸宮外傳也）

中庸大學影射明淸兩朝索隱未及詳見眞諦

第二十三回敍賈元春命將幸大觀園（下嫁事淸后甚得意故特曰元春命又以幸字代了歸寧絕妙）那日所有題咏在大觀園勅石爲千古風流雅事太后下嫁風流獨絕千古當時已傳爲佳話特非雅事此反言之下嫁一事錢牧齋與侍郞某某力贊之歷引遼金故事兼言盛德如舜尙以同姓婚爲美譚禮順人情何爲不可按下嫁特詔成淸后手製荷包賜之並與四珠曰「値四十萬卿作

一字千金也」

寶玉四時卽事皆寫夜景言不明也是怡紅（喜朱）正意當注意淚泣愁嗔明月宮鏡檀雲御香水亭朱樓石紋桐露金鳳酒渴（以相如消渴文君私奔擬下嫁事）梅魂竹夢松影梨花試茗掃雪（有復明掃清意在內）等字樣索隱太略

第二十四回寫林黛玉正在情思縈逗纏綿固結之時寫小宛兼寫懷戀前明的心思故緊接背明香菱來以提醒此意駡曰「你這個丫頭」其嗔背明三桂洪承疇等可想故又接敘小紅事

寶玉戲鴛鴦大似乾隆戲香妃光景故特寫鴛鴦來着白縐綢汗巾言其爲回回女尙白也又曰聞那香氣寫出香妃特別香來涎臉一笑寫出乾隆垂涎香妃光景鴛鴦叫襲人出來瞧瞧說也不勸勸他還是這麼着直寫到淸后勸乾隆斷念及香妃守節之嚴索隱

認爲貞妃非是

賈芸與小紅影寫洪承疇索隱謂洪因美人香草動情故用賈芸代之（芸爲香草連美人意在內索隱專以人參香味擬之尚不滿足）而賈芸母舅卜世仁正開香料鋪言此美人香草不是人間所有且不是好人也

茗煙改名焙茗亦非閑筆乃趁出老洪因明將湮而背明也焙茗與鋤藥下棋爭車正老洪背明之初曾與仇人相殺最後一着錯全盤輸留下話柄拌嘴二字寫洪最初口頭尚強勁與滿人爭論也還有引泉掃花挑雪伴鶴勾引白山黑水掃除朱明挑動滿雪半邊和議皆有深遠意「在房簷下掏小雀兒頑」言老洪已在滿人簷下不能不低頭爲一籠中鳥爲人所調弄矣由賈芸口中說出猴兒們淘氣（正說胡兒惹氣尋仇可見諸人皆指滿人兼影三桂老洪

等人）寫小紅初見賈芸便抽身躲了是老洪最初亦欲避些香氣接以「恰値焙茗走來」一撮合便到背明降清恰値兩字作者自寫巧筆耳暨襲人被寶釵叫去打結子亦趁寫暗裏勾結籠絡意

賈芸曰「好姑娘你進去帶個信」正是淸太宗以洪爲嚮者嚮導的意思小紅說「不認得的也多呢豈止我一個」言中國人才甚多滿人未能認識止取老洪一個其實豈止此哉

小紅本姓林本書以林代表明（即月明林下句中林上一字）言洪亦是明故臣林之孝三字是講明人效順于滿淸也寫小紅爲林之孝所出恰合小名紅玉言爲朱家所寶重之一人到賈家改名小洪一拍到淸人稱承疇爲老洪甚妙

第二十五囘接寫小紅賈芸事先寫寶玉見西南角上（滿人在東北正望西南）有個人倚在那裏却爲一株海棠花所遮（松

山近海塘言洪尚依朱家海塘也）襲人招他（言清太宗龍衣人欲招致之）襲人笑道「我們的噴壺壞了」壺指胡即某逸老有「聞道大明天子至且把壺兒擱半邊」的壺字噴壺者奔胡之人言我們這裏奔胡來的人皆狠壞所以說「你到林姑娘那邊借來」用借你朱家的好的奔胡人」用「只得悄悄向瀟湘舘取了噴壺」欲偷奔胡兒「無精打彩自向房中倒着衆人只說他身不快也不理論」寫洪初降時臥病不起滿人暫且由他的光景

本回正目正寫太子允礽遇魔魘一案紅樓全書寫明清間事多用反筆暗筆惟此事幾乎明寫所以連鳳姐寫在一處以掩閱者耳目然馬道婆之爲喇嘛皆無躲閃宜清人初欲禁絕本書也王夫人罵趙姨娘「養出這樣黑心種子來」罵倒允禔等謀害允礽之忍心

夾寫鳳姐戲謔黛玉道「你瞧瞧人物兒配不上」（言清初諸王之美）門第配不上（滿雖東胡已早與明爲敵體俗所謂門當戶對也）根基家私配不上（滿人根基雖不正而據有中原家私不少）那一點兒玷辱了你（明人以降清爲汚辱故以反言調之非閑筆也索隱失注）

鳳姐持刀殺人一段索隱引證頗詳不復贅敘

賈母罵趙姨娘曰「你願意他死了有什麼好處你別作夢」言你們謀害太子有甚益處別作皇帝夢了亦正筆

僧道贊寶玉兩首絕句解釋詳見眞諦

第二十六回小紅一丫頭耳特標一目以寫之其爲一重要人物可知索隱能將洪氏降清隱情從本回各句下一一揭出的是妙手

只可氣睛雯綺霞索隱謂指剛林范文成一流人極是因晴字半清半明卽有人嘲吳梅村等詩千人石上坐千人一半清來一半明之意綺霞亦有半明意指漢人降清諸臣甚是

索隱謂小紅注意賈芸以芸爲香草人參氣味原重果有清香（實則香草兼美人在內況清后誘洪時洪所聞香不僅參香乎）

賈芸注意怡紅院題扁此處怡紅乃言勸喜洪氏應揭出

賈蘭演騎射正寫滿俗又言射鹿則謂得洪氏後乃以騎射逐鹿中原此處賈蘭似指乾隆乾隆幼時以善射爲清帝所賞

瀟湘館黛玉（鎭日家情思睡昏昏」仍寫洪氏降清時鎭日昏睡心思不定狀且用西廂小紅兩字關鎖小紅故于薛小妹懷古詩中亦露小紅骨賤一身輕語寶玉道「好了頭若與你多情小姐同鴛帳怎捨得叫你疊被鋪床」正是對小紅語且是動降臣口氣

言我若得明天下深入奧室直據臥榻我方用你作引導豈肯輕看你作奴才用然洪氏正是舖床角色西廂兩句下有從良字樣也寓勸降語用良禽擇木而棲良臣擇主而事意

黛玉道「我成了替爺們解悶兒的」亦寫洪氏因洪氏善談論淸帝與語無不悅多爾袞亦以洪爲解人每事與商凡所憂悶無不立解故曰解悶的人

薛蟠誘寶玉出來寶玉向焙茗道「反叛肏的還跪着做什麼」正寫洪氏背明爲叛臣且曾跪降故借寶玉痛叱之

唐寅庚黃之誤亦有意且降淸諸人自命爲唐人（外國有目中國爲漢人有目爲唐人者）在薛（雪）家霸王處（指太宗）已經更改爲黃金人黃龍人庚恰屬金極妙所以薛蟠又笑道「誰知他是糖銀菓銀的」言他已變裝降我誰認他是唐國（京音讀

國如菓）人呢

末寫黛玉被晴雯等拒諸門外聽見裏面竟是寶玉寶釵二人不禁悲感正寫洪氏等降清後清人已將金玉聯在一處據中原爲已有不讓明人再進宮闕降清諸人亦排除異己故云憑你是誰一概不許教人進來你就是故國主人翁也不能不關在門外了所以寫黛玉「雖說是舅母家如同自家一樣到底是客邊」這講原來是朱明自已家如今竟反主爲客居于虞賓地位了「如今父母雙亡無依無靠現在他家依棲如今認眞嘔氣也覺沒趣」正寫明福王等亡國後之孤苦零丁欲求枝棲不得「白嘔氣罷有甚麼趣呢」再寫黛玉一哭眞乃亡國之痛雖宿鳥棲鴉（降清諸臣如上林棲鳥）俱忒楞楞的飛起遠避不忍再聽（直寫到洪氏後來遇見故人向他讀崇禎自製的祭文洪躲避不及亦不忍全聽下去所以

落花滿地鳥驚飛既指朱亡于滿又用老杜國破山河在春城草木深感時花濺淚別恨鳥驚心語以影射之故此回全是洪氏降清一串子的事

第二十七回接寫黛玉要去問寶玉又恐羞了寶玉（此種寶玉指玉璽欲問玉璽何事聯金也恐其忍垢含羞也及到瀟湘舘說紫鵑雪雁知道黛玉性情常常便自淚不乾（用李後主以淚洗面事）「先時還有人勸解勸解後來把這個樣兒看慣了也都不理論了」（先時還有人同情亡國已久司空見慣大家也不理論了聽有心人自灑亡國之淚而已）

寫夏日衆花皆謝花神退位（正寫朱明已亡崇禎退位死國已爲鬼神）

接寫大觀園都早起來（寫清人初入關勵精圖治狀如見）

那些小孩子們或用花瓣柳枝編成轎馬或用綾錦紗羅疊成干旄旌幢（八旗招展）「滿園繡帶飄飄」（紅帶子黃帶子等）花枝招展更兼這些人打扮的桃羞杏讓燕妬鶯慚（寫滿人得意爭寵狀）淸人入關之初半滿半漢非驢非馬跡近兒戲故皆于餞春行（如別亡國）一事寫出索隱單謂指定祕史中所載誤矣且寫「諸人皆在獨不見林黛玉」正謂亡國之人不忍覩此狀況也

寶釵覓黛玉忽見寶玉進去了便抽身囘步（言玉璽尚戀戀故主那時只得囘去也）

寶釵捕蝶索隱謂指太常仙蝶甚是因此蝶爲北京名物之一可代表文人滿人入關欲捕取文士爲已用故借此形容之耳恰聽見小紅私情更是驚心動魄一件事所以想道「怪道從古至今那些姦淫狗盜」（正寫洪氏因姦淫爲滿人功狗以盜中原）心機

都不錯（洪甚機警）又說紅兒眼空心大是個刁鑽古怪東西」正寫洪氏當時目空一切古怪異常絕非小了頭批語「今天我聽見他的短兒人急造反狗急跳牆」（洪氏一生短處只在造反跳牆人化爲狗恰是洪氏降清確評）「少不得要使個金蟬脫殼的法子」（寫降清人變裝易形亦寫清后變裝騙洪）

小紅道「若是寶姑娘聽見倒還罷了林姑娘嘴裏又愛尅薄人心裏又細他一聽見了倘或走露了怎麼樣呢」（言降清一事可令滿人聞不可令漢人聞且不能令尅薄文人聞之寫到洪氏後來屢受人尅薄且都記得崇禎祭文寫辱洪者之細心也借此一露）

小紅舉荷包給晴雯等看（清帝賜洪物定有荷包且俗謂錢囊爲荷包指洪氏受金銀之賜也）晴雯一段語正是刻薄文人笑

降人口吻

鳳姐道「他們把一句話拉長了作兩三截兒咬文嚼字拏着腔兒」（乃寫降清不中用的文人）「哼哼唧唧的引的我冒火」（此多爾袞諸人所以不喜與他人多談而獨愛與洪計議一切也）

鳳姐道「討人嫌的狠得了玉的便宜似的你也玉我也玉」言向來皆以得玉璽的爲正統好像有便宜的說法于是你也爭玉璽我也爭玉璽眞討厭乃作者史筆也

黛玉叫紫鵑下一扇紗屜看那大燕子囘來（言燕子尚戀故巢而玉璽竟忘故國乃故意說給寶玉聽其意可知）簾子放下來拿獅子倚住（放簾拒蠅言「竹簾尚能防止蠅蠅狗狗之輩入室玉璽竟引賊入室也」）

寶玉探春一段體已話仍影照降清之人雖有才具清人縱以偏庶待之尙自謂與清人同胞說許多體已話不顧旁人齒冷也釋眞評爲康熙納妹時的情話亦合

寶玉見許多鳳仙石榴（注重紅色）等各色落花錦重重的落了一地（亡國景象）因歎道「這是他心裏生了氣也不收拾這花兒來了」又接道朱明後人亡國之痛破碎河山收拾不來只有惹愁生氣而已所以緊接葬花詞之悲哀（解見眞諦）

第二十八回寶玉想到「斯處斯園斯花斯柳又不知當屬誰姓矣」（那識將來之域中又是誰家之天下當年順治確有此種覺悟因其有宿慧也從對面寫出亡國之痛來）

「花影不離身左右鳥聲只在耳東西」仍用感時花濺淚別恨鳥驚心語意

黛玉道「我當是誰原來是這狠心短命說到短命忙又把口掩住」是講玉璽有仙壽恆昌字樣應長命萬年今已狠心棄明使明祚不永然黛玉代表朱明尚有一片恢復之心故又自忌短命一語也

寶玉說「既有今日何必當初」「言既有今日亡國之慘離何必當初寶愛此玉璽」又道「倒把外路的什麼寶姐姐鳳姐姐的放在心坎上」也是講朱明後來與滿人和好幾乎自喪其寶又道「我也和你是獨出」言故國與玉璽皆唯一之寶也又道「只怕同我的心一樣」言玉璽何嘗不戀明與故國同心耶瞋怨玉璽豈不令頑石抱冤故曰「冤無處訴也」

天王補心丹似謂人心已失非大補救不可仍與亡國一串王夫人道「就是墳裏有人家死了幾百年這會子翻屍倒骨作藥也

不靈」言每當亡國時恆有掘陵之慘清室未平明陵故有此言然尺木大師尙有「坯土當年誰敢盜一朝伐盡孝陵松」之痛可知最初亦不保護明陵也

配藥用珍珠又要大紅紗仍指朱明

「那塊綢子一角還不好呢再熨他一熨」若以小宛論則一角的綢繆尙不安妥應慰藉一番若以故國論則一角江山還不安好何以自慰「理他呢過一會子就好了」言現在剪不斷理還亂只望再會吧了眞乃別是一般滋味在心頭

黛玉向外道「阿彌陀佛趕你囘來我死也罷了」似和上文不大接聯其意曰寶璽如能恢復我死也甘心仍是光復故物的癡想

馮紫英家宴一段詞曲皆雙關並有本事解見眞諦附錄元春

送物寶玉道「這是怎樣的緣故怎麼林姑娘倒不同我的一樣倒是寶姐姐的同我一樣別是傳錯了罷」正寫玉璽不應與金作配寶釵之所爲差也故曰傳錯了言誤傳統于滿清耳

所以緊接寶黛兩人金玉木石的議論其機鋒相對處極爲精細

黛玉道「我很知道你心裏有妹妹只是見了姐姐把妹妹忘了」是講玉璽本戀明但自歸滿人掌握便忘了故國其意甚顯昔有應試者誤書大學一句妹妹我思之試者評之曰哥哥你錯了恰是這兩句解辭恐此笑談清初已有猷雁一語亦笑北人之癡也

第二十九回清雲觀一節亦有實事並包多爾袞女東莪逸事在內已詳眞諦附錄

賈母見金麒麟道「這件東西好像我見誰家的孩子也帶着

一個的」寶釵笑道「史大妹妹有一個比這個小些」此隱用孔子因獲麟而作春秋事故拍到孔四貞身上且著重史字滿人入主中國並歷史而盜之當自比于西狩（滿洲在東故）獲麟而中國固有之春秋已雌伏故曰史大妹妹的小些或者作者自謙爲小春秋也未可知因春秋托始于隱公而本書開首即言眞事隱且隱桓之爭亦與清初諸王之爭相似並不書即位攝也又影照攝政王作者抱負不小

黛玉翦玉穗仍用李後主之翦不斷理還亂詞意又寫寶黛「低頭細嚼這句話（不是寃家不聚頭）的滋味所謂是離愁別是一般滋味在心頭本回寫寶黛心頭語皆從李詞心頭化出恐人不識特題明滋味兩字來不可不知

臨風對月又爲清風明月一對照而李後主「小樓昨夜又東

風故國不堪徊首月明中」之意亦寫在內矣

第三十回紫鵑道「爲那玉也不是鬧了一兩遭了（完全寫玉璽言爲爭玉璽眞僞正偏眞不是一兩遭了）」「又道好好的爲什麽翦了那穗子」言明與玉璽的牽連不應翦斷自招苦悶

黛玉心裏說「叫別人知道偺們拌了嘴就生分了（字面有生離意在）似的這一句話又可見得比別的原親近」言玉璽原來是親近朱明不過因一時正偏的爭論幾和朱明相分離罷了所以鳳姐道「兩個都扣了環了」是作者希望故國和玉璽仍連環起來負荊請罪仍寓相和對外意在內

寶玉以楊貴妃比寶釵寶釵冷笑道「我倒像楊貴妃只是沒一個好哥哥好兄弟可以做得楊國忠的（這又傍射劉三秀三秀生男孝莊賜洗兒錢百萬故人以擬楊貴妃且豐色長髮亦甚似之

三秀伯兄迂頑聞三秀改節作書絕妹其弟劉仲不爲三秀所喜故曰沒一個好哥哥好兄弟正寫劉氏伯仲不然但講沒一個好哥哥足矣何必再加好兄弟三字其意自顯）

寶玉戲金釧一事與乾隆和珅遺事關切處甚多詳眞諦的附錄

齡官畫薔一案索隱以范承謨畫牆一案當之甚合且舉標目椿齡二字爲証更是成鐵版註脚故曰元春歸省獨賞齡官因下嫁事爲范承謨父文程所撮成反如故意駡人寫齡官執意做相約相駡兩齣戲皆可拍合

第三十一回寫黛玉天性喜散不喜聚（好像亡國性質）接着他想「人有聚就有散聚時喜歡到散時豈不冷淸（明亡歸淸也）既冷淸則生傷感所以不如倒是不聚的好（大有明思宗亡

國時謂大公主曰若何爲生我家之感）比如那花開時令人愛慕謝時則增懊悔所以倒是不開的好故此人以爲歡喜時他反以爲悲」純寫亡國之痛卽將李後主「別時容易見時難流水落花春去也天上人間」詞意又寫在內了）「寶玉的性情只願常聚生怕一時散了」（言玉璽只是興國的性質）「那花只願常開生怕一時謝了」卽仙壽恆昌國祚長久的癡願其實反正是一個心所謂興亡之感罷了寶玉雖不喜散然一易主便令河山破碎故接寫晴雯撕扇又恰與不喜散性質一反而晴雯又是半明半淸的人中國文物都破壞于其手像樂此不疲一般且隱用幽王烽火戲諸候事連吳三桂衝髮一怒爲紅顏都寫在內非閨房閑戲也

本回寫湘雲拾麒麟的正解開首說出陰陽順逆把一部春秋都包在內了所以翠縷（索隱謂爲綠孔雀甚是用所謂孔雀是孔

子家禽的戲言）道「從古至今開天闢地都是些陰陽了」（直是通史豈止一朝典故）湘雲說「陰陽兩個字還只是一個字陽盡了就成陰陰盡了就成陽不是陰盡了又有一個陽生出來陽盡了又有一個陰生出來」明末喬氏易以陽爲中國以陰爲夷狄用夏變夷則夷亦可爲夏中國夷狄消長之理如是陰陽旣是一理而陰盛陽則衰不過陽仍是屬陽陰仍屬陰漢終是漢胡終是胡金元一胡也漢唐宋明一漢也不是一個漢一個胡故明爲駁翠縷之言實則相成以爲歷史通義）又云「譬如天是陽地就是陰水是陰火就是陽日是陽月就是陰」（日月並明故上言陰陽是一個乃專指明字論耳）翠縷道「我今日可明白了」（可知明意）怪道人都拿着日頭叫太陽呢（明人作太陽經以擬明故其中有太陽三月十九生一語以寫明亡于是日卽生于是日相傳是長公主

所作此處特提太陽似指此也太陰星是趁語）又湘雲以「正爲陽反爲陰」乃譏反明之諸人及翠縷說出「主子爲陽奴才爲陰」則降臣滿人都寫在內了眞是一部歷史「湘雲見是文彩輝煌的一個金麒麟」（言歷史大文章也）

湘雲默默不語正是出神（與孔子獲麟時泫然流涕作一對照且同一史筆而有許多忌諱故用默默不語形容之非索隱所謂動求牡之念也

第三十二囘此囘明提湘雲爲孔四貞

「林黛玉知道史湘雲在這裏寶玉一定趕來說麒麟的緣故因心下忖度着近日寶玉弄來的外傳野史」（將獲麟作史事從傍面提出妙絕）又「今忽見寶玉亦有麒麟便恐借此生隙同史湘雲也做出那風流佳事來」（清人歷史大半風流佳語且是作

者自擬並影孔四貞封東宮事）

黛玉想道「我雖爲你知已但恐不能久待你縱爲我知已奈我薄命何」（言寶玉戀明而明已衰弱至南朝僅餘殘喘天命不與徒喚奈何歷用知已字樣仍兼知我者其惟春秋乎語意在內）寶玉說「你放心」乃謂玉璽終是明物你放心罷乃作者希望恢復故國一片心也故愼重言之

卷末寶釵因金釧之死特做兩套衣裳給他穿又對王夫人云「姨娘放心我從來不計較這些」此處寶釵應以蔡書高士奇當之因其善于逢迎故也

第三十三囘仍寫廢太子胤礽一案索隱所証均合

第三十四囘寶玉送黛玉手帕卽知李後主以淚洗面的悲字故黛玉謂爲一番苦心手帕題詩當注重抛珠滾玉湘江舊跡字樣

其爲亡國之痛可知
第三十五囘黛玉調鸚鵡用福王故事詳眞諦
此囘寶釵仍指高士奇
鶯兒打絡寫高士奇籠絡淸帝兼寫金人籠絡玉璽意
第三十六囘寶玉國賊祿蠹之流總是前人無故生事立意造言原爲引導後世的鬚眉濁物云云這是作者的無治思想完全由莊子盜跖篇來所謂「搖脣鼓舌擅生是非使天下之人僥倖于功名富貴者也」無故造言抉出千古政治學說的破綻國賊祿蠹罵着千古政治家尤其是當時的降臣自命淸臣實爲濁物此種論調爲前人所未發宜衆人目爲瘋癲也
寶釵道「這種蟲子都是花心裏長的聞香就撲」亦笑風流天子語如所謂花𧏙也雲兒蟲兒鑽花一詞亦同意

寶玉將所謂忠臣良將一齊抹倒自是正意夾一句「朝廷是受命于天」（這不但將淸太宗號天命寫出來並明寫出玉璽上受命于天成語是點醒寶玉本體處非閑語也

索隱指齡官放雀一段爲范承謨被囚事甚是齡官又道「那雀雖不如人也有個老雀兒在窩裏你拿了他來弄這勞什子也忍得」因古人移孝作忠所謂事君如事親范之被囚畫牆念念不忘君父故以雀入籠念母爲擬言下有可以人不如鳥乎的意思且自命畫壁文爲血淚辭所以齡官又說咳出兩口血來是咳唾皆心血也齡官又道「這會子毒日頭你賭氣去請了來我也不瞧」（寫范被囚求死不進食的狀況自求毒害也）

第三十七囘此囘詩社應以蔡書諸名士擬之如湘雲擬四貞而四貞不聞能詩卽小宛詩文亦不多見可知是借諸名士來寫所

以探春一扎中有雄才蓮社獨許鬚眉乃正筆非反筆也以陳其年擬湘雲陳多髯正是一鬚眉男子而陳蓍婦人集詩詞亦類女郎故又曰雅會東山讓余脂粉也而探春自號秋爽居士亦點題處

白海棠詩解見眞諦

紅樓丫頭多指降臣故有秋紋「給這屋裏狗」以及衆人「給了西洋花點子哈巴兒了」的話皆狗功評語按野史載多爾袞愛狗有蒙古西藏諸國入獻者多嘗戲議牧齋諸人曰君等亦犬耳」于此一露（可爲襲人影射袞字傍証）陳其年詩思極敏故海棠詩湘雲獨成兩首

第三十八回菊花詩解詳眞諦

鳳姐戲鴛鴦曰「你知道璉二爺愛上了你要和老太太討你做小老婆」此處鴛鴦指香妃璉二指乾隆寫鴛鴦嗔怪神氣聲口

皆似香妃

第三十九回李紈贊平兒特題劉智遠打天下瓜精送盔甲影寫多鐸得劉妃（智遠夫人甚賢）「一把總鑰匙」言全權辦理即從北門鎖鑰意化出又曰楚霸王（中有虞姬在內）皆是點醒本事處劉老老見史太君完全是劉妃見李孝莊光景硬朗兩字寫出劉妃氣度來但此回信口開河一段蔡書以湯斌毀五通淫祠擬之極似即硬朗兩字亦可移贈老湯

劉老老口中的玉小姐却是指劉妃之女乃作者雙管齊下的長技書中此例太多讀者宜善求之

第四十回劉老老仍指劉妃老風流三個字眞寫得出又到瀟湘舘時說「可惜你們的綉鞋別沾了泥」寫劉之纖足又劉說牙牌令末句道花兒落了結個大倭瓜（寫劉生子大倭瓜音諧大阿

哥正滿親王公子之稱也）

牙牌令解詳眞諦

第四十一囘黛玉笑道「當日聖樂一奏百獸率舞如今纔一牛耳」仍用虞庭典故幾乎是瀟湘妃子曾覩見一般獸舞如牛皆譏滿人之蠻蠢不但奚落老劉也

劉老老道「那籠子裏黑老鴰又長出鳳頭來」亦譏三秀語言其不過一寡鵠居然作爲王妃眞是烏鴉作了鳳凰

此囘妙玉應用蔡書影射西溟純寫孤僻性質

寶玉道「到了你這裏自然把這金玉珠寶一概貶爲俗氣了」仍指漢人之雅趁出滿人之俗且寓賤金珠的思想

劉老老道「這不是玉皇寶殿四字」索隱謂指帝王宮殿極是且中國各地玉皇殿均擬用帝制鄉下人進京見宮殿總誤以爲

大廟嘗戲爲中國鄉人欲發揮其帝王野心又爲典禮所拘不得已假神道以擬帝君時時遊覽其中聊以自娛可發一笑

寫劉老老遇畫見鏡轉入寶玉房裏眞乃西廂所謂「鏡裏情郎畫中愛寵時情形滿眼繁榮不覺心醉耳故云曰像到了天宮一般

第四十二回巧姐命名因與三秀之女有關逢凶化吉遇難成祥也是過墟確評不過還寫着多爾袞女公子在內詳見眞諦附錄

賜藥中催生保命丹應特别提出以寫三秀懷孕幾爲諸醫所誤要了命所以夾敘賈母診病一段極其鄭重從大醫口中說出其叔祖來即醫不三世不服其藥的傍証（恰寫三秀不服諸醫藥來）

寶釵說看邪書一段蔡書以爲寓清初焚燬禁書意在內極是

母蝗品三字不但寫形蝗字從蝗因腹有王字仍藏三秀懷孕事

繪大觀園寶釵「說問那繪畫的相公」是指內廷供奉的畫師觀雍正宮中行樂圖眞有大觀園氣象且時爲古裝亦合紅樓色彩

閨中戲謔恐寫納性德本事

第四十三回「尤氏道我看你主子弄這些錢那裏使使不了明兒帶到棺材裏使去」（乃譏清初之收括且寓賤金思想在內）

寶玉祭金釧一案仍係乾隆爲太子時戲妃故事不了情三字直寫至和珅轉世來故從焙茗口中說出來生話是乾隆當日心事詳眞諦附錄

第四十四回黛玉覩物思人四字可批影梅菴憶語

鳳姐吃醋索隱以乾隆戲妓事當之正合鮑二爲鵠兒亦甚趣但鮑二家與傅爾濟亦雙關並寓鮑魚之臭意在內軼史載多爾袞壽辰遍延近支福晋格格入邸觀戲因與傅爾濟氏目成入內廂與交恰合此節解詳眞諦

第四十五回李紈講鳳姐「天下人都被你算計了去」與紅樓夢曲子中機關算盡太聰明相應仍指清人算計中國

鳳姐「我不成了大觀園反叛了麽」可見大觀園卽是清庭反叛二字在當時是對上之言非可輕出諸口者

「鳳姐要罰寶玉把大家屋子裏地掃一遍」乃用五經掃地以及大丈夫當掃除天下安事一室的話以譏順治

賴嬷嬷說「奶奶打發彩哥賞東西給我孫子在門上朝上磕了頭了」完全從君主恩賜臣下臣下望闕謝恩話頭化出來的文

言譯白話此爲最高手

又云「雖然是人家奴才」（滿人對君主稱奴才）「一落娘胎胞主子恩典」（滿人生子即有恩餉此定制也）「上託着主人的洪福」（此是當時普通頌聖詞洪福字樣隱射順治名福臨點出時代「你那知奴才兩字怎麼寫」（不但寫滿人自尊自大也寫出滿人無文來）「只知道享福」（五字批看滿人坐享幸福的情形）「也不知你老爺爺和你老子受的那苦惱熬了兩三輩子」（顯係滿洲功臣世襲爵封的派頭）

黛玉說道這「死生有命富貴在天也不是人力可強求的」完全講明清之興亡皆關天命非人力也並指諸子爭嫡事的以用司馬牛語否則死生可說富貴寧非贅語

寶釵說黛玉病「先以平肝養胃爲要肝火一平不能尅土胃

氣無病飲食可以養人」（是講當時復明義士大部有肝膽不平之氣有克復故土的思想又皆虛弱時發嘅喟終不能休養）

黛玉接道「你說看雜書不好」雜書指當時禁書嘅喟不平之氣正在裏面與寶釵話不隔

又道「這些人因見老太太多疼寶玉和鳳姐他們尚虎視耽耽背地裏言三語四」（又提至胤礽被魔魘故事虎視四字狀出諸子爭位氣勢來）

寶釵道「你是個明白人何必作司馬牛之歎」（點出黛玉死生二語是用子夏對司馬牛注意在人皆有兄弟我獨無以影胤礽兄弟不相容因胤礽封理密王黛玉名並兼理字在內且避諱書密亦有關皆作者怪腕

秋窗風雨夕解見眞諦

寶玉簑笠情形亦係實事觀雍正宮中行樂圖有扮作漁夫像者且兼寫滿人得漁翁之利故曰此北靜王送的又經黛玉口中露出「剖腹藏珠」一語言滿人呑幷朱明的野心

第四十六回寫鴛鴦拒婚索隱以李香君擬之亦有幾分相似實亦兼寫香妃而陶然亭香冢有人云香君冢與鸚鵡冢相鄰是一黨也故名以鴛鴦

鳳姐想「鴛鴦是個極有心胸見識的」（此語可贈香君亦可贈香妃）

邢夫人打量鴛鴦有「蜂腰削肩烏油頭髮高高的鼻子」（活圖一英俊的香妃而高鼻一語尤爲囘婦確証特用兩高字可見）

邢夫人又云「因滿府裏要挑一個家生女兒又沒個好的」

（明言滿洲家的女子不中選）又云「你不比外頭新買新討的」（見香妃出身之不同）「就封你作娘娘」（乾隆未有納香妃爲妃之意）又云「你又是個要強的人這一來可還了素日心高志大的願了」（乂兼贈香君香妃又云「有什麼不稱心之處只管說與我我管你遂心如意就是了」（乾隆因見香妃不遂心爲之作回教式房屋白塔以悅其意惟恐不得當此數語足以寫出）

鴛鴦道「你們串通一氣計算我」（乾隆征回部早與出征者串通一氣計算得香妃）

「連上你我十來個人」（此却指香君因香妃與諸人無關）

平兒襲人問鴛鴦主意鴛鴦道「什麼主意我只不去就完了

」（是當日宮女們勸香妃應上召香妃執死不從口吻）又云「不能還有一死一輩子不嫁男人又怎麼樣樂得干淨呢」（直寫香妃之賜死干淨兩字亦寫回教）鴛鴦駡他嫂子專管六國販駱駝的（可見是異族人回部亦多駱駝）

鴛鴦駡嫂子語別有思想詳眞諦當時乾隆必有許回人權利的各件在內故以「我若得臉你們外頭橫行霸道」（是回族強覇評語）以影射之

賈赦道「叫他趁早回心轉意」（正是乾隆當時希望香妃一片意思奈其心不可轉何回字亦應注意）

鴛鴦道「別說是寶玉便是寶金寶銀寶天王寶皇帝」（直揭寶玉命名宗旨並見香妃爲皇帝所逼「就是老太太逼著我一把刀子抹死也不能從命」（當時清后勸乾隆勿逼香妃因香妃

被服藏利刃甚多宮女相勸時香妃曰汝萬勿逼我我一刀自殺也不能從命恰是此節口吻）持剪剪髮也是短刀一証香妃感淸太后賜死之恩極爲懇至故書中作爲史太君侍者受死之時幾如逢赦故特借賈赦邢夫人寫之言其刑赦皆僞也

第四十七回史太太道「從沒經過這些事」（雖罵賈璉亦兼及賈赦仍影香妃事）

此回寫柳湘蓮與軼史柳似煙（湘似雙聲煙蓮疊韻絕相似因柳與繩妓翟三娘有情借此翟字以寫香妃爲翟占集妻也是關筍處不可不知

湘蓮上秦鍾墳正寫其爲鍾情男子湘蓮道「你知道我一貧如洗家裏是沒有積聚的縱有幾個錢來隨手就光的」（全與柳似煙喜揮霍性質相同）軼史載似煙白皙姣好爲處女（與書中

年紀又輕生得又美相合）性尤聰慧弄丸彈琴擊劍鬬鷄走馬之術無不善（與書中酷好耍槍弄劍吹笛彈箏數語相合鬥鷄走馬以薛蟠遭打寫之）又云「流連妓院盡盪厥貲」（此與眠花臥柳無所不爲一貧如洗等語相合）

寶釵道「況且喒們家的無法無天人所共知」（此寫滿人貴族家亦兼寫高士奇家）又云「就這樣興師動衆倚着親戚之勢欺壓常人」（寫滿人壓制漢人事實特用師衆字樣小題大作欺壓常人四字有平民思想在內）

第四十八回寫薛蟠作買賣係高士奇家營私的事實詳蔡書石獃子扇子一案索隱指爲思宗不如蔡書指爲戴南山文字之獄之較妥然石呆仍用木石合成有朱字在內詳見眞諦

雅集苦吟寫蔡書中諸名士所引詩句皆寓明清意詳眞諦

第四十九回寶釵「那裏像兩個女兒家呢」（正寫雅集聯詩都是男子乃作者提醒處正言若反勿被瞞過）

寶玉道「原來從小孩兒口沒遮攔上就接了案了」（口沒遮攔寫黛玉不知忌諱實寫諸禁書之明目張膽招清室指摘成了文字獄一案）

黛玉羊皮小靴皆有意點名爲漢女以小字代纖足耳

李嬷嬷道「那一個帶玉的哥兒和那一個掛金麒麟姐兒」（又提金玉因緣並點孔家獲麟今日帶金家色彩不干淨了）所以接着道「那樣干淨清秀要吃生肉呢說的有來有去的」（一片干淨史將爲腥羶所汚還要窮源竟委有來有去的敘出來寧非奇刼故標題曰脂粉香娃割腥啖羶並譏諸名士也）

寶玉道「你姐姐弱吃了不消化不然他也愛吃」（寫眞正

卷下　三十九

代表朱明者不喜腥膻且恐其爲腹心之疾否則也不排滿了）

黛玉道「那裏找這一羣叫化子」正駡諸名士寄食淸相之家

蘆雪亭遭刼爲蘆雪亭一大哭此處蘆雪亭指淸史言淸史之汚點可爲痛哭然在滿人視之尙以爲風流錦繡也

湘雲道「是眞名士自風流」明提風流二字湘雲卽陳其年陳以風流名士自命有賦梅釋雲一段佳話實則亦汚點也

第五十囘蘆雪亭聯句別解詳眞諦

賈母道「那又是個女孩兒」衆人道「那是寶玉」（正寫數囘男女不分合幷寫來使人眼花）

謎語「觀音未有世家傳」湘雲道「在止于至善」（一句大學）黛玉道「雖善無徵」（一句中庸此句譏淸故用中庸詳

眞諦大學中庸一則）「一池靑草草何名」湘雲道「一定是蒲蘆也」（又是中庸一句蒲蘆者胡虜也以影靑草言淸朝也）

第五十一回薛小妹懷古詩索隱所解多合情事惟廣陵懷古「隋隄風景近如何」（仍指福王南朝並寫楊州遭屠事故曰近如何也）桃葉渡懷古亦然「桃枝桂葉總分離」（謂明枝葉逃亡稱尊貴于南方卒分離于各地不啻六朝衰草殘花空懸小照微明于一域耳）靑塚懷古「黑水茫茫」（明指白山黑水）「漢家制度誠堪笑」（言明聯淸失策幾歸化滿人眞萬古羞也二字嘲盡當時君臣）蒲東寺懷古「小紅骨賤一身輕」乃點書中小紅爲洪承疇替身骨賤身輕正是老洪評語「私掖偷攜強撮成」（言因兒女私情盜取中原撮成淸人入關之局也）「雖被夫人時弔起」（此弔字影崇禎祭弔承疇然不知其已與滿洲勾引與

彼同行矣）梅花觀懷古（似指陳圓圓故有團圓一別又西風等語此謎爲紈扇言圓圓卒見棄于三桂而出家爲尼有如紈扇耳）

寶釵笑說道「前八首都是史鑑上有據的後二首都無考我們也不大懂得」（明史未成明清間事于史鑑上無考據寫來恐人不懂索隱謂寫本書惝怳迷離不可捉摸極是）

黛玉道「寶姐也忒膠柱鼓瑟」（言看本書須活看不得粘滯）

李紈講關夫子墳多又道後人敬愛他是指淸人崇拜關公見諸祀典故從李紈口中說出因李紈影禮部也

鳳姐說「把衆人打扮的體統……說我當家倒把人弄出化子來了」完全是多爾袞攝政時籠絡人心舖排體統的派頭故與襲人連寫及「衆人都道誰似奶奶這樣聖明在上體貼太太」（

指多盜嫂體貼二字極謔）「在下又痛顧下人」（聖明二字是頌上辭非對家婦語其指多氏無疑）晴雯麝月煖坑旣寫北俗又寫附淸諸人之爭位曰人家纔坐煖和你就來鬧又曰終久煖和不求情事如畫

寶玉道「偺們別說話了又惹他們說話」（是淸帝畏言官之意）麝月道「最討人嫌的是楊樹那麼大樹只一點葉子沒一點風兒他也是亂響」此仍譏言官淸人謂言官爲聞風御史無風也響謔極矣

第五十二囘賴大奶奶道黛玉水仙湘雲臘梅皆合身分當以朱陳二人當之寶釵道「頭一個詩題咏太極圖限一先的韵」太極圖不成詩題乃出之寶釵豈不甚怪是指淸太宗名皇太極算是滅明的首領故曰頭一個又曰一先而寶釵之代表滿人又是一証

眞眞國女子影鄭成功剛説個與國的英雄便想到一個亡國之英雄來狀眞眞女曰滿頭瑪瑙珊瑚身上鎖子甲帶着倭刀言成功之母日本產故染倭俗一詩尤爲露顯詳見眞諦

晴雯補裘或係納性德閨中事實寫得甚親切索隱以裘則有闕仲山甫補之証其爲補 衮意甚妙此闕卽指多爾衮之缺北京罵人曰闕德多氏闕德甚多當時附合者必多方爲之彌縫費着心力倒底不像范文程錢牧齋等皆是也以李雯代多爲書與史可法爲最合詳附錄

第五十三囘賈雨村補受了大司馬協理軍機叅贊朝政（忽寫賈雨村參政與王子騰九省檢點一連似寫多爾衮與吳三桂

寧府祭祀完全是祭堂子神派頭

黑山村烏莊頭索隱謂指西藏喇嘛之進貢非是黑山仍指滿

洲合白山黑水言之耳莊頭乃滿洲將軍之流觀其所進各物如鹿獐猪羊熊掌海參雜粱且明題胭脂米（北地紅米）皆東三省產物滿洲人貢物曰奴才孝敬故名進孝又曰今年雪大走了一個月亦是東三省路程若西藏便不能如是速來賈蓉道你們山坳海沿上的人西藏如何沿海其爲三省無疑因寫祭堂子神故連及土產言其爲祭禮品耳詳附錄吉林貢單一則

「他們管着那府一處莊地」皆指八旗營田

賈珍罵賈芹爲王稱霸亦是點題處

賈氏宗祠對聯解見眞諦「已後兒孫承福德」此福字指福臨列寫神主却看不眞旣寫堂子神之祕密又寫其爲僞誕

開夜宴三字以影婚禮之在黃昏索隱謂譏孝莊甚是觀其特書擺上合歡宴（不曰同歡而曰合歡非指婚宴而何）又曰合歡

湯吉祥果如意餻皆婚禮祝詞也「賈母起身進內間更衣與元春歸省時更衣皆用武則天檄文中以更衣入侍句譏淸后之淫耳

各處佛堂竈王前焚香上供（淸宮祭竈特重且竈君有夫婦兒女像亦兼寫）次日進宮朝賀兼祝元春千秋指大婚後受賀特提元春乃回顧省親以見前後一事耳

又寫花廳裝飾如百合宮香玉堂富貴彫夔龍護屏等單設一席借夔字言夔一足矣單下嫁一事就夠瞧的了皆影下嫁及淸后身分戲唱西樓會注意會字文豹科渾」往榮府家宴討些菓子吃」是討喜錢故以笸錢賞之

第五十四回緊接夜宴自是大婚餘波廝月又笑道「外頭唱八義沒唱混元盒那裏又跑出金花娘娘來了」混元盒言合婚乃混合耳金花娘娘元是後金家太后金元二字連寫成趣那裏又跑

出又字譏再嫁耳

夾寫寶玉房中沐浴又趁熱水洗了一回南人以再嫁爲洗澡著者南人故以此譏清后也

寶玉替黛玉飲酒傍寫交杯合巹甚妙寫黛玉不吃乃漢人不贊成此種婚禮也

鳳姐笑道寶玉別吃冷酒子細手顫明兒寫不得字拉不得弓（皆新婚謔語以譏多爾袞手顫拉弓雙關甚巧）寶玉道「沒有吃冷酒」鳳姐笑道「我知道沒有我是白囑付你」仍係謔音言自不肯吃冷的我是白說了故連用兩笑字

賈母命他們坐了將弦子琵琶遞過去賈母命坐和遞過琵琶連寫分明用琵琶別抱老大嫁人意

殘唐五代索隱謂爲殘滅唐人而胡人入代極是正用後唐明

宗我本胡人因亂爲衆所推兩語而影淸人入主且以莊宗劉后之淫比孝莊

「金陵王忠」（是金家王中國指太宗）「曾做兩朝宰相」一曾爲明臣「如今告老還家」是太宗已死俗謂死爲還老家）「公子王熙鳳」公子自是多爾袞索隱以王戲鳳合之極是「李鄉紳與王老爺世交」孝莊本科沁部博爾濟本特塞桑貝勒大女兒與滿洲一家裏人自然是世交「千金小姐」金家女兒「芳名雛鸞」胡雛也

賈母說「見了一個淸俊（多爾袞自是淸人之俊）男人不管是親是友」（重在是親一邊）父母也忘了等語索隱所批極當

鳳姐說「瓣詎祀䖍出在本朝本地本年本月本日本時」（

索隱謂爲史筆也甚是「老祖宗一張口難說兩家話」（指淸明兩家亦指兩家婚事）花開兩朵各表一枝（所謂一花接兩木也皆謔語）是眞是假且不表（明提出眞字來妙）「再整觀燈看戲的人」（旁觀者淸）「大伯子小嬸兒」對（大嫂子小叔兒妙）

點齣雙關一如索隱所批惠明下書索隱謂爲鶯張撮合第一功是也且寫吳三桂借寇功也

春喜上眉稍緊接賈母一笑又道「這是的好令正對時景」（自作者自寫對景生情耳）衆人都笑道「自然老太太先喜我們纔託賴些喜」（喜字極謔俗謂懷孕曰喜隱用唐帝生子有賀者曰愧臣等無功而受賞唐帝曰此事豈可令卿等有功耶的笑言又和俗人賀人婚禮每用「大家之喜」四字一般可笑）

賈母笑說「九個媳婦委屈」（正言多爾袞爲九王孝莊爲九婦下嫁自是委屈極妙）「吃猴兒尿」（正譏胡人所爲如吃屎喝尿之穢汚也）

鳳姐說笑畢曰「老祖宗也乏了偺們也該聾子放炮仗散了罷」乃用「大夫夙退勿使「君勞」語意以影王家婚事碩人一篇全包在內矣眞怪腕也

「蜜蜂兒屎」（言彌縫史也並形其臭耳）

吃齋兩字索隱謂與開葷反射極是最近河北一帶有婦女吃齋風氣吃齋者禁與男子同居一家婦人吃齋男子無法洩欲在外尋花覓柳異常放盪幾成狂亂婦人已有子乃勸其母曰「母親你不如開了齋罷」聞者爲之噴飯與此文一例

第五十五回又與寫三間小花廳是預備省親之時衆執事太

監起坐處（仍怕冷落上回題旨「體仁諭德」一扁是寫下嫁諭旨此諭旨頗招物議故曰「家下俗等皆只叫議事廳兒」都非閑筆

「剛剛倒了一個巡海夜叉又添了三個鎮山太歲」蔡書謂影射「去了余秦檜（余國柱蔡書謂是王熙鳳影子）來了徐嚴嵩（指徐乾學弟蔡書乾學是探春影子）乾學是寵涓是他大長兒」一謠恰合

探春曰「我但是男人可以出得去我必早走了立一番事業那時自有我一番道理」（數語點明此處探春是男子一番事業自有道理的話又像寫鄭成功也）「明日等你出了閣」是寫徐元文入閣以後事

趙姨娘道「都是你們尖酸尅薄」（是寫余徐兩人之奸）

又曰「如今沒有長翎毛兒就忘了根本只揀高兒飛去了」是寫余徐等之忘本求榮兼罵三桂

探春道「不然也是出兵放馬背着主人逃出命來過的人不成」兩語與尤氏說焦大功勞相似焦大指王輔臣與三桂有關背着主人四字作反背解兼指三桂正是背主逃出過滿洲來的人

鳳姐說黛玉是美人燈兒（燈有明意兼用南朝春燈謎故曰美人）風吹吹就壞了（殘山剩水那禁風吹）

鳳姐又說「若按私心藏奸上論我也太得毒了也該抽身退步（此兼寫多爾袞多鐸兩人之奸毒並寫到多爾袞之身後故曰「一時不防倒弄壞了」）又曰「擒賊必先擒王」（點明王字攝政王耶豫王耶平西王耶皆照應到了妙極）

第五十六回寶釵探春對講學問引姬子書以自罵正是罵徐

家兄弟利欲薰心背棄正道此處寶釵大似滿人中講宋學者待攷
家人聽了無不願意也有要看竹子的也有要稻田的說不必
動錢糧我通可以交錢糧索隱指爲掊克聚歛之臣一時蠭起甚是
觀許三體劾徐乾學疏中有「伊弟拜相之後與親家高士奇（蔡
謂影寶釵）更加招搖』恰合此段情形故由寶釵口中露出勤於
始者怠於終善其辭者嗜其利兩語點明善辭嗜利可作高士奇自
道
寶釵說「那時裏外怨聲載道那不失了你們這樣人家的大
體」是寫高士奇歛財招怨有失大體被劾的由來
接寫江南甄府以見南北朝政一邱之貉賄及僞庭益可羞矣
索隱引『謹具大明江山一座奉申敬賀」的笑話以批甄家送禮
請安極是

卷下　四十六

甄寶玉是眞玉璽索隱只言寓至尊極貴義殊欠明了

李紈道「從古至今同時隔代」同時隔代連讀甚妙同時有清明二代之隔也

寶玉一夢用意極顯詳見眞諦索隱亦最精到麝月道「恐做胡夢」又曰「胡夢顚倒」胡字雙關顚倒指正僞朝統俗所謂顚邦倒國也

第五十七回正寫黛玉懷明戀戀玉璽先提寶玉到甄家見其家形景自與榮寧不甚差別（此指宏光朝之淫靡與清宮同）或有一二稍盛者」（漢人文物較盛甄氏母女之來不過客中何能看出家室之盛分明對寫清明兩代）細問果有一寶玉」果字下得甚確寫南朝無玉璽也是眞朝北雖有玉璽也是僞朝何須細問甄家母女不辭而去似指左懋第陳洪範馬紹愉三人北來覆

書不得要領而歸左馬二人又被追反一事

紫鵑道「你太看小了人」寫清人輕視南朝正是左懋第答對不屈狀「除了你家別人只得一父一母（指崇禎夫婦）房族中眞個再無人了不成」（言朱明枝葉宗室尙多）我們姑娘來時原是老太太心痛他年小雖有叔伯不如親父母」（鄭所南詩總遇聖明過堯舜畢竟不是親父母此隱用其意也）又云「自然要送還林家的終不成林家女兒在你賈家一世不成」（江山終須還故主不能令萬世永歸僞朝）「林家雖貧到沒飯喫也是世代書香人家斷不肯將他家的人丟與親戚奚落恥笑」（完全左懋第不屈口氣終不肯委明朝人于僞清受其奚落因不屈死）「這裏總不送去林家亦必有人來接」（僞庭總不交還故物明人也要來討還的一片光復苦心不愧鵑聲）「叫我告訴你將從前

小時頑的東西有他送你的叫你都打點出來還他他也將你送他的打點在那裏呢」（左懋第攜來條件不見承認只能打點絕交將從前互惠契約一概割斷而已）

寶玉尋死一節寫玉璽將因明清絕交與朱家絕緣如失魂魄只餘頑質成了死物不中用了「連媽媽都說不中用了」一句寫玉璽爲俗人所重一旦離主婆經娘傳都要講他是不中用的東西

黛玉聽見寶玉不中用（乃寫明亡時崇禎諭令不出宮門玉璽眞不中用）「一時面紅髮亂目腫筋浮喘的擡不起頭來」「寫出崇禎被髮自縊情狀故特着擡不起頭四字「將所用藥一口嘔出來抖腸搜肺炙胃搧肝啞聲大嗽寫崇禎遺詔嘔出心血狀

又推紫鵑道「你不用搥你拿繩子來勒死我是正經」（以繩勒影帛縊尤現成正經兩字寫國君殉社稷爲經常正理並含自

經意）

薛姨娘道「林姑娘是從小來的他姊妹兩個一處長的這麼大比別的姊妹更不同」（言玉璽與朱明的關係甚久與別族關係自然不同）這會子熱刺刺的說一個去別說他的實心的傻孩子（實心狀玉璽之堅傻孩狀玉璽之頑）便是冷心腸的大人也要傷心」（懋第諸人之來正是乘熱想以大義摧折滿洲使還我故土乃反熱刺刺地使他見玉璽與故國永別焉能不痛亡國鵑聲鐵石人聞之亦斷腸矣）

寶玉聽了一個林家便滿牀鬧起來說「了不得了林家的接他們來了」（左馬諸人之來滿庭未勉驚震必有明人索還他們故物如何是了之語）賈母安然說「那不是林家人林家的都死絕了沒人接他的」正寫朱家已亡又讖人心已死更無恢復舊物

之人懋第之死竟無人顧及寶玉哭道「憑他是誰除了林妹妹都不許姓林的」（與賈母言不相接玉璽只認得朱家正脈其餘冒充的都不承認何況奪朱異種耶「賈母道沒姓林的來凡姓林都打出去了」又講將明室俱被滿人排去「又吩咐以後別叫林之孝的進園來你們也別說林家孩子們你們聽我這一句話罷」（寫出滿庭忌諱人說南朝朱明之後有王孫不敢自道姓名之苦這句話出于舊史臣之口太不好聽眞乃好笑而家人又不敢笑寫盡漢人屈服之狀）

寶玉掖起船來乃用南船北馬諺以寫南使道「這可去不成了」（左馬不歸）

紫鵑道「林家實沒有人口總有也極遠的族中在各省流寓不定」（眞寫出南朝福王桂王以及鄭賜姓等）

紫鵑笑道「你知道我並不是林家的人」（言我乃蜀帝魂非朱家人也）「偏把我給了林姑娘偏生他又和我極好」（亡國帝魂與亡國人自表同情）一時一刻我們兩個離不開」（亡國鵑聲打成一片）「我如今心裏却愁他倘或要去了我必要跟了他去的」（聲聲道不如歸去鵑愁可知）我是合家在這裏（此以鵑代崇禎亡帝魂矣崇禎合家葬北土）「我若不去孤負了我們素日的情腸若去又棄了本家」（欲往南朝又捨不了京兆故宮）所以我疑惑（疑惑兩字甚妙玉璽在南在北誰正誰僞明人倒底能與不能滿人能交還不能均屬疑問也）

紫鵑留鏡（亡國之鑑）

紫鵑道「公子王孫雖多那一個不是三房五妻今日朝東明日朝西」（既寫朝秦暮楚之二臣又寫多爾袞多鐸用情不專的

事）「要一個天仙來也不過三夜五夜也就丟在脖子後頭了」活畫多爾袞情形兼是諸臣之反背）甚至憐新棄舊反目成仇（駡降淸諸人）「若娘家有人有勢還好些若姑娘這樣的人有老太太一日還好一日若沒了老太太也只恐人去欺負罷了」（言朱家若有人才有勢力還可以抵抗人家若照南朝衰弱情形說只餘歷史說幾句公道話至歷史亡了更要被人欺負直寫到文字獄）

「萬兩黃金容易得知心一個也難求」（黃金已得勢玉璽更難求可歎）

薛姨媽千里姻緣一段話索隱謂指淸世祖冒辟疆其實亦影木石金玉姻緣所以說那怕隔着海國海國指東三省瀕海且在山海關內也所以說山南海北（海北爲金山南爲玉意在金玉）

「竟不如把林妹妹定與他豈不四角俱全」（果然木石定盟自爾金甌無缺）

當票一事應用蔡書寫入高士奇家

第五十八回分遣伶官賈母留文官（索隱謂隱孝莊文皇后文與史爲一義其實亦影歷史所謂猶及史之闕文也）正旦芳官與寶玉（以玉璽爲正統獨覇一方也）小旦蕊官與寶釵（金甌原屬小國逐水草而一二三其心者也）「小生藕官與黛玉」（小生代表帝玉言黛玉與帝爲耦也）「大花面葵官還了湘雲」（以譏孔有德家之背明不如葵之面日大花面爲淨以表其爲武人之女）「小花面荳官送寶琴」（蔡書以冒辟疆影寶琴則是相思紅豆也而小宛再嫁亦可醜也故配以丑）「老外艾官與探春」蔡書以徐乾學影探春乾爲老滿人視漢官爲外人徐中探花有

慕少艾之意而徐娘半老則老艾矣)「尤氏討了老旦茄官」(此指劉三秀因其爲尤物而老遇寵一家皆加官進祿也)故總評一句曰「當下各得其所」(言其與各人均有照應也)

寶玉綠葉成陰子滿枝用杜牧遲來之感將小宛三秀齊寫在內雀啼花落仍用春時花濺淚別恨鳥驚心以寫亡國之愁恨

藕官燒紙一節索隱謂指冒辟疆甚是所以有我也不便和你面說所謂三曹對面我也無回話也

晴雯道「芳官不過會兩句戲倒像殺了賊王擒過反叛」(兩句寫多爾袞故芳官與襲人一氣而獨霸一方之意自見)襲人道「一個巴掌拍不響老的也太不公些小的也太可惡些」(此寫多爾袞死後被罪頗失公道而多之太可惡在襲人(袞字)口中可謂夫子自道)寶玉道「自古說物不平則鳴他失親少眷的

在這裏沒人照看賺了他的錢又作踐他如何怪得」(此寫多死後被劉家罰其女東莪爲信邸奴所以說失親少眷劉家既得其財寶又作踐其女兒如何怪當時人爲不平鳴也三人說話寫盡多氏身前身後事所以好像各說各的不連貫最妙)

寶玉持杖擊門檻子說「這些老婆子都是鐵心石腸似的眞是大奇事不能照看反倒拆挫他們地久天長如何是好」(似說東莪初罰爲奴必被監禁受禁婆打罵名爲看顧女因實則折挫不堪若長久囚下去如何是好大似鄉下人聽人講故事說文王被禁囘家大憂其妻問之則告以故其妻曰紂王皇帝明天知道他是好人就放出來了他說我也知道只愁這一夜監裏罪難受一樣可笑

麝月笑道「把個鶯鶯小姐反弄成纔拷打完的紅娘了」東

莪被禁婆辱打竟不顧其爲王府千金矣紅娘影囚服非閑筆也）

芳官講藕官藥官蕊官一段藕官反影小宛藥官反影辟疆蕊官反影清世祖

第五十九回係宮闈瑣事襲人口中說「還是認眞不知王法」可見是有王法的地方平兒又道「各屋大小人等都作起反來了」亦是法律制裁語

第六十回是寫宮闈瑣事晴雯道「如今亂世爲王了什麼你也來打我也來打都這樣起來還了得呢」與上回平兒各屋都作反同意兼指三藩之起兵作亂

趙姨娘一段的是嫡庶之爭所謂把威風也抖一抖不過惹氣爭權欲壓服平民而已用夏蟬知了其事自明

第六十一回柳家道「你們深宅大院（九重深邃）水來伸

手飯來張口（坐享其成）只有鷄蛋是平常物事那裏知道外頭買賣的行市別說這個有一年連草根子還沒有的日子還有呢」（這又是作者平民思想黃鈞宰金壺醉墨有「東鄰殺羊美酒膏梁西鄰咽糠潤喉無漿問予如何中墜其牆（同此沉痛）「我勸他們細米白飯每日肥鷄大鴨子將就些兒罷了吃膩了腸子天天又鬧起故事了」（飯飽生餘事是一切政府評語所謂厲民自養還不安生天天想法欺侮平民鬧許多故事被這數語道破眞痛快）「一層主子二層主子」（寫出政府層層剝奪層層壓制的現象）又道「也像大廚房裏預備老太太的飯把天下所有的菜蔬用水牌寫了天天轉着吃（從「玉食萬方」的文言化出以點醒識評本體）

林之孝家便說「不管你方官圓官」（表明方官影射獨覇

一方的長官）平兒道「不肯爲打老鼠傷了玉瓶」從投鼠忌器文言化出作者長技清聖祖對于胤礽一案初嚴後鬆正是爲此）

第六十二回寶玉生日射覆拇戰寫來盡是當諸名士的玩藝湘雲所出之令索隱頗能窺見底奧但仍關合諸名士身世不可不知

香菱擧「此鄉多寶玉」言玉璽甚多有眞有僞）又評「寶釵無日不生塵」言金家塵土汚人也

寶玉道「若你們家一日遭蹋這麼一件也不直什麼」（乃指高士奇家事）

寶玉將夫妻蕙並蒂菱一齊掩埋汚雙手寓情僧愛妃將死未死之際尙不免拖泥帶水也

第六十三回林之孝道「這纔是讀書知禮的越自已謙遜越

尊重別說是三五代的陳人（說幾位大姑娘忽言三五代陳人可知影寫清明兩朝的諸名士陳人用的妙卽取下有陳死人之意）

麝月道「怕走了大摺兒的意思」（淸人奏疏有摺子御史有摺參自是怕言官大摺參劾也）

寫芳官小玉塞耳（既影射塞聰閉明古帝王塡耳制又影射多爾袞納小玉）左右耳白菓大小的硬紅鑲金大墜子（是爲金家大玉墜子卽影射孝莊之墜節）越顯得面如滿月猶白眼似秋水還淸（寫出多爾袞美明用滿淸兩字）所以家人笑道「他兩個倒像一對雙生弟兄」（言多爾袞得玉璽有謀篡意故意合寫且見芳官代表男子）

襲人道「我們不識字可不要那寫文的」是講多爾袞等最初不識字故惟恃武功不重文人）所以接着麝月笑道「拿骰子

偺們搶紅」（是用武卽孤注一擲去搶奪朱明天下）寶玉道「沒趣不好聽我說占花名兒好」（搶紅不好聽不如占領中華名聲好些）

掣籤占花第一枝由寶釵抽出牡丹曰「豔冠羣芳」卽奪朱非正色異種也稱王之意故詩曰「任是無情也動人」滿人入主屠殺漢人無情已極却也驚動一世也字卽也稱王的也字）芳官接唱壽筵開處風光好（風指淸風）賞花時曲「翠鳳毛翎扎箒杈（卽滿人花翎故用扎字且形狀如箒「閒踏天門掃落花」「乘閒踏入關門掃却國亡于闖賊之朱明踏天門與闖字相合言滿人之來與闖賊等耳然正是他們賞贊中華時也）

探春得杏是影寫滿洲入關後漢人得寵幸者此處自影徐學乾因其爲探花故曰「日邊紅杏倚雲栽」「倘未全脫明人氣習

特用日邊紅杏字樣言一本明人禮制耳然已倚人作嫁矣故曰得貴壻所謂探花郎也又用「是外頭男人們行的令」以點明是男人其實男人行令何得用貴婿字樣分明託辭也）

李紈抽出老梅寫着霜曉寒姿「亡國遺老傅青主自號霜紅龕恐卽此意）詩爲「竹籬茅舍自甘心」（完全遺老行徑）注自飲一杯（獨行無偶）下家擲骰（讓人着鞭）

湘雲抽出海棠「已是梨謝棠開」（已是春殘只餘春明一夢耳」故曰「香夢沉酣（卽夢裏不知身是客一晌貪歡及多少恨昨夢魂中曲的意思）詩云「只恐夜深花睡去」（夜深無明燒燭照紅粧一片愛憐故國之情盡在言下陳其年一流人物也）黛玉說夜深改石涼（既點湘雲醉眠又影清人從一片石侵入冷氣逼人）恰好黛玉上家寶玉下家（黛玉是朱明寶玉是玉璽其

戀戀殘春一縷傷心朱明雖爲上國玉璽已歸下邦矣）

麝月荼䕷題韶華盛極（寫滿人入關一般乘時得寵之人將衰之兆故曰開到荼䕷花事了」（並寫中原糜爛自亡故曰送春）

香菱掣出並蒂花題聯春繞瑞詩「連理枝頭花正開」（此仍寫下嫁事並蒂夫妻連理兄弟言叔嫂之聯合耳）又用恭賀陪飲四字寫下嫁時之慶賀妙極

黛玉掣芙蓉花亡國可憐花也題風露淸愁（與淸爲仇）詩「莫怨東風當自嗟」）（東風言滿人從遼東來自命淸風雖可怨恨然亦因自壞長城以致亡國莫只怨人應自嘆也）自飲一杯（塊磊難消）牡丹陪飲（尚欲借他人酒盃也不過興亡相趁而已）

襲人掣桃花（薄命花恐兼指多爾袞之東莪女）題武陵別景（言又是一番天地故詩曰桃花又是一年春）（東莪卒歸士人可謂崔護重來或曰影射不得志之二臣亦通）杏花陪盞（影東莪得婿）同庚同姓來陪（寫同年薄命性質相似之人故影許多不得志二臣）芳官唾襲人身上又扶在寶玉側（是寫攝政身分特用襲人以點袞字）襲人說晴雯唱曲四兒指他唱了一個又曰誰沒唱過唱曲侑酒直以娼妓目諸二臣矣）

寶玉謂岫煙超然如野鶴閒雲（是評隱士語岫煙必無心出岫之人故寫得落落寡合）岫煙笑道僧不僧俗不俗（明人謂滿人謂半邊和尙）女不女男不男（男投女不投因明人目滿女大足與男子同此地寫附清名士之四不像）成個甚麼理數（半漢半胡非驢非馬甚麼體制皆逸老議淸人語）

檻內檻外與方內方外世內世外皆相彷妙玉何曾到檻外倒
不如惜僧之徹悟故有醍醐灌頂之注直寫清帝出家
　榆蔭堂桑榆晚景仍寫孝莊故緊接尤氏帶佩鳳偕鸞以射下
嫁而又用方以類聚物以羣分言鳥獸不可與同羣耳皆恰合芳官
之影描政佩鳳偕鸞打鞦韆寶玉要送上去佩鳳說別替我們鬧亂
子此處寫描政將敗幾鬧出亂子來佩鳳兩妾兼指多爾袞最後迎
朝鮮兩妃寫由清韓兩家同鬧出亂子來的接合再打鞦韆翻上下
更不得了哪所以講這話又緊接東府老爺殯天以寫多爾袞之死
多好服硫黃喜接方士方士中有上金道者善合媚藥中雜硫磺御
女時先服之快美無比久之硫磺毒發中患煩熱太醫某診之曰王
之腸胃已腐無救不數日卽死故以賈敬導氣之術守庚申服靈砂
妄作虛爲過于勞神費力反因此傷了性命寫之又寫太醫見人已

死無須診脈卽某太醫斷爲不治之症又曰係道教中吞金服砂燒脈而沒與服硫磺腸胃腐之言皆相合靈停鐵檻寺所謂終須一個土饅頭先傳後經妙極「原來天子極是仁孝通天的」又提到下嫁一事指多爾袞功臣之裔祖父之忠皆掩飾語耳朝中所有大臣嵩呼稱頌多爾袞初亡清帝尊崇備至特派親王大臣四人爲之經營喪葬皆如帝儀故曰王公以下準其祭弔又有扶柩回藉語詔中又有恩義並隆莫報如天之德（所謂天子仁孝通天也）哀榮備至式符薄海之心」當命禮部恭擬徽號追尊攝政王爲懋法修道廣業定功安民立政誠敬義皇帝書中云禮部代奏及嵩呼稱頌卽指此事可知

賈容道從古至今連漢朝和唐朝人還說髒唐臭漢何況咱們這宗人家（正寫淸庭淫亂漢人且爾何況胡人以宗人家三字影

宗人府妙極

六十四回寫賈敬喪儀焜煌物論不一仍指多爾袞索隱以豫王擬之殆非

晴雯說芳官竟是個狐狸精變的（狐狸指胡人）竟是會拘神遣將的（可見芳官所影射之人的魔力）

又說襲人越發道學了獨自個屋裏面壁呢或者此時參悟了也未可定（此處所說襲人似又指雍正喜參禪故）

寶玉道或者姑爺姑媽的忌辰但我記得每年到此日期老太太都吩咐另外整理餚饌送去林妹妹私祭作者因暗寫多爾袞又想明亡後陵寢荒凉清康熙帝曾謁明陵此是格外的禮數林妹妹私祭指明逸老私謁孝陵事

寫寶玉和黛玉一處長大情投意合又願同生死自古以玉璽

存亡爲國家興廢之端兆故有顧同生死語

五美吟西施是小宛影子當時小宛北上或有西施入吳（南方吳胡同音）陰圖亡清之意一旦入宮所謀不成捧心不明空憶兒家亦是眞情虞姬似指多爾袞之死別朝鮮妃詩中騌彭寫多氏身後被議故曰他年醢也

明妃仍指小宛謂入胡也小宛畫像最佳當年必有人先以畫形示清帝而後設法刼取也

綠珠似指明室殉國諸人故用瓦礫明珠字樣寫朱明亡國玉石俱焚之慘不過以殉君慰泉下之寂寥耳着禍福二字又兼寫福王滅亡時宮中之死難者

紅拂似寫圓圓圓圓曾對三桂言越公尙不能保紅拂况不及者乎其以紅拂自命可知

卷下　五十七

寳釵論詩但提明妃又引荆公「意態由來畫不成當時枉殺毛延壽」以見小宛之美及永叔「耳目所見尚如此萬里安能制夷狄」寫小宛入胡之恨正因明人不能制夷狄而來故曰命意新奇是最新之奇事耳因原詩只就本事敷衍並無甚新奇意也

賈母痛哭賈敬寫孝莊之痛佚史載多爾袞被籍沒淸太后爲之不怡者數月其痛可想

賈璉笑道自家兄弟這又何妨乃用戲曲中楊雄對潘巧雲說石秀是自家兄弟坐坐不妨以識淸宮聚麀之亂

尤二姐指多爾袞妃之妹甚是此爲追叙法亦作者狡獪處使人不覺耳漢玉九龍佩既寫尊貴又兼以九龍影九王多爾袞行九故

寫二姐在先已與姐夫不妥又常怨恨當時錯許張華是寫博

氏先與多爾袞通（重在姐夫二字不管珍璉）私通而後與肅王反目時有怨言

忽然想起鮑二來妙極寫尤氏必以鮑二家的趁之方顯是博爾濟氏不是賈璉忽然想起乃是作者故意提及讀者勿爲瞞過

以多姑娘配鮑二正寫博氏之淫又寫一多子見博早與多爾袞有私也文心甚巧故曰裏頭巧宗兒是言宗人府内奇巧事耳接寫張華之祖爲皇糧莊頭言肅王亦一家王子也遭了官司指肅王爲多所陷

博爾濟氏原于多爾袞生辰與多通情今偏寫與多之死時言多之淫亂該死亦對照寫法

六十五回寫尤老娘和三姐先如新房卽贊鮑二兩口子見了如一盆火兒一邱之貉言與尤二姐如一人故又曰趕着尤老娘一

口一聲叫老娘居然尤二姐替身矣特筆也

賈璉說等鳳姐一死須接尤二姐過去卽暗射肅王死後多氏卽明娶博氏過邸也

「關起門都是一家人原無避諱」活畫淸宗室之聚麀情形與左氏易內飲酒一樣筆墨較謔而已那鮑二來請安又點題賈珍道你原是個有良心的所以二爺叫你來服侍反面譏博氏是無良心背夫通多而多氏親弟兄排行爲二故曰二爺服侍言作妾耳日後自有大用你之處不可在外吃酒生事（日後用博作正室不可像從前因吃人家壽酒生出事來並寫多氏利用肅王出征與多氏生出風流事來）

鮑二答應小的知道若小的不盡心除非不要腦袋了寫豪格已知此事惟畏勢忍受卒被多陷于極刑故曰不要腦袋了多姑娘

罵鮑二渞糊塗了渾嗆了的忘八（如博多爾罵肅王爲王八）又（一應有我承當風呵雨呵横豎淋不到你頭上來）是多爾袞對博氏語一切有我不怕甚麼風聲有了在豪格頭上寫鮑二一概不管卽豪格畏勢不敢計較只好不管聽之而已

寫壽兒喜兒到廚房點明博氏在多爾袞上壽喜辰入廂私通故曰鮑二女人道咱們有的是坑爲什麼不大家睡呢正寫家人私通又寫出遼東大坑同眠的胡俗接着寫二馬同槽不能相容互蹶踢起來（正寫一家聚麀有時爭風吃醋直射到豪格與多爾袞之相傾妙極譃極）喜兒說「今兒可要公公道道貼一鑪子燒餅」亦係寫大坑同眠中醜劇

二姐道我雖標緻却無品行看來倒是不標緻的好是博氏的供狀確評

三姐罵賈氏兄弟一段痛快淋漓是作者借霍三娘來作旁評非眞事也霍三娘曾爲繩妓故曰提着影戲人上塲又曰偷來鑼鼓打不響又曰露出葱綠抹胸一套害脯底下絲袴紅鞋完全是繩妓聲口身分只用任意揮霍四字暗寫三娘之姓不容他兄弟多坐竟攆了出去自己關門睡去是霍三娘于父母死後爲妓不接客的行徑

說三姐打扮出色另式另樣做出許多萬人不及的風情體態來是贊繩妓語爲萬人所注目耳「便是一班老到人鐵石心腸看見這般光景也要動心的」寫繩妓爲所謂錢行鹽店等老班所喜看見走繩跑馬光景又無不驚心動魄皆雙關語「及至到他跟前那種輕狂豪爽目中無人的光景早又把人的一團高興逼住不敢動手動脚」輕狂八字繩妓確評繩妓例不賣身有免強求合者連

他的手脚也動不得分不開一兩萬瘋白爾逼住

三姐道：「咱們金玉一般的人」仍是繩妓守身如玉語

寫尤三姐打銀要金有珠子要寶石吃肥鵝宰肥鴨或不趁心連棹

一推衣裳不如意煎碎撕一條罵一條皆寫霍三娘侮弄嫖客光景

故用賈珍等反化了許多昧心鈔（俗謂嫖客所化爲昧心鈔）以

點明之

說「二姐已經失了脚有一個淫字憑他什麼好處也不算了

」（這又是評博氏淫蕩特筆）

尤三姐我得揀個素日可心如意的跟他（正是寫霍三娘特

識柳似煙的巨眼及自主精神這是作者對於男女問題的自由思

想）若憑你們揀擇雖是有錢有勢的我心裏進不去白過了一世

（即是霍三娘對似煙說我們情愛豈是金鈔所能間者心裏二句

極沉痛世間無限不自由結合的男女那一個不是白過了一世可爲一哭）興兒說：「邢氏講鳳姐雀兒揀着旺處飛黑母鷄一窩兒自家的事不管倒替人家去瞎張羅並不是老太太在裏頭早叫過他去了」此似最初某王勸多爾袞自帝多氏不肯只因孝莊的關係故曰黑母鷄一窩兒是與國母同宿外面看來似爲棲上林一枝故曰雀揀旺處飛旺處帝王處也

氣兒大了吹倒了林姑娘（冷風吹倒明室）氣兒煖了又吹化了薛姑娘（煖氣化雪似無希望然滿人爲漢族文明所同化此語幾爲之兆矣）

六十六回興兒說寶玉索隱謂指清聖祖甚是所以尤三姐笑道「主子寬了你們又這樣嚴了又抱怨可知你們難纏」俗稱皇帝爲真主亦曰主子寬嚴三語是從唯女子與小人爲難養也近之

則不遜遠之則怨化出來女子小人正指婦寺

尤三姐說「若有了姓柳的來我便嫁他從今日起我吃齋念佛只服侍母親等來了嫁了他去萬一百年不來我自己修行去了」又「折簪爲誓竟眞個非禮不動非禮不言起來」又寫霍三娘決定嫁柳似煙時之態度純是妓女決心從良時例有的行徑

鴛鴦劍言霍三娘與柳似煙俱精飛走也

薛蟠同夥計遇強盜已將東西刼去不意柳湘蓮忽來把賊趕散奪回貨物救了薛蟠性命結拜了生死兄弟一路進京數語却是一篇大文軼史乃寫柳似煙露頭角于噶爾丹深入一役是役也一皇子三親王一郡王國戚如所謂舅舅佟國綱佟國維大臣如索額圖明珠俱在內乃康熙二十九年事也師久無功似煙因其從兄宦者之介紹見康親王得從軍出征似煙持善飛行術入伊拉古克營

效華元故事逼伊效順伊驁其絕技唯唯聽命及再與厄魯特兵戰清師幾不支忽山上火起厄兵乃退且大呼即似煙約內應之成功捷報至京清帝焚香謝天康親王以是役之功柳為首拔為副將云云書中薛蟠等影親王國戚被盜指厄魯特戰事柳湘蓮忽來指似煙立功原有飛將軍自天而下之勢結為生死弟兄指成功後之復被拔賞及清帝焚香謝天事作者對為清人立功一節似不滿意故略及之即寫其出家遠去言不如逸民也

柳湘蓮說「你們東府裏除了那兩個石獅子乾淨罷了」正寫遜東胡人之淫亂痛快絕論索隱不注何耶

「湘蓮見尤三姐趕來從夢中哭醒睜眼看時竟是一座破廟便隨那道士不知往那裏去了」（純從霍三娘對似煙說「余當從君出走天涯海角余二人不愁餓死了君請先行俟我于城外某

處廟中余常徐至」似煙依言至所約地未幾霍至相將出都一段化出所謂實者虛之與以賈敬之死爲多爾袞生日一樣狡獪某處廟中四字與書中湘蓮問此何方道士「我不知道此係何方」亦相應妙極

六十七回寶釵留心貨物酬謝夥計均寫高士奇營商事決非閨秀行徑黛玉見土物傷情寫亡國之人感懷故土文物紫鵑以望帝靈魂自然深知但也不敢說破仍用鸚鵡前頭不敢言詩意

寶玉取笑說那裏這些東西不是妹妹要開雜貨鋪麼是說這些東西都是高士奇所開鋪店中東西

寶玉一味將些沒有要緊話來厮混（謂以不入耳之言來相勸勉

黛玉要到寶釵那裏聽南邊的古蹟只當回家不過點明黛玉

心在南朝欲恢復故土一念耳不然黛玉南人那些古蹟何用問人

黛玉道「這些東西我們小時候倒不理會如今看見眞是新鮮物了」仍隱用滿目淸山綠水所南何以爲情意寫亡國後之觸目傷心

晴雯說「我們都是白閉着混飯吃的」以譏笑一般淸客即是淸臣中閑員是李雯自誇不是混飯吃的得意語

鳳姐罵興兒猴兒崽子忘八且都是滿人男子罵人聲口索隱以豫王擬鳳姐極是此處鳳姐又是小玉因小玉有大鬧宮門一事故籍此一漏消息耳

六十八回鳳姐訪尤二姐扣門又提鮑二家的開門不但照應鳳姐潑醋一案並將博爾濟氏又一點醒

鳳姐說「象是在外頭包占人家姐妹瞞着家裏也罷了（是

講多爾袞包占朝鮮兩女並影大玉小玉姐妹）如今取了妹妹作二房這樣正經大事也是人家大禮」「多爾袞娶博氏恰是正娶情形惟預先未明言故曰「却不曾和我說」亦係本事正經大事人家大禮八字連清后下嫁都傍敲出來拍到小玉身上所以說「反以我爲那樣妒忌不堪的人（私自辨白）又曰「頭十天裏頭我就聞風著知道了」（寫小玉先不知其姊與多有私後來聽見風聲不像事了才到宮門大鬧）又曰「起動大駕搬到家中你我姊妹同居同處」（暗寫清后下嫁故特用大駕姊妹字樣和元春省親一回中寶釵講寶玉不要姐姐妹妹的亂叫同一筆法但不是小玉口中語耳」「又曰教外人聽着不但我的聲名不好就是妹妹的名兒也不雅況且二爺的名聲更是要緊」（下嫁一事不但清后及多爾袞名聲不好聽並累及清帝）

鳳姐說張華癩狗扶不上牆（正寫豪格因豪格畏多爾袞勢力不敢與較故曰「張華深知利害先不敢造次」又曰「就告我們家謀反也沒事的」直寫到多爾袞沒後人告其謀反妙極

旺兒告狀是寫多氏死後其家人蘇先薩哈告密一事故曰「憑是主子也要說出來」就是將多氏謀帝一事活盤托出

鳳姐大鬧寧府本影小玉鬧宮卻將下嫁一事寫在話下所說「偷着只往賈家送」（此當兼指博氏）「國孝家孝兩重在身」（利用下嫁案中以孝治天下文意幻出國孝家孝兩層眞怪腕也）又「請合族中人大家覿面說個明白給我休書我就走」（卻是小玉鬧宮時口氣又影小玉旋爲多爾袞謀害此事卻以鳳姐害尤二姐寫之須活看）又罵賈蓉「幹出這些沒臉面沒王法敗家破業的營生你死了你娘陰靈也不容你祖宗也不容你」（將

多爾袞盜嫂偷娶王妃以及謀叛破家其母殉清太祖的事全寫出來）（鳳姐說了又哭哭了又罵後來又放聲大哭起祖宗爺娘來又要撞頭而死」皆正寫小玉大鬧宮門事情

「國孝一層家孝一層背着父母私娶一層停妻再娶一層」（「都是多爾袞罪狀又從不告而娶的古典化出」）拚着一身剮敢把皇帝拉下馬」（故意逗露皇室消息而小玉鬧宮眞是拚命）

「我就是個韓信張良聽了這話也把智謀嚇囘去了」張良韓信俱影多爾袞謀反事因多死後有人密告其家藏巨璽並有暗殺清帝意是兼韓張兩人事

六十九囘賈母笑說「竟是個齊全孩子」却似清后對劉孀語此處又拍到豫王身上故用鳳姐領見

賈蓉對張華說「豈不怕爺們一怒尋出一個由頭你死無葬身之地」（寫多氏因欲與博氏重叙舊好先遣豪格征大同凱旋後又令移剿天津土寇請代不許請益添餉兵不許大憤曰豈欲置吾于死地耶乃逗留不進多爾袞曰加罪有辭矣乃以貽誤兵機議斬即所謂尋出一個由頭及得旨免死永遠幽繫多氏使監守者窘辱之絕粒而死）此以上回鳳姐因尤二姐使媳婦看守並囑善姐窘辱之一段寫出死無葬身地也所以又寫鳳姐命旺兒尋張華或訛他做賊（通寇）和他打官司（奏參）將他治死（議斬）暗使人算計務將張華治死方剪草除根（幽囚以死）

寫秋桐「豈容那先姦後娶沒漢子要的婦人」是寫博氏與多先奸後娶且豪格死時使人馳白太妃曰我死必立遺博爾濟氏勿留此禍水故曰沒漢子要也

「借刀殺人坐山觀虎鬬」（却是多爾袞陷豪格的評語）

三姐託夢一節是作者不平語三姐長歎而去索隱注旣不能

令又不受命是絕物也（却是注豪格之死怪極）

胡醫打胎又拍到劉孀病孕諸醫妄投下藥一案作者眞乃三

頭六臂曾於尤三娘口中說鳳姐有幾個腦袋幾隻手亦自贊亦象

指鳳姐代表數人也

二姐死鳳姐假哭道「狠心的妹妹你怎麼丟下我去了」小

玉死後大玉必有此一哭無疑

寫賈璉戀秋桐時又將尤二姐放淡及其死也又痛哭流涕（

卽軼史載多爾袞于博氏被豪格囚後棄之如遺博氏乃以臘丸書

遺曰王乃不能庇一婦人任人蹂躪豈果妾薄命使然乎不如早死

免貽天下辱笑多乃迴憶前塵惻然動念一節也）

第七十回寫放丫頭自是放宮女「應該發配的」謂分發配偶鴛鴦發誓不去仍影香妃誓死不辱故曰自那日之後一向未與寶玉說話（是不與皇帝交言不然書中並未言寶玉討他何必提及）「也不盛粧濃飾（同教淡粧）衆人見他志堅也不好相強」又寫宮女見香妃堅志不從不敢相強

寫晴雯麝月按住芳官隔肢一段看似戲筆仍寓多爾袞患生肘腋之意

「碧月道倒是你們這裏熱鬧大清早起就咭咭呱呱的頑到一處」乃取易經婦子嘻嘻終吝以譏清室內亂故用大清字樣點出

桃花柳絮詩取「顛狂柳絮因風起」（像清人及二臣中得勢者）「輕薄桃花逐水流」（像二臣中之失勢者且寓亡國意

）二語以關合時人

桃花詩解見眞諦寶玉說寶琴「比不得林妹妹曾經離喪作此哀音」所謂亡國之音哀以思也

寫黛玉湘雲寶琴代寶玉臨寫小楷索隱以南書房代擬所謂御製詩文當之甚是可見書中諸女子有時代表男子而蔡書所索不全非近日文獻叢編錄允禩允禟一案秦道然供中有聖祖嫌八爺（允禩）的字不好命他一日必寫十幅呈覽八爺不耐煩每每央人代寫欺誑聖祖」正合此事恐當日允礽也不免有此情形可謂難兄難弟

柳絮詞解詳見眞諦

清初諸名士中善塡詞者以朱竹垞陳其年爲最著故蔡書以黛玉擬朱以湘雲擬陳頗合」

探春南柯子（此亦有意在三藩在南方另生枝柯）故只成上半首言三藩無下場詞中「也難綰繫也難羈」（言三藩不受羈縻）「一任東西南北各分離」（所謂平西王定南王皆分崩也」下半首用寶玉足之言清帝平三藩收此一場南柯夢也「落去君休惜（指三藩之滅）飛來我自知（吳藩初起如飛來之禍清帝初知此指清順治遜荒後在五台爲僧不輕發言惟三桂反時一驚語蓋早知有此也）鶯愁蝶倦晚芳時（指順治倦勤）總是明春再見隔年期（指康熙再上五台訪父）湘雲如夢令是興亡一夢百無聊賴且住爲住指諸名士之附明珠者黛玉唐多令言唐人詞令也解見眞諦

寶琴西江月指明亡江南故用隋堤字樣詳解眞諦

寶釵臨江仙言清兵臨江始飛騰也故曰這首爲尊昔人以皇

帝爲至尊也

瀟湘纏綿悲戚亡國之痛也枕霞情致嫵媚二臣之恥也小薛與蕉客南朝及吳藩之失敗也不然寶琴一首並不弱何以曰落第

寶玉交白卷言得玉璽爲僞所謂白版天子也

放風箏一段亦有實意一個大蝴蝶風箏飛來衆人嚇了一跳所謂魏收「驚蛺蝶也」魏收作齊書人稱穢史作者借此以譏清人宮闈之穢亂寶玉說「這是嫣紅姑娘放的」嫣紅指湮明可見是清史而軼史載小宛好放風箏此段亦有來歷

探春軟翅大鳳凰指三藩羽翼不强螃蟹給賈環指滿人横行寶玉美人墮地寓小宛之死寶琴大蝙蝠指二臣

第七十一回寫賈政事重身衰在外幾年骨肉離異（影諸王子之爭）今得晏然復聚自覺喜幸不盡（晏安自喜指清后下嫁

及娶肅王妃皆帶昧暗色彩晏字用得好）一應大小事務一槪付之度外（卽索隱謂攝政暮年倦勤久不入朝也）只是看書（言多氏頗留心文史）悶了便與淸客們下棋吃酒（多氏善棋有棋廳之設）

賈母之壽因寫多氏又拍到孝莊四十正壽加陪寫爲八旬索隱之言甚是壽禮仍用禮部且送彩緞二十疋玉杯四雙仍影下嫁

南安郡王永昌附馬指吳三桂之子吳應熊尙主南安太妃似指耿藩因耿之夫人與孔有德最先降淸往來甚密必與四貞相識故寫湘雲最熟也耿藩喜舊戲嘗于無意贊歎了一句「畢竟漢家衣冠好看」寫南安太妃點吉慶戲文暗寫此事北靜王爲陪襯故曰「也點了一齣」不在話下也賈母代喜鸞仍兼下嫁之喜

甄家壽禮刻絲滿牀笏（乃郭子儀故事子儀滅胡復唐是作

者復明之理想並非眞事眞事定遭忌諱矣）鄔家屏言三桂藩屏也）賈母道「這兩架別動好生擱着我要送人的」（注意兩家物自是特筆我要送人一句幾成讖語後來滿人果有江山應送朋友勿贈家奴之言作者妙算也一笑）探春說「倒不如小人家大家快樂我們這樣（應曰這宗）人家人都看着我們不知千金萬金（前金後金）何等快樂除不知這裏說不出的煩難更利害」（將清庭內憂外患一齊寫出且寓平民思想在內與梨洲原君同意）

尤氏說寶玉一心無罣碍（是情僧本色）寶玉說「人事莫定誰死誰活」（亦徹悟語而董妃之死亦在言下）喜鸞要和寶玉作伴是寫喜鸞正意因北京祝人結婚常用此兩字故又用尤氏說「姑娘難道不出門的」點明嫁人即影下嫁且渡到鴛鴦女無

意遇鴛鴦靈心妙腕

　司棋一案亦雙關下嫁私娶等事前囘鷩蛺蝶此囘野鴛鴦竹唼風懷二百韻中一聯曰「眞成鷩蛺蝶甘作野鴛鴦」可以移頌且淸后與多爾袞初遇于園中後又借下棋爲名以便私交而淸后有一婢曰紅棋後遺家一善棊者卽此事也

　第七十二囘寫司棋和他姑表兄弟趁亂進園初次入港雖未成歡而海誓山盟私付表記已有無限風情（全是多爾袞因到園中窺淸后浴始相定約情形

　寫鳳姐聲色墮了好些又受了些閑氣露出馬脚他就動了氣不是什麼小証候可不成了血山崩了麽等句索隱均擬以輔政此處不如兼擬攝政從淸后下嫁寫到與豪格爭妻以及病亡身後被譴特筆也

鴛鴦說「賈璉也怨不得事情又多口舌又雜」與鳳姐一串寫攝政不理于衆口

鳳姐口中的石崇鄧通因是誇帝王之富亦兼影寫多氏之末路

賈璉道「和他說好更好些不然太霸道了日後你們兩親家也難走動」（是作者主張公道處滿洲諸王霸佔民女者甚多那管甚麼親家索隱注意標目恃強倚勢四字極是）

賈雨村降了一節索隱無註索隱會以賈雨村擬三桂此處便是暗寫削藩林之孝道「只是一時難以疏遠如今東府大爺和他更好老爺又歡喜他時常來往那個不知」是說三桂子尙作所謂東床駙馬難以疎遠唐詩有人主人臣是親家親家時有來往故賈璉親家一語亦有照應

第七十三回趙姨娘和賈政說話窗屜滑了屈戌掉下來乃暗用東窗事發典故以寫胤禔等魘魔事件之將發露特用小鵲一報說「只聽見寶玉二字」言有窺竊寶器之陰謀也故寫「寶玉知趙姨娘心緒不端（是長舌婦人暗害人的評語和自己的仇人是的（嫡庶成仇）又不知他說些什麼（不知是何密謀聽了便如孫大聖聽了緊箍咒一般登時四肢五內一齊不自在起來」又暗寫魘魔用孫大聖仍表示爲猢猻之尊也）

想到理熟了書（歸到康熙擇師教胤礽一層）「只有學庸二論是背得出來」（重在學庸二論背出學庸即熟習明清事耳）

反對八股文亦作者特識且寫康熙有廢止八股之詔

寶玉粧病晴雯說「寶玉唬的顏色都變了滿身發熱我如今

還要到小房裏取安魂丸藥去」（又暗寫魔壓）

賈母道「賢愚混雜賊盜事小倘有別事略沾帶些關係非小」（是寫康熙諸子賢愚不齊賊盜外患尤是小事若別生內患如爭嫡奪位略一沾帶關係性命故曰非小其意自顯將多爾袞謀篡事亦寫在內所以又想燒燬骰子紙牌亦寫爭嫡一案所謂呼盧成采孤注一擲成敗所關無異賭爭也）

傻大姐繡香囊要拿去與賈母看索隱以議下嫁一案頗似用邢夫人發見所謂邢于寡妻寓孝莊不安于寡居也又寫迎春之懦恰似順治心知母過不敢出口索隱所摘諸語皆合情

迎春看太上感應篇妙在太上二字暗指太上皇言順治望其亡父有感應耳當時傳聞某君曾以「紅羅帳中無限恩情」「嫂嫂黃泉路上有何面目見哥哥」一聯贈多爾袞者即是此意

寶琴道「三姐姐敢是有驅神招將的符」（又寫魔壓）黛玉道「這道不是道家玄緒倒是用兵最精的所謂守如處女出如脫兔出其不備的妙策」（即又寫到下嫁處女脫兎謔極出其不備又將魔壓及多氏謀篡一齊寫到非戲言也）

探春曰「物傷其類齒寒唇亡我自然有此驚」（此又寫諸子之爭連雍正謀殺諸弟事都寫在內所以說「先把二姐姐治伏了然後要治我和四姑娘」

黛玉道「眞是虎狼屯於階陛尙談因果」（說諸子謀位虎視眈眈豺狼成性不知是何因果）「若是二姐姐是個男人一家上下這些人（上下齊寫妙極）又如何裁辦他們」（言順治不能裁辦攝政及康熙不能裁制諸子）所以迎春說「正是多少男人」（連順治康熙一齊寫故曰多少）尙且如此何況我呢」（

亦可見書中女子兼影男子）

七十四回鳳姐道「我白操一會子心倒惹得萬人咒駡」（兼寫二。多不理于衆口）「一概是非都憑他們去罷」（所謂死後是非誰管得也寫到多爾袞之失敗）

鳳姐向王夫人訴辨一段中「奴才看見我們有什麽意思」「論主子內我是年輕的媳婦算起奴才比我更年輕又不止一個」（皆爲孝莊寫照直至說）「那邊珍大嫂子他也不算狠老也常代過佩鳳他們來」（才是圖窮匕首大嫂不狠老佩鳳喜鸞非下嫁而何眞乃妙筆」

王善傳家曰晴雯打扮像西施樣子王夫人又對鳳姐說眉眼又像你林妹妹的乃拍合小宛處大可注意

王夫人見晴雯大有「春睡捧心之態」又用西施寫照」

卷下　七十一

探春秉燭待搜一段寫得痛快淋漓索隱頗得要領至「可知大族人家若從外頭殺來一時是殺不死的這可是古人說的百足之蟲死而不僵必須先從家裏自殺自滅起才能一敗塗地」（既寫明亡之眞像又寫滿人之自殺大似預言）

司棋並無畏懼慚愧之意（亦傍敲下嫁之無恥也本來孝莊因愛多爾袞之美貌而有私故以潘又安爲多氏一影且多氏娶嫂正在悼亡之後而潘安以悼亡稱亦雙關）

惜春道「善惡生死父子不能有所勖」（又說康熙之於諸子）

惜春徹悟本影順治出家亦兼寫蔡書中之嚴）

第七十五回甄家抄談家私（寫南朝之亡緊接抄檢大觀寫來）

李紈命丫頭跪捧面盆（滿貴族家規）尤氏笑道「我們家下大小的人只會講外面假禮假體面」（不言虛而言假正謂禮制體面均是僞的將下嫁儀注堂于神祕密都寫在內）究竟做出的事都彀使的了（偷嫂爬灰爭位掉包都能做出來狗屎極了）探春「一家親骨肉一個個都像烏眼雞似的恨不得你吃了我我吃了你之言」（即寫康熙諸子之相殘又找足上回自殺及本同尤氏彀使的語）

習射一事正寫滿俗亦淸朝家法亂射無益兩語兼寫康熙諸子之亂皆不得正鵠

賈珍志不在此（志在奪位）「再過幾日便漸次以歇肩養力爲由」（寫一計不成暫時休息所謂蓄精養銳再接再厲故接寫賭勝于是公然鬥葉擲骰（言皇家枝葉暗中相鬬有如賭爭）

「家下人彼此各有些利益巴不得如此」（當時喇嘛等助亂允禩等陰謀亦皆各謀利益巴不得相爭」「所以竟成了局勢外人皆不知一字」（奪嫡陰謀已成局勢特不使外人知耳）邢德全似指與允禵勾通之張明德兩個小孩說「傻大舅」似指允禩妻舅索額圖（索傻雙散）「你老人家不信回來大大的下一注贏了」（正用孤注一擲典故）

寫尤氏在窗下只聽裏面稱三讚四（重在讚四因雍正行四爲太子時狠會沽名博得許多人稱讚）耍笑之音雖多（即戲以主子稱四太子故曰要笑）又兼有恨五罵六（將雍正恨諸弟與己爭位駡爲猪狗的事實寫出）忿怨之聲亦不少（是諸弟忿怨雍正之意借骰子點以隱之耳）

賈政說怕老婆賈赦說父母偏心（因怕合康熙諸子之爭用

賈政說老婆指趙姨娘和賈赦贊賈環一連寫來其意自見索隱所評極是）

第七十六囘賈母笑道「又不免母子夫妻兒女」（是作者又不免想到下嫁）又曰「可見天下事都難十全」（寫到多爾袞之敗淸后寡歡後來乾隆竟有十全老人之號其本此歟）「猛不防那邊桂花樹下吹出笛聲」（索隱寫到三桂起兵用「笛聲憤怨哀中流」句可以影射之故曰趁着這明月淸風天空地靜（言趁明淸平靜之際忽發怨言）所以賈母說不大好要他揀好曲譜吹也後來寫桂花陰裏發出一縷笛音來果然比先越發淒凉（三桂敗于中秋以此影之）

只有探春一人在此（此處探春影圓圓三桂之敗圓圓無下落故曰「去的倒省心只有三丫頭可憐尙還等着」（言三桂死

去倒省了一番心惟有圓圓可憐尚待好音耳妙不落痕）又由湘雲口中說「臥榻之側豈容他人酣睡」（非寫平藩之役而何（又曰得隴望蜀（寫平藩之役疑王輔臣響應于甘肅還其子詰問王自殺同時趙良棟由四川進兵之情事）

漢人視滿人爲異種滿人視漢人亦爲異種惟漢軍旗以漢人而入滿藉可謂雜種此回寫衆媳婦收拾杯盤失去一茶鐘茶鐘者雜種也所以落在湘雲手裏蓋以湘雲影孔四貞正是漢軍旗女公子受滿人卵翼者非雜種而何（似利用「三個人兩個茶鐘（雜種）你使個大碗罷（是個大王八）的笑話）

湘黛聯詩解詳眞諦

凸碧言金碧突出碧從白石玉言長白山之王也凹晶言晶明水晶比月月光又從日來其影射前明可知故曰「有愛那山高月

小便往這裏來（言愛長白山朝而明月之衰微者都到北方來）「有愛那皓月清波便往那裏去」（言愛朱明而視清人之浮沉者都到那裏去其意甚顯）

念作窪拱二音便說俗了「言凹讀作窪把明朝抛向瓜窪國去了凸讀作拱以清朝爲北辰而衆星拱之作頌聖詩便落俗了寫二人聯詩不是頌聖」

寶釵口中的珍藏密斂正是高士奇自道

迎春道「將來總有一散」（近寫多爾袞與清后之分離遠寫清之敗亡因遣司棋卽多死後清后遣紅棋出嫁一事）

寶玉道「怎麼這些人只一嫁了漢子染了男子氣味就這樣混帳起來比男人更可殺了（寫順治不滿意下嫁一事故對嫁字特別反對此處直駡清后混帳其罪浮于多爾袞故曰比男人更可

殺

對芳官獨說「就賞他外頭找個女婿罷」（乃指多爾袞之女東莪卒嫁士人一案詳附錄）

王夫人打發諸女全是籍沒多爾袞家遣散其家小情形所以說「凡有眼生之物」（即告密中多爾袞之私製帝服藏匿御用珠寶等物皆平常不經見之物故曰眼生）「一概命收捲起來」（籍沒一切）「因說這才乾淨省得旁人口舌」「皆因私藏寶物而起何如早收拾起來干淨是責多氏語」「又吩咐襲人麝月等人」「你們小心往後再有分外之事我一概不饒」（言分外覬覦概不輕恕此處王夫人直是帝王口氣）

寶玉只道無甚大事誰知竟這樣雷嗔電怒的來所責之事皆係平日私語一字不爽料必不能挽回」「寫順治見鄭親王追劾

多爾袞罪狀即大發雷霆赫然下諭諭中所指責皆多平日私謀一字不爽彼時清后雖不怡而無可挽回全從寶玉口中說出此處寶玉指玉璽以印證之也）

寶玉道「我究竟不知晴雯犯了什麼連天大罪」「旁敲多氏陰謀大罪」咱們私自頑話怎麼也知道了又沒外人走風這可奇怪了」（多爾陰謀無人知覺全由內人告密走風始全盤托出耳亦旁敲語）

寶玉說芳官尙小」又說「晴雯自幼姣生慣養何嘗受過一日委屈如今是一盆纔透出嫩尖的蘭花送到猪圈去一般」（皆指東莪發給信邸爲奴事不然晴雯出于貧家不能說姣生東莪曾被囚禁故曰猪圈」

寶玉用草木比人引用諸葛亮古柏是指多氏受托孤之重而

才大難爲用及岳武穆松樹爲多氏呼冤又引楊太眞沈香亭木芍藥以寫清后與多氏之將離端正樹相思樹清后不免相思王昭君墳上青草似指高麗女遠嫁多氏」

晴雯之死情形似有本事然亦可以寫梅村李雯等人死時狠發後悔「竟一錢不値何須說」枉擔了一個清臣虛名

第七十八回寫晴雯爲芙蓉花神乃用石曼卿爲芙蓉主八月芙蓉乃木芙蓉故曰芙蓉枝上又寫木石因緣此處晴雯指小宛可知

林四娘乃明末實事索隱乃謂假飾大錯談者謂曹雪芹删述紅樓夢原本只八十回此乃圖窮匕首露洩春光處林四娘事見聊齋志異與虞初志都載其爲鬼靈雖有出入而爲有明衡王府宮人則一致衡王鎭青州恆與衡音通青州實寫聊齋寫四娘好爲亡國

之音又曰妾衡府中人也遭難而死乃死難之說毫無疑義寶玉詞中所寫黃巾之亂指明末土匪而滿人先入山東攻破八十八座堅城卽顧寧人詩中「四入郊圻躪齊魯破邑屠城不可數」兩語也聊齋記四娘述宮中事津津可聽談及式微之際哽咽不能成聲亦指亡國恨事解見眞諦

芙蓉一誄情文相生與影梅菴憶語相對其爲小宛可知

聊齋載林四娘慷慨而歌爲哀曼之音一字百轉每至悲處便哽咽數停數起而後終曲似四娘死于清兵入魯之敗有詩云靜鎖深宮十七年誰將故國問靑天閒看殿宇封喬木泣望君王化杜鵑海國波濤斜夕照漢家蕭鼓靜烽烟（是姽嫿將軍口氣）紅顏力弱難爲厲蕙質心悲只問禪（寫戰死尙欲爲厲鬼擊賊也）日誦菩提千百句閒看貝葉兩三篇高唱梨園歌代哭請君獨醉亦潸然

卷下　七十六

（純是亡國之音）虞初新志林西仲記四娘所爲詩多感慨淒楚之音人不忍讀似亦指此詩甚合怡紅公子悼紅之意而聊齋數停數起而後終曲八字且可移評寶玉姽嫿將軍詩故與悼亡一誄連寫

第七十九囘黛玉從芙蓉花裏出來小了頭道晴雯顯魂爲晴黛一拍合且與製籤得芙蓉花一照猶嫌不足竟用茜紗窗下（黛玉甘將自已窗讓寶玉寫入妙極）我本無緣（與沒緣法轉眼分離乍一曲相應合寫情僧與彊辟）黃土隴中卿何薄命（直從對面說來而梅村詩墓門深更阻候門之意在焉指小宛無疑宜乎黛玉之變色也又曰「再不必亂改」（言先是亂改這囘改到本事了更不必改了）

迎春嫁孫家索隱以四貞嫁孫延齡擬之極是因孫延齡四貞

夫婦間正是先乖後合終至死別

因孫延齡寫到三桂故緊接香菱來談夏金桂）

寶玉道「今日有說張家的好明日又要李家的後兒又議論王家的」（乃用明末童謠）「張也打李也打打出一個好天下」証出滿人之覆明與張獻忠李自成有關而三桂封王圓圓被刼都在其內故曰他也不知遭了什麼罪叫人家好端端議論」（三桂扳清兵已成千秋話柄）

香菱說桂花夏家索隱謂桂榮于秋言夏謂生非其時榮華不久恐非此夏正是夏夷之夏孟子用夏變夷未聞變于夷者也三桂變于夷故姓夏而嫁于薛夷（雪夷）之家

寶玉說「只怕再有個人來薛大哥就不疼你了」這却正寫三桂寵愛其妾連兒後冷落圓圓一事

寫寶玉無法無天凡世上所無之事都頑要出來（又寫允礽之迷亂）「未免釀成一個盜蹠的性情」直罵三桂爲國賊兼寫清人爲盜國之大盜全由三桂釀出來的又是雙管

自己尊若菩薩他人穢如糞土（有人曾咏泥羅漢詩讖三桂曰「你說你是硬漢子你敢和我洗澡去」與此二語闇合）

桂花改嫦娥仍以嫦娥私奔滿月讖三桂私通滿洲

薛蟠氣概了矮半截」（言三桂初起勢力幾占東南半壁且與西涼王輔臣等相關清庭方面豈非矮了半截）纛旗漸倒持戈試馬明寫三桂樹反清之旗幟故以寶釵久察其不軌之心足之「每每隨機應變暗以言語彈壓其志」都是寫圓圓幾諫阻三桂之謀帝因既寫香菱怕金桂故只好從寶釵方面寫來「金桂知其不可犯便欲尋隙若得無隙可乘倒只好曲意俯就」（寫圓圓爲尼

後有凜然不可犯之勢三桂反曲意聽從兼寫三桂初欲向清庭尋隙而無間且畏多爾袞不敢反清多亦使人暗通圓圓使阻三桂故一串寫之所以緊接入香菱讀石頭記于此處須留心」

第八十回香菱改秋菱寫圓圓之愁由于三桂改志

金桂讓寶蟾于薛蟠用蟾蜍吞月之意即三桂讓清人吞明一案故曰「且叫你樂幾天」正是三桂恨清人坐享其成的心理其意若曰讓你在北京樂幾天罷

金桂裝病暗寫撤藩故曰「大家丟開手罷了橫豎治死了我」（薛蟠是三桂致命傷）「若據良心上說左不過是你三個多嫌我」三桂自恃扳師之功以爲清人圖己是昧天良「多嫌我」三字不但用嫌我指清庭惜三桂將多爾袞多鐸明珠等都寫在內

薛姨娘說「清官難斷家務事」清官指清庭最初處議三桂

狠費躊躇又曰「公婆難斷牀幃事」直謂三桂禍生臥榻之側矣

）

「誰叫你們瞎了眼三求四告的跑了我們家做什麼去了」（是說滿人三番四次（三四成七又寫一告字影七誓告天）跑到中夏來誰叫你妙極從對面寫三桂惹清人來的

薛蟠悔不該娶這攪家精（三桂之擾攘足使清庭不安）

寶玉見金桂與衆姊妹不相上下焉得這等性情「三桂本白皙清年觀梅村圓圓曲自見其風流自賞與附清諸名士相似惟性情不同耳」可見書中女子有時兼男性

按寫孫紹祖因孫延齡當三桂反清時正在南方甚有關連故也

王一帖索隱所擬極是房中的事情要滋助的藥「即寫三桂

爲臥榻之憂順承郡王出師無功必須援助而宮中祕史亦露一班
多爾袞好服房中藥寫于其內）

迎春講孫紹祖說「如今壓着我的頭晚了一輩」是指孫延
齡最後爲四貞所壓服一切聽命而心中仍不服也

近人攷得紅樓八十回後皆高蘭墅所續其中頗有與原書牴
牾處然大致仍不外滿清宮闈及當時朝野的事情因高與曹雪芹
同代踵接必知本書宗旨不比後紅樓夢紅樓後夢續夢重夢等言
之無理也仍有一顧價値當略評之從他方考究則後四十回仍出
一手不過出世有前後又因後四十回暗寫雍正時事有所畏忌故
也

八十一回王夫人「各人有各人的脾氣新來乍到自然要有
些別扭的」却是四貞與延齡初婚後情形

「寶玉正看見曹孟德對酒當歌一首不覺刺心」（似寫最初清師南征師久無功足使清帝刺心

釣魚事寫清宮有賜臣下進宮賞花釣魚故事寶玉釣魚不上鈞似影射諸逸老之不仕清者故曰「要做姜太公」而姜太公早避去矣

賈母追問鳳姐寶玉瘋魔情形是有意照顧前文所言且與康熙廢允礽詔中語相合索隱專寫為豫王殺人非是但「自已原覺狠乏只是不能住手」（却又寫揚州十日封刀慘史友人曾作歌云「揚州十嘉定九殺得麻煩才罷手」可以批此）

說寶玉乾媽邪魔怪道如今鬧破了（是魔魘案發露情事）搜出匣子裏面光身魘王七根繡花針又在家中抄出七星燈草人釘子紙人（皆寫魔魘破案本事）又上邊記着「某家驗過應找

銀若干」（是寫喇嘛僧受允禵等金錢運動）

鳳姐說「我記得咱們病後那老妖經向趙姨媽處來過幾次」皆與前文相照

鳳姐說自已當家惹人恨怨賈母便道焉知不因我疼寶玉不疼環兒竟給你們種了毒（是合寫鳳姐寶玉代礽允爲太子爲諸子所嫉害也）

「等他自作自受少不得要自已敗露的」（魘魔案正是自己同謀的發露出來）

「過去的事鳳哥兒也不必提了」（是允礽病愈後康熙因惠妃袒護諸子也未深究）

寶玉讀書因魘魔案寫到爲允礽擇師自是順筆

八十二回寫代儒講書甚淺露黛玉一夢也不過由前文敷衍

而成無甚驚策

八十三回惟假周勃安劉一語影射清皇儲之不定因寧國府榮國府金銀財寶如糞土吃不窮穿不窮算來便是一場空（幾是亡清豫言）金桂口中「我們夏家門子裏沒有這樣規矩」却將用夏變夷的夏字點出

八十四回賈母說「賈政年輕時古怪脾氣比寶玉還加一倍」（寫出多爾袞幼年豔史並見寶玉同時是多氏化身）寶玉作八股獨則歸墨一破承最佳索隱以爲影諸子之爭頗是

天下不皆士也無恆產者以僅矣（兼寫滿人無恆產）

巧姐患病索隱仍以魘魔案擬之甚是

八十五回賈環說「叫他提防趙姨娘說只管信口胡說還叫

人家先要了我的命」（寫出允禔等暗害允礽情事直到發露一層）寶玉說「和尚無兒孝子多」（又露出家消息）襲人罵賈芸」却是罵洪承疇語

麝月道「都是什麼芸兒雨兒的」妙極暗用雲爲雨楚襄王句將洪文襄襄字及降清因巫山和會一齊寫出于芸爲香氣外又增一種奇筆也

寫黛玉宛如嫦娥下界是寫小宛棄冒公子而奔清宮及唱冥昇則云嫦娥未嫁而逝引昇月宮卽與冒公子緣絕而引入清宮以及先清帝而亡的情事曲曰「人間只道風情好那知秋月春花容易拋（是影梅菴憶語中境界）「幾乎不把廣寒宮忘却了」（是引誘入宮時語）吃糕一齣又寫到糟糠夫妻憶舊情也達摩過江一齣寫小宛西歸兼順治出家

八十六回「當槽兒的儘着拏眼瞟着玉函」用三馬同槽典故以司馬父子謀篡比三桂父子當槽兒卽是應熊眼瞟着玉函謂窺竊神器薛蟠擲他腦袋卽淸庭殺應熊一案也」

張三在李家店裏（所謂張天子李霸王均有關連）

「師曠鼓琴能來風雷龍鳳」爲小宛入宮寫照孔聖人學琴師襄爲小宛事冒襄公子寫照）

對牛半語及「不管牛不牛」（純用櫳翠菴品茶句法是作者手腕）

八十七回寶釵送詩索隱謂其以釵代黛甚是函中愁緒何堪屬在同心又曰冷節遺芳如吾兩人皆相合語否則便是不明寶釵身分矣

黛玉想起南方道「不少下人服侍諸事可以任意言語可以

不避」香車畫舫紅杏靑帘惟我獨尊（是小宛金陵名妓身分且是南朝帝王身分）所以接着說「眞是李後主說的此間日中只以淚洗面矣」（兩語可作黛玉善哭純是虞賓心理的注解此作者有意逗露處）

黛玉又見剪破的香囊鉸斷的穗子」（亦是由李後主一語想到剪不斷理還亂一詞也）

惜春妙玉着棋道「你這畸角兒不要了麽」（三桂起兵雲南正是一角索隱以反撲倒脫靴影尙可喜初附三桂後又變計甚似）

黛玉琴音亦寓悼明之意起首用風蕭蕭便有復仇之想「望故鄉兮何處」故國何處「倚欄杆兮淚沾襟」（獨自莫憑欄無限江山別時容易見時難矣）所以接「山迢迢兮水長照軒窗兮

明月光」點出明字

子之遭兮不自由子之遇兮多煩憂（遭家多難遭逢不偶之意都在內）之子與我兮心焉相投思古人兮俾無尤（用綠衣詩意寫失寵非耦之悲）

人生斯世兮如輕塵天上人間兮感夙因（流水落花春去也天上人間）「感夙因兮不可惙素心何如天上月」暗點明字憂心惙惙只向明耳又言小宛此來亦是夙因使然

八十八回鴛鴦道「老太太因明年八十一歲是個暗九」暗悼九王又指孝莊所以又說「做九晝夜的功德」「亦粘九字」又曰「金剛經挿着心經」（誅心之論）

鳳姐道「此刻還算咱們家裏正旺的時候兒」（淸朝尙盛亦衆興來時的注解）「他們就敢打架」指三藩竟敢打杖「以

後小輩當了家他們越發難制了」「是康熙決心平三藩的心事」

又提焦大明指王輔臣吳三桂一流

提出賈芸小洪是由三桂寫到洪承疇又是作者故意找足前文

寶玉讀詞悼晴雯仍是哀憶小宛故用「懷夢草」一語乃漢武帝思見李夫人故事索隱未明

黛玉道琴「雖不是焦尾枯桐」「暗寫小宛晚節不終」

九十回薛蝌吟詩索隱以宋江潯陽樓擬之甚是「蛟龍失水似枯魚」是失勢英雄記得革命時有人贈中山先生一聯云豈有蛟龍愁失水不教胡馬渡陰山與此暗合「兩地情懷感索居」（是寫薛蝌陽附清而陰謀復明與諸逸老有關故用釉煙爲耦不過

兩下私透消息離羣索居是祕密結社同志的狀況）「同在泥塗多受苦」受辛爲辭志士不忘在溝壑多辭職而去」「不知何日向清虛」（清虛與前書用秦太虛亦清爲虛僞不知何日向僞朝一試身手耳清虛或曰清墟亦通）自己說「不要被人看見」神祕可知又曰「自己解悶」（觀明末逸老諸詩多寄憤之作聊解煩憂而已）

索隱以薛蝌自守影射清人招降鄭成功不成亦頗似不如籠統言招降諸賢爲是

九十一回明末逸民因三桂殺桂王概不爲所用故寫金桂誘薛蝌不得

夏三指三桂謀士夏國相及其壻胡國柱等

寶黛參禪一段因影清帝出家而水止珠沉四字仍是清來明

亡之意寶玉禪心已作沾泥絮莫向東風舞鷓鴣（言與亡與已無關準棄位去莫道哥哥行不得也）

只聽得老鴰呱呱的幾聲向東南上去是講南朝滅亡之噩音所以寶玉問主何吉凶也

九十二回寶玉講列女傳首句說那文王后妃是不必說了想來是知道的（是說清帝不愛其后故曰不必說）姜后無鹽一美一醜（門尹邢也）曹大家班婕好蔡文姬謝道蘊（書中湘雲探春等似之指諸名士）孟光鮑宣妻陶侃母（指逸民書中李紈邢岫煙似之）樂昌公主破鏡蘇蕙回文（明長公主田妃似之）木蘭代父（則高麗王女明煙代父請命文中曾用木蘭緹縈故事曹蛾投水（却是乾隆后死于水次一事）曹氏引刀割鼻（指殉國諸人守節指遺老故曰更多）王嬙西施樊素素小蠻絳仙（指小

宛柳如是一流書中黛玉晴雯等似之）妬的指順治乾隆諸后卓文君紅拂指孝莊陳圓圓書中元春香菱等似之故曰女中豪傑籠罩全書女子皆非閒筆

小紅此指洪承疇背明投清亦卓文君之流故隨筆寫來

司棋潘又安此處寫守節不屈之人

賈政說甄家從前一樣功勳（明清開國君臣相似）一樣世襲（明清傳統相似）（一樣起居）（皇帝起居自是一般的）也是常來往（明清邦交已久）差人到家（南朝使臣）也狠還熱鬧（殘局未終狠還兩字沉痛）一囘兒抄了原籍的家財（國破家亡）（至今杳無音信）（神州陸沉更無人提及也）

母珠一節似指朱明故曰光華耀月小珠滾到大珠身邊擡高大珠是講朱明之後尚能吸收人心聚于一隅所以曰原是珠之母

如今日所謂母國人心關係興亡所以特標參聚散之目二十四扇格子寓二十四史故名漢宮春曉

白白的衣租食稅那裏當得起（洪承疇晝駐防策淸帝曾有滿人多起來漢人不能養一問洪含胡答以到那時自有法子所以有謂洪特設此策以亡滿族白白的衣租食稅一語用前漢書食貨志「縣官當衣租食稅而已」意不但寫滿人坐食山空而一切政府厲民自養俱包含于內奇文也

九十三回蔣玉函演占花魁（梅占花魁暗用影梅菴）扮秦小官秦淸也小官幼年官家指淸帝所以惹起寶玉注覵又把寶玉的神魂都唱進去了傳情入骨極力拍合妙絕

包勇蔡書以方苞當之亦有合處惟不及趙良棟張勇之切題包勇說「我們老爺只是太好了一味的眞心待人反倒招出事來

」（言明朝眞心待人反招亡國之禍又說甄寶玉夢見册子櫃子是作者有意照顧前文而曰無數女變子鬼變骷髏是說明亡後變節及死難者却影到後文自是能手）

芳官出家不爲賈芹所動似指東我守貞待士不爲傍人假殷勤所動也

索隱以圖賴擬賴大甚似前以焦大擬之則失矣

九十四囘鴛鴦講傳試家兩個女人在賈母面前誇他女孩長的好似旁寫乾隆淫傅恆妻子一事故曰寶玉素常見了老婆子便狠厭（是乾隆厭其后也）偏見了他們老婆子便不厭煩（去們字與子字便是偏愛他的老婆是作者狡獪處）「你說奇也不奇」君戲臣妻自是奇事

「添了一個傅姑娘」（言增入傅恆妻子一案非正文也）

海棠花與小紅在海棠樹下相應言松山海塘一役也）

寶玉詩「海棠何事忽摧隤」（海塘一失明遂隤）今日繁華爲底開（滿眼繁華已非故國）應是北堂增壽攷（是北人之幸慶耳）一陽旋復占先梅（尙有復國之意）賈環說（「冬日開花獨我家」言滿人也有惟我獨尊之勢）賈蘭詩「霜浥微紅雪後開（朱明已亡滿人開國）」「莫道此花知識淺欣榮豫佐合歡杯」又說到下嫁榮者榮于華袞耳故賈母說倒是蘭兒的好也

襲人等說「小祖宗你看玉丢了」（祖傳玉璽一失）我們這些就要粉身碎骨（明亡殉國之人甚多不辭粉身碎骨但襲人非其人也）

拆字賞字頭本是和尙却說當舖作者故意躲閃旣寓贖囘故

國意且譏拆字先生之無靈也

九十五回王夫人聽兄弟拜相回家索隱以國舅隆科多當之極是因前文寫雍正事太少後半部特別注意此隱約寫出有所忌諱耳索隱總評極是

九十六回賈寶玉弄出假寶玉點假字言僞朝又有僞皇孫案故云

索隱以此回黛玉暫代皇八子允禩甚似若加以附會則是從小宛目冒公子爲「異人異人」聯想到禩又從瀟湘館的鸚鵡聯想到八哥因黛玉亦表福王故亦可表允禩福王之立亦多不贊同者一例也

九十七回「賈母道若是他心裏有別的想頭成了什麼人呢」兩語拍到允禩謀儲

寶玉說我有一個心前兒已交給林妹妹了（已交允礽仍是心病由允禩而起之意）「橫豎給我帶來還放在我肚子裏頭」（言心裏明白是允禩謀位給我帶來說到事洩拿辦矣）此曰若以寶玉成親影雍正即位則黛玉又暫代表康熙因康熙爲太子一事嘔心死時又無人在側雍正盡屏諸弟故曰連一個問的也沒有焚稿暗寫毀詔事康熙先因允禩一案異常動怒臨死復以枕擲允禎又大動怒故曰紫鵑早知恨寶玉說姑娘何苦又生氣

總評以雪雁擬年羹堯因竊詔改竄之策年主之故焚稿時用雪雁顧不得燒手從火裏抓起來撩在地下亂踹却已燒得所餘無幾了）是年輕毀詔書只將十字改爲于字大事已成故曰所餘無幾

紫鵑講寶玉（用亡帝魂代表康熙）「公然作出此事」一燭

影斧聲居然有之「可知天下男子之心眞眞冰寒雪冷令人切齒」（允禎陰險無人不恨之而康熙死時更加切齒）

九十八囘寶玉仍指玉璽「記得老爺給我娶了林妹妹」（言寶位原給理密親王黛有代理意又常寫密字故亦代允礽）「怎麼被寶姐姐趕了去他爲什麼霸占住在這裏」然竟被允禎獨覇爲王了

寶釵任人誹謗並不介意（完全允禎派頭）

寶玉移心腸于寶釵身上言玉璽已歸允禎掌握中矣

黛玉沒時叫道寶玉你好（又與祕史寫康熙死時見允禎大怒以念珠投之連呼你好你好遂卒一語相應）當時黛玉氣絕正是寶玉娶寶釵時辰（康熙死允禎卽位同時也）寶釵將臉飛紅（良心發現）「想到黛玉之死不免落下淚來」康熙死允禎假

痛正是免不得有此急淚也

九十九回索隱以李十兒擬李衞極似但兼田文鏡在內因田字從十故也

詹會大似田文鏡所用的鄔先生文鏡得保全祿位皆鄔之力故曰「伺候本官陞了還能夠」又曰「豈不帶累了二爺的淸名」文鏡外有淸名

賈政聽李十算錢指雍正初年淸理南方積欠錢糧一案正是李衞出力處

鄔先生曾與田文鏡齟齬引去即詹會「二太爺我走了」其後文鏡又用厚幣聘鄔反即李十兒過來拉着書辦的手（手字用的妙因文鏡奏摺全是鄔先生一手成功）的也」

李十兒被賈政痛駡指雍正常責斥田文鏡李衞雍正淸查各

省虧欠錢糧李衛總督浙江一面馳奏請內臣督治一面詐稱生日開筵受賀浙中七十二州縣無不麕至事遂密成即李十兒現在打聽節度衙門這幾天有生日別的府道老爺都上千上萬的送了（即各州縣核實呈送糧數也賈政作糧道似指彭維新彭爲人勾考顯密民吏不堪即李十兒說事提說賈政想錢法子州縣害怕也李十兒自己做起威福勾連內外一氣哄着賈政辦事反覺事事周到件件隨心（即李衛勾通州縣欺騙彭維新一手遮天大得獎勵也）

　索隱但評注意惡奴老舅四字極是此囘正寫允禎即位先除國舅多隆科年羹堯一事年爲惡奴多爲老舅

　一百囘索隱但評謂是平西列傳之一亦甚似寶玉說「這些姊姊妹妹難道一個都不留在家裏單留我做什麼」（又寫到允

禎摧殘諸弟獨占寶位）寶釵道「若謂別人或者還有別的想頭」寫到三桂有叛心及皇帝思想）「打諒天下獨是你一個人喜歡姊姊妹妹呢」言下說允禎不喜諸弟）「讓你把姊姊妹妹們都邀出守着你」（言下正是不讓一個兄弟守寶位也妙極）

寶玉說心理鬧的慌寶釵教襲人給他定心丸（言允禎在位大懼人謀巳時常不安只有一身龍衣能定其心耳）

一百一回索隱以此回寫豫王末路但仍兼寫允禎害諸弟事允禎好蓄劍客常使劍客殺允禟野史載允禟讀書邸第私齋兎影半窗魚更三躍猝聞簷際有落葉聲心異之突一武人揭簾入以匕首逼允禟服毒立死武裝人翩然躍屋升樹去及允禎移入圓明園住碧桐書院一夕月明如晝劍客飛來亦如允禟遇劍客狀冷光一射允禎落頭劍客不知所往此回寫鳳姐出門見月光照耀如水（

寫遇劍客之夕）聽見裏面有人嘁嘁喳喳的又是哭又是笑又是議論似的鳳姐知道又是家下婆子們又不知搬什麼是非心內大不受用（是允禎疑諸弟圖己是非橫起生心加害凡諸弟哭笑言論行動皆有密告大似搬弄口舌）便命小紅進去粧做無心樣細細打聽着用話套出原委來「即派人（年羹堯亦在內氏才氣與洪承疇相似故用小紅）密探諸弟行動用話套出原委兼寫到曾靜張熙一案岳鍾祺用假話將原委套出即所謂大義覺迷錄一案也」

「剛欲往秋爽齋（暗寫碧桐書院）只聽嘁的一聲風過吹的那樹枝上落葉滿園中唰喇喇的作響枝頭上吱嘍嘍發哨」（即圓明園中劍客來的先聲也）「鳳姐覺身發噤那豐兒也把頭一縮說「好冷」（劍光冷氣逼人允禎落頭以豐兒縮頭寫之甚

妙）「鳳姐也掌不住」（允禎亦善劍術不及呂四娘之精故巳掌不住也）

「鳳姐見黑油油一個東西伸着鼻子聞他赫的魂不附體却是一隻大狗……狗跑上大土山方站住回身猶向鳳姐拱爪」此寫允禎之死不啻諸弟追魂因允禎毒死諸弟曾改允禩名爲阿其那（滿語猪）改允禟名爲「塞思黑」（滿語狗）以黑油油三字形容塞思黑以狗跑上大土山影允禟之死狗向鳳姐拱爪則又利用左傳彭生豕人立而啼典故連阿其那都寫在內兼用如意爲犬意妙筆也）

所謂猪狗之死却從鳳姐遇秦氏靈魂道「呵呀你是死了的阿怎麼跑到這裏來」寫出足見允禎疑心生暗鬼「毛髮悚然心中却也明白」（寫允禎遇劍客毛髮悚然心中未嘗不知不啻諸

弟之索命因果昭然所以曰「猶如夢醒」

「鳳姐恐怕落人褒貶」允禎與年羹堯科隆多謀帝甚懼人褒貶故立意殺二人」所以按寫王忠一本參私帶神槍火藥出邊事頭一名鮑音口稱係太師鎭國公賈化家人「此指多隆科因其爲國舅故曰太師多隆氏罪狀中有私帶匕首及妄奏提督權大一呼可聚二萬兵又曰作刺客之狀即私帶神鎗火藥出邊一案也鮑音似保人二字因多隆氏實保允禎之人且係太保王忠似指田文鏡密參多隆氏田在河南故以雲南影之王中亦有十字在內從田字變成」「又李孝一本參劾縱放家奴倚勢陵辱軍民一因姦不遂殺死節婦一家人命三口事兇犯姓時名福自稱係世襲三等職銜賈範家人」「此指年羹堯年封三等公故曰三等職銜年時相連福指其子年富富福同音年富不安本分處斬故曰凶犯年爲京

外巡撫將軍所參（李孝言裏邊孝子卽滿洲奴才之誼必將軍首參年氏）「罪狀中有縱客家僕魏之耀等朝服蟒衣與司道鎭提同坐卽縱放家奴倚勢凌辱軍民之謂也又勒取蒙古貝勒七住之女爲妾卽因姦不遂之謂也指年無疑」

「三更半夜打人」「似指年羹堯曾向其妾高吟坐聽元戎打五更之句因年命提督打更其妾不信年立召則提督雇人代己年大怒夜中立斬提督一事」

「省得我是你們眼裏的刺是的」年眞是允禎眼中刺也

散花菩薩似指血滴子允禎養刺客用暗殺器名血滴子向人首上一套頭卽落地血花飛濺故曰血滴以散花形容因其凶惡故又曰「頭生三角眼橫四目身長三尺兩手拖地」（形容血滴之凶）山上有一個得道老猢猻出來打食（卽允禎私出訪劍客一

事）看見菩薩頭頂上白氣冲天（正寫劍客白光）「知道來歷非常便抱囘洞中撫養」「允禎知劍客之可用收到宮中撫養」與猢猻天天談道參禪（與允禎密謀參與機密）說的天花散縵繽紛（血滴滿地）

「衣錦還鄉」（反寫年羹堯被禍南行所以寶釵說「別有緣故」蜂採百花成蜜後爲誰辛苦爲誰甜（功臣下場皆如此）一百二回尤氏得病仍寫允禎疑心暗鬼求毛半仙占得未濟卦言無終也兄弟刼財諸弟之爭「世爻上動出子孫來倒是尅鬼的」（索隱謂指世祖非足當指乾隆故曰世爻動出）舊宅伏虎（言劍客也）魄化神歸（是死兆）先憂後喜（是反說）「是不妨事的只要小心些就是了」（劍客來刺甚危險不能不小心防備）

戍日就好（仍寫到塞思黑狗身上就好亦反言）
「親見一個黃臉紅鬚綠衣靑裳一個妖精走到樹林後頭山窟窿去了」秘史言劍客有虬髯老叟爲呂四娘師故以黃臉紅鬚（虬髯叟）綠衣靑裳（呂四娘）寫之

請法官驅邪一段似指允禎赴天壇祭祀聞壇頂所張黃幙陡作異聲衞士疑爲刺客紛趨救護惟見允禎右手微動一綫光芒從手中射出（大以道士作法狀）斯須幙裂處墜狐首（即降妖之謂）允禎乃詔諸術士（諸道士也）曰邇來逆黨欲謀刺朕密布刺客朕故小試手段使逆黨知朕劍術高妙雖有刺客其如朕何「即妖怪原是聚則成形散則成氣（寫劍術也）又曰「無非把妖氣收了便不作祟就是能力」（即小試劍術以警刺客之謂）

賈政被參失察屬員重徵粮米又寫到尙書彭維新淸査負課

一案彭到浙見李衛李衛主張分縣而辦以拈鬮定奪小紙丸有微紀彭不知分拈後虧者歸李無所虧者歸彭彭刻苦辛較無所獲而李密將賍罰各款鹽課贏餘私攤抵矣故使人問彭曰有虧否彭曰無之李亦陽應曰亦無有也遂同奏浙省無虧所以說「失察屬員重徵糧米也」又曰「被屬員蒙蔽」即受李衛蒙蔽也

一百三回索隱以金桂之死擬三桂之亡甚似「一人拚命萬夫莫當」完全用戰爭語正是三桂初起兵之聲勢其鋒不可當

道人一段因三桂之敗想到明亡又藉以譏二臣故曰「葫蘆尙可安身何必名山結舍」（言二臣藉胡虜安身猶有自命隱士者因有一隊夷齊下首陽之誚而某君贊傅青主所以有文畏北山移一語與此暗合此處甄士隱變爲眞隱士矣）

豈似那「玉在櫝中求善價釵與奩內待時飛之輩耶」（當面駡人當時二臣皆藉求善價而估及識時務者爲俊傑以自解）「豈似那」三字大有彼哉彼哉的鄙棄

一百四回賈二是二臣倪二也是二臣乃二臣之互相傾扎者寶玉瞧瞧裏頭用手一指說「他是我本不願意的」言康熙本不願以玉璽付允禎「都是老太太他們捉弄的好端端把一個林妹妹弄死了」（都是隆科多等捉弄成功把允礽廢黜至死）

一百五回查抄寧國府固是寫抄多爾袞家一案兼寫抄年羹堯家案亦雙管也因年失敗所有家產抄沒入官也

此回張會民女將鮑二拏去則又指博爾濟氏一案也

第一百六回史候家女人說湘雲出閣又說「姑爺長的狠好爲人又和平……看來與這裏寶二爺差不多」野史載孫延齡好

圍棋鼓琴臨地摹帖挾彈丸張罾罟取魚鳥以爲樂諸將易延齡年少無大材略不屑爲之下可見延齡之風流故以此數語寫之

「奴才還有奴才呢」從水滸「與奴才做奴才的奴才一句化出所罵者不在少數二臣逆臣清臣俱在內

第一百七回賈女散財索隱以孝莊節省銀三萬兩賑濟災民當之甚是因此兩回皆是多氏失敗後事

一百八回曲牌商山四皓臨老入花叢將謂偷閒學少年索隱謂譏逸民應聘者極是此輩皆變于夷故從薛姨媽口中說出又「二十入桃源尋得桃源好避秦（避秦即避清點明出中秦字爲清指隱者故用李紈說出言完人也）

浪掃浮萍秋魚入菱窠「白萍吟盡楚江秋」（指三桂之失敗故曰楚江秋又用湘雲三桂敗時延齡亦死四員復入清宮深知

此事故從其口中說出
張敞畫眉（淸宮之事有甚于畫眉者意在言下）寶玉曰「無下家」乃廢后出家之兆江燕引雛公領孫（索隱批委贄恐後又使其子弟爲卿甚是）李綺道「閑看兒童捉柳花」也不過爭些浮名虛名使傍觀冷眼

賈母道「襲人我素常知你明白才把寶玉交給你」「某君以襲人擬允禎此處恰是允禎自謂玉璽是交與他的」「怎麼今兒帶他園裏去他的病才好倘若撞着什麼又鬧起來這便怎麼處」「說允禎入圓明園倘或遇着刺客將如之何允禎正是病後入圓明園的所以接寫鳳姐在園內吃過大虧聽了汗毛側豎說寶兄弟膽子忒大了拍合的好

賈母「以後要逛到底多帶幾個人好」（允禎于諸弟死後

時懼刺客防備頗嚴）

一百九回漢玉缺仍是點明玉璽玉璽有缺故曰缺也賈母道「這是我祖爺交給我的我傳了你罷」（言此玉璽是從歷史傳下來的以表傳統之意三藩平後史官遂以正統與清故借此一露又按此並暗用晉獻公賜玦申生事以示廢太子之意並用曹丕得玉玦事以影康熙諸子之爭皆從歷史來故用史太君說連康熙十四皇子遠征都寫在內）

一百十回無正深意「咱們家這些我看也是說不清的一一語甚妙既寫清宮之混亂又寫本書之隱約

寶釵素服寶玉見了以爲更有一番雅致又曰潔白清香若以前半部冷香丸一案擬之又恰是豫王見三秀素服時「何雅談乃爾」一贊也算一種照應

一百十一回鴛鴦之死索隱以指貞妃甚似但亦兼寫香妃在內如鴛鴦魂道「我是個最無情的怎麼算我是個有情的人呢」（寫香妃對乾隆冷面無情且寓不是淸人之意）「世人都把淫慾之事當作情字所以作出傷風敗化的事業」（言淸初諸帝之淫亂做出偷嫂納姑娶姪婦淫子媳等事如焦大所罵爬灰的爬灰偷小叔的偷小叔眞乃傷風敗化）「還自謂風月多情無關緊要」又將風月寶鑑一提諸帝淫亂自覺無傷大體

「只有寶玉聽見此信便嚇的雙眼直豎」（正是乾隆聞香妃賜吊後震驚的狀况）襲人的慌忙扶着說道「你要哭就哭別忍着氣寶玉死命的纔哭出來了」（寫乾隆聞宮女報告不能自忍痛哭之狀）

「我們究竟是一件濁物」（對寫香妃爲淸貞教之女子）

冀騏稗編勝國孤臣一則云「無錫杜翁隱居惠山遇一客長眉疎髯灑然有出塵之概揖問之則北來避兵者也言北直秦姓與談經史淹貫賅洽上下古今語及明季事唏噓流涕知爲明之故老留課其子十餘日輒一出遊數日始返一日出金付杜囑市羊豕酒饌等物次夕有三客來杜偕其子伏窺之一少年全眞鳳目顏色美如冠玉（大似寶玉）一清癯白鬚儀壯甚偉一燕頷虎鬚氣象威猛秦跪迎全眞上座餘分東西席地坐少年泣謂諸人曰某播遷數省幾無寸土可以立足近又聞某王被執覩時度勢天意可知諸卿閭閻萬里相隨本欲延某一綫祀耳時事已去何向而可（大似妙玉臨刼口氣）燕頷者跪啓今鄭氏猶奉我朝正朔不如且往投之秦與白鬚曰鄭氏名雖眷明志在自立且台灣蕞爾非用武之地秦乃袖出一圖進曰臣籌之六年惟此一區可以暫時立國昨海上諸

將各有書來矣向集精兵十萬若六龍親臨勇氣自當百倍先取八邑以爲根本然後練兵積粟視釁中華大事可圖也燕頷者再拜曰軍師言是臣已備海兵二百明日即請啓蹕於是各坐就席大啖天將曉始罷去秦亦不返」此段和何三同夥下海數語有關柱爲無錫曹一士同鄉必親聞此事故借題發揮之也

何三有謂指吳三桂也有幾分相似如同夥勸何三道「你的運氣來我的朋友還有海邊上的呢」現在都在這裏看個風頭等個門路」（海邊上的指耿尚二藩在福建廣東同時觀望待機故曰看風頭等門路）「不如大家下海去受用」（連鄭成功也寫在內）

一百十二回索隱先以妙玉擬圓圓復以妙玉擬桂王皆合情事趙姨娘中邪將魔魘一案重提索隱以三桂死時呼號不絕擬之

亦是因其寫入周姨娘以周字影三桂自定之國號也

一百十三回趙姨娘寫「周姨娘心裏苦楚想到做偏房側室的下場頭不過如此」（寫三桂偏安一隅自稱周朝的下場不過苦楚二字）「況他還有兒子的我將來死起來還不知怎樣呢」（大似三桂謀反其子應熊被誅應熊之母與三桂大鬧說他害了他的兒子聲口）

寶玉和紫鵑一節仍是故國之思寶玉指玉璽紫鵑是明帝之魂所以聽寶釵接續祖宗遺緒的話便覺不投機于是想起紫鵑要表明自己的心「別人不肯替我告訴」（即紗窗也沒有紅娘報的意思言南朝滅亡消息究竟如何）「難道你還不叫我說教我憋死了不成」（難道亡國遺恨都不教人講寧不悶死寫出遺老心事）

麝月在背後接言說「你教誰替你說呢誰是誰的什麼」（

寫二臣變心不自認爲明民誰是誰家的臣子教誰替你家講話其意自顯麝月言射明也）「一個人站在房簷底下做什麼」（寫玉璽已寄人簷下不能不低頭矣所以說「今生今世也難白賠這個心了惟有老天知道罷了」（言我一塊頑石如何能表白此心只有天知而已）麝月說「依我勸你死了心罷」（即勸玉璽死了思明的心）

紫鵑想「寶玉的事明知他病中不能明白所以衆人弄鬼弄神的辦成了」（這兩句是找足允禎乘康熙病時弄的玉璽到手一事）及想「人生緣分都有一定」（天定勝人）「在那未到盡頭時大家都是痴心妄想」（故國尚有一綫希望未到盡頭大家恢復之念不絕）「及至無可如何」（國亡）「那糊塗的也

就不理會了」「一般人不覺有亡國之痛」「那情深義深的也不過吟風對月灑淚悲啼」（言情殷故國知種族大義的遺老未免臨着清風對着明月痛灑亡國之淚）「可憐那死的未必知道那活的眞眞是苦惱傷心無休了」（爲殉國諸義士一嘆倒難爲了後死者傷心無限）「算來竟不如草木石頭無知無覺」（寫到木石姻緣卽指玉璽無知無覺）

一百十四回「寫大舅子王仁任意胡爲已鬧得六親不和」（仍是康熙諸子之爭中有國舅胡鬧）

程日興說「派一個心腹的人各處清杳清查該去的去該留的留有了虧空着在經手的身上賠補」（卽雍正初清查各省積欠一案往往有添補虧空的官吏）「那年老世翁不在家」（寫年羹堯外放允禎移入圓明園事利用年字妙絕）「這些就弄鬼

弄神鬧的一個人不敢到園裏」（又寫到劍客一案）
　甄應嘉（言眞應佳也）友忠者（有中土也）索隱謂終有眞應假一日恐非還不如說終有假應眞之一日完全倒轉爲合「應嘉屬意寶玉」（其指玉璽可知）
　一百十五回甄賈寶玉相見另是一番境界因此回甄寶玉指永歷甄寶玉想「也是三生石上的舊精魂了」（點明玉璽實是頑石又是舊物）賈寶玉「弟至愚至濁只不過一塊頑石耳」正點頭石以照應前文
　甄寶玉道「後來見過那些大人先生盡都是顯親揚名的人」（一部歷史的人物俱在內）「便是著書立說無非言忠言孝自有一身的立德立言的事業」（一切聖賢俱在內）「方不枉生在聖明之時」（方不枉爲朱明之後世的是永歷親賢下士納

諫圖功的心事與福王不同）

王夫人道「將來不但復舊必是比先更要鼎盛起來」（作者一片恢復故國之心畢露出來）

寶玉見玉曰「久違了」（仍是寫明人久違玉璽希望恢復的意思）對賈政說「寶玉來了」（却是多爾袞得玉璽的情事）

麝月說「眞是寶貝虧的當初沒有砸破」（言玉璽眞乃傳國之寶雖當日曾經漢后擲地成缺幸未砸破猶是故物是關懷着眞寶玉的假寶玉如何不變色耶）

一百十六回寫寶玉重遊幻境完全照顧前文却將太虛幻境改爲眞如福地（希望假之變眞也）故將「假作眞時眞亦假無爲有處有還無」亦改爲「假去眞來眞勝假無原有是有非無」

「從胡去漢來及胡滅漢留一半漢滅胡一人無等古語化出」「福善福淫」（善不與惡對寫而與淫對寫純言清人之淫亂故特寫于宮門）過去未來莫謂智賢能打破」（百世可知賢智能識此機關不能打破此局面）「前因後果須知親近不相逢」（因果報應到來雖親如父子夫妻兄弟皆不相逢觀明清之亡國結局可証斯言）

「引覺情癡」（情指情僧癡指黛玉代表清明兩代之人）故曰「喜笑悲哀都是假」（言清與亡皆僞也）「貪求思慕總因癡」（貪求寶位思慕故國皆一片癡心指雍正及明末逸老）

重看册字皆敷衍前文略加以注解而已

「雛號爲瀟湘妃子並不是娥皇女英之輩」（點明妃子取號之由來却用反筆甚妙）

「一羣女子都變作鬼形像」（可知中書女子秉寫所謂二臣逆臣）

寶釵道「既又送來就可解去」既能斷送江山亦能恢復江山特不宜由寶釵口中說出耳

「病也是這塊玉好也是這塊玉」（不得玉璽總以爲缺點自版天子說者病之既得玉璽便自稱正統以爲大好）「生也是這塊玉說到這裏忽然住了」（自然死也是這塊玉得之則與失之則亡歷史之重視這塊玉也是奇事）

紫鵑想「女孩子們多半是癡心白操了那時的心看將來的怎樣結局」（是講貪求富貴的淸臣及恢復故國的遺老都是一片癡情將來結局如何不得而知眞寫到明裔不振而滿族亦衰二臣逆臣皆無下場頭也）

一百十七回邢僧笑道「也該還我了」（誦太平天國檄文相率中原豪傑還我河山與此語同一響亮）賈環等酒令亦有寓意賈薔道「月字流觴我先說月字」（便是此書濫觴于明季也）「飛羽觴而醉月」（醉心明朝也）「要個桂字」（要並三桂引入也）「冷露無聲溼桂花」（明亡於三桂三桂霑了點清露）「說個香字」（似圓圓）「天香雲外飄」（國色天香飄流雲南矣）邢大舅的笑話亦大有意「元帝廟乃玄帝廟相傳玄帝像披髮仗劍大似崇禎死時情況故玄帝廟普通聯語曰三三降生眞天子九九修成大聖人首列三九言三月十九死于煤山成佛去也作者利用以寫明末情事」「玄帝廟被盜」（明末之內憂外患也）「土地稟道這地方沒有賊的必是神將不小心被外賊偷了東西去」（內賊倒不要緊外賊甚

強遼東經略諸將大不小心致招外寇）「神廟的風水」（失敗歸過于地利）「身子背後兩扇紅門」（北方的朱家洪承疇的門戶）「就不謹愼」（失于防範以致胡虜入關）「以後老爺向背後改了牆就好了」（築萬里長城以備胡）「衆神歎道」「如今香火一炷也沒有那裏有磚灰人工來打牆」（言明末時水旱連年國庫空虛）「龜將軍願用肚子墊住門口」（指吳三桂助洪承疇當遼東之衝）難道當不得一堵牆麽」（一堵牆倒作了一片石使淸兵從此深入矣）「衆神問土地你說砌了牆便不喪東西怎麽如今有了牆還要丟」「當時朝庭依賴洪吳等爲長城以爲可以禦胡而終不能禦」「土地摸了一摸說我打諒是眞牆那裏知道是個假牆」（袁崇煥被讒而死乃明庭自墮萬里長城而吳洪皆假長城失我土地矣並可點明齡官畫薔之爲范承

謨之畫牆索隱未詳注甚怪）

「家人議論巧姐陪酒的說「現在有個外藉王爺最是有情的要選一個妃子若合了式父母兄弟都跟了去」數語甚突兀細按之則是寫多爾袞女東莪嘗有蒙古某台吉曾向多爾袞求婚多爾袞欲以納內蒙之心遂允婚及多失敗某台吉乃自請離婚故曰外藩王爺選妃父母兄弟都跟去所謂納內蒙心也

一百十八回「賈芸說」「外藩化了錢買人還想能和偺們走動麽」（寫某台吉先運動求婚後自請退婚之始末）

寶玉笑道「堯舜不強巢許武王不強夷齊」（明末眞隱可以當此從寶玉口中說出甚異恰似與公子巢民辟疆對照巢民言巢許辟疆言夷齊避周之疆土也）

寶釵說「伯夷叔齊原是生于商末世有許多難處之事所以

纔有託而逃」（亦似說冒公子生于明末親遇團圓小宛被刼無法處置只得隱避終不仕清）

一百十九回寶玉仰面大笑道「走了走了不用胡鬧了完了事了」（恰是順治出家時口氣胡鬧二字所謂僕本胡人因亂為衆所推也）

「那外藩聽了知是世代勳戚便說了不得此是有干例禁的幾乎誤了大事況我朝覲已過便要擇日起程倘有人來再說快快打發出去」（某台吉先慕東莪之美故求婚及多死事敗大懼娶犯人女有干禁例自請退婚即回蒙古「了不得幾乎誤大事」皆當時某台吉恐牽連自己的話）

寫周家家財巨萬良田千頃周子文雅淸秀新近科試入了黌門他母親看見了巧姐心裏羨慕自想我是莊家人家那裏能配得

起這樣世家小姐」「是寫陳某（周陳雙聲）在護國寺見東莪儀態萬方竊慕之及東莪喚其來前寫字戰栗不能成字東莪慰之曰秀才休恐是入贅門之証東莪詢其家世甚注意之乃招爲記室與東莪唱和故曰文雅清秀陳某初並未敢高攀知齊大非吾偶也及多事敗東莪爲奴于信邸陳成進士攝政復封乃遣人迎東莪（巧姐正于賈政復榮國世職後遺嫁）偕伉儷而世家小姐遂嫁莊家人家矣所以賈政說「莫說村居不好只要人家清白孩子肯念書能彀上進朝裏那些官兒難道都是城裏人麼」也有平民思想

文妙眞人索隱謂清世祖章皇帝不知妙眞尙藏女眞二字在內

一百二十回襲人之嫁蔣玉函是譏二臣吳梅村正有此痛所謂「沉吟不斷草間偷活」寫出襲人出嫁前左思右想實在難處

的光景

結到曹雪芹曰「果然有個悼紅軒」（言眞有悼朱明之人也）

甄士隱說「太虛幻境卽是眞如福地」（言僞朝所佔卽眞朝）「兩番閱册原始要終之道」（自寫前後照應之由所謂胡運將終也）「仙草歸眞焉有通靈不復原之理」（朱明復興玉璽焉往皆是預言故雨村不明白知是仙機也）

士隱道「情緣完結都交割清楚了麽」（就是淸朝將完畢故物克復之意）那僧道說「情緣尙未全結」（淸人尙據中土也）

空空道人見石頭又歷叙了多少收緣結果的話頭（索隱謂是雪芹修補本書之原委其實是講淸朝必有收結之一日）

「塵夢勞人聊倩鳥呼歸去山靈好客更從石化飛來」（四句抵一篇北山移文以譏仕清諸名士也）「遍尋了一番不是建功立業的人」（洪承疇范文程之輩）即係糊口謀衣之輩（附清諸名士）「那有閑情更去和石頭饒舌」（那管國破家亡這些多餘的事情）

士隱道「寶玉即寶玉也」點明寶玉是從春秋盜竊寶玉大弓而來又曰「福善禍淫古今定理」抵得一篇辦命論論中最顯明者如「彼戎狄者人面獸心晏安鴆毒以誅殺爲道德以蒸報爲仁義（四語爲本書之骨幹）雖天風立于靑邱鑿齒奮于華野比于狼戾曾何足喻（女眞之禍甚于狼戾）自金行不競天地板蕩左帶沸脣乘間竊發（滿人入主何以異此）遂覆瀍洛傾五都（如滿兵之躪齊魯屠楊嘉）居先王之桑梓竊名號於中縣（據有

燕京自稱皇帝）與三皇競其氓黎五帝角其區宇稱落繁熾充仞神州（滿州駐防分布各省）嗚呼福善禍淫徒虛言耳（此本書作者結以福善四字之宗旨虛言是賈語村言另一解與荒唐言字面亦同）豈非否泰相傾盈縮遞運而汨之以人（盛衰興亡皆由洪吳諸人滑亂其間亦本書所痛惡者也）

評鄧——評鄧氏紅樓夢釋眞

鄧氏作釋眞頗知注重眞事隱三字而摘錄清朝掌故亦較他人爲詳悉惟疑原書爲梅村所著又謂曹氏增删兼述及乾嘉軼事則不甚切合但對於木石林薛眞意仍未能道出以及風月寶鑑大學中庸之闕合明清皆甚疏忽然較王蔡索隱頗有長處如以劉老老擬錢牧齋以平兒擬柳如是以張春擬賈代儒以張勇擬包勇以朱舜水擬外國女子以鄭成功擬探春以梅村擬寶琴以香妃擬鴛

鳶等皆有獨到之處特列舉于左方

一回論眞事隱曰「以事論固迫于不得不隱以文論則小說寓言古今已成故套從來善作者都不死煞句下何必作此間文著此三字使人知于書中有字處無字處求之也」數語最精到可以駁倒不索求眞事之批著而爲鄙人一言蔽之曰眞事隱之注聊其曰「曹氏生于乾嘉」最謬曹氏蓋指雪芹而本人實死于乾隆二十九年不及見嘉慶朝事據此則釋眞中所引嘉慶事及乾隆末年事皆不眞矣不可不辨或曰後四十回乃乾嘉時人高蘭墅的增訂倘可牽合待攷

其曰「一塊未用棄在靑埂峯下靑者淸也言生爲漢族歷代君主所棄屏諸四夷不與同中國也」亦通但不如謂寶璽在淸已更是一番天地故用梗字表之書中此例甚多必須注意

又曰「昌明隆盛之邦詩書纓簪之族花柳繁華之地溫柔富貴之鄉對大荒山無稽青崖埂峯而言一滿一漢夫復可疑」甚是但昌明二句指北方花柳二句指南方關合眞假寶玉分居南北以金陵不從地名着想則爲金家陵寢頗合鄙意

謂刪增五次爲曹氏之崇德順治康熙雍正乾隆五朝史也雖牽強尚可通然批中又何拉扯嘉慶一朝也

曰「甄士隱名費明言費而隱仍不失其爲費遺老也謀光復也封者封疆也無兒使是滅國滅種中原無男子之義」可通用費而隱句亦書中大學中庸之謂封爲封疆者則封肅可解爲封土蕭條矣

謂瑛字之左偏爲王相傳順治爲山東人王杲之子東省所傳未祭帝陵先祭王陵者是瑛字左偏爲英相傳康熙爲相城相國張

英之子者是」可謂別有會心于種族上又增一異聞

曰「甘露而曰情泉曰愁水彼族吸收吾民之脂膏而吾民之困苦流離幸而得生而受辱忍恥者卽滿淸所謂深仁厚澤浹肌淪髓食毛踐土與有天良者也」爲種族主義痛語然「情泉愁水」一串言之乃情人原爲吾人仇家禍水之意耳

曰「一聲霹靂山崩地裂狀明之亡翼淸之覆烈日炎炎朱明也芭蕉冉冉靑淸也作者于開首處用力眞是一字不苟」數語甚精然尙未將作者一字不苟處完全指出

批吳三桂多加入齊杜倡亂爲釋眞一蔽不可不知

二回

謂「寶玉寫順治則李紈卽康熙生母佟氏蘭卽康熙其在朝臣則李紈指李文貞光地文貞二字卽紈字也」然賈蘭亦指乾隆

不得拘泥李光地之爲李紈甚似

問氣一段評中「安祿山雖爲胡人已入臣中土反而終敗秦檜則漢人賣國于金者著此兩人甚三桂之罪」極是又曰「忽加倪雲林唐伯虎祝枝山句直說到明中葉」不知更爲書中引唐寅爲唐人之前提

按賈雨村論天地之正氣與天地之邪氣可與三十一回湘雲之論陰陽邪正相參因其意旨皆取諸宣和遺事開章辭中陽明用事的時節中國奠安君子在位在天便有甘露慶雲之瑞在地便有醴泉芝艸之祥天下百姓享太平之治陰濁用事的時節夷狄侁梁小人得志在天便有彗孛日蝕之災在地便有蝗蟲饑饉之憂天下百姓有流離之厄這個陰陽都關係着皇帝一人之邪正是也」一段所以說出甘露和風直至來徽明賢正邪兩路來

曰「以寶玉指福王未免過譽以鄙人視之已是漢武唐明一輩人善善從長其思宗之於田妃乎」此誤于後半截之甄寶玉之從善而不知前半截之甄寶玉純宏光行徑也

評元妃姊妹謂「元妃指崇禎言帝死國亡乃生出迎春探春惜春三妹爲三藩寫也迎春爲二木頭福王昏愚之象寫孫家以童妃表之探春寫唐王才也又兼表鄭成功惜春寫桂王出家走雲南兼表李定國之堅貞又迎春表三桂兼表吳應熊探春表耿氏海疆之鄭氏交涉也惜春表尚氏可喜之爲子所幽出家亦幽字象也」是爲釋眞獨得之言與鄙人元亨利貞表四春之意亦合福王之得爲南朝三桂之驅李成功嘗走一時亨通之運故曰亨耳餘自明

謂賈璉爲豫王頗合曰「曹氏之賈璉則嘉慶與福康安」略差以其申言「福康安有乾隆私生子之說又其假也」則又拍合

故曰略差

曰「林黛玉以朝臣混之混之以方苞苞也雲皐也絳珠仙草也甘露也淚也一而二二而一者也」又曰黛玉以臭男人斥北靜王者言方苞不爲果親王所容又即對履恭王直言王之有馬勃味者是也」頗能拍合亦釋眞獨到處

三回

曰寫林黛玉之出身曰汝父年已半百再無續室之意言恢復之無功冒辟疆傷心之辭也曰上無親母教養下無姊妹扶持此固小宛身世然亦見故國之無人也外祖母一外字最爲著眼謂彼族視我爲外人也」此鄙人所謂第一義諦但不止彼視吾爲外吾亦視彼爲外人又曰「彼察后之身世則亦有與此通者后妃入宮則斷無復出之理死者已矣親而生者亦無歸寧之一日而扶持之無

人則尤富察后之所謂傷心慘目而不忍道者也祕記言后父頗惡其女之強項移書戒之」此亦鄙人所請第一義諦中之旁諦也又曰「雲皐之父與黃岡杜茶村先生兄弟遊滄桑之感深矣或不願雲皐有此行爲」並謂其「爲南山集作序時不甘心臣滿因得罪而下獄本心也作侍郎而終革職非本心也滿清初年不准人不應試外祖母必欲其往語活活寫出專制君主只顧自己要人不顧他人不願情事」此鄙人所謂第二義諦也

曰「西江月詞是寫帝王耳何須深解然貧窮一句絕非陪筆承上句言謂富貴不念窮民也」太淺乎視此詞矣貧窮一注却合著者平民思想或曰「第一句無故尋愁覓恨以恨爲七恨固是而愁之爲仇終涉附會」是不然滿人仇明久矣努爾哈赤實錄載其奮志復仇伐明又與蒙古王書有「來書宜云明吾深仇也願合

謀以伐深仇之明如是立言豈不甚善歟」足証可謂尋仇至蒙古矣

四回

評薛蟠爭香菱謂「馮淵即爲李自成拐子賣了兩家爲田宏運奉承三桂及降賊罪打了馮公子奪了丫頭即是趕走自成復得之圓圓也下文以葫蘆僧判此案得胡虜力也便如沒事人一般只管帶了家眷走他的路是何路降清也兄弟奴僕料理反映全家被誅以及與家人問陳夫人無恙等語也臙脂痣爲朱明圓圓曾入明宮也」寫來恰合以葫蘆影胡虜與鄙意不約而同

五回

謂寶釵爲順治繼后博爾濟錦氏即爲乾隆繼后被廢之那拉氏蓋順治元后爲攝政王親戚故強以與順治後廢之（頗合全書

寶釵之始末）是與小宛角逐而一得一失者漢族與蒙族之界爲之也案后爲科爾沁族亦係蒙古與孝莊同族故謂之曰王夫人之姨姪女其與薛蟠爲兄妹者蒙古諸王原亦獃伯王類」此不失部人第一義諦而比擬極是

擬尤氏于蕭王福晋擬可卿于李國翰女蓋順治五年公子屯齊等告訐鄭王其獄辭有曰屯齊詰曰我欲取墨爾根待衛李國翰之女與我子使森加問王森加久之始曰我聞王之子勒度阿格要娶若明知而必欲往問則試問之王云曾將李國翰之女啓奏以配我子我子叔也爾子姪也欲娶與我子之言是可增一異聞故曰「又一睿王占其姪肅王豪格福晋事也」

謂晴雯當指董年並姜西溟並指南巡秘記之三姑娘皆不如指李雯之確切

謂巧姐指劉媼女阿珍及豫王子不如指多爾袞之女東莪切合

謂「寶鼎已歷百年」已字着重是偏重乾隆語」不知注意在百年兩字謂胡無百年之運也故曰「運終數盡不可挽回」

六回

謂襲人爲高士奇不如以寶釵擬之因作者寫寶釵多大似襲人故釋眞者爲所惑耳

謂劉老老爲錢收齋曰「牧齋與劉媼之壻錢炳堃連宗其交結劉媼蓋以通海之案故今坊間有投筆集一卷其詩大半爲桂王慘死並及於私通鄭成功其稿爲清軍所獲牧齋得由錢郎交通劉媼以免故敍其宗世無一非錢郎宗世可爲對照以老老爲岳母者亦聯宗之代名詞也久經世代的老寡婦喻武臣也牧齋少忤奸佞

老而不死比諸失節之婦固宜只是兩畝薄田度日牧齋晚年積累叢集也對鳳姐云你那姪兒聯宗時牧齋本爲長輩嘗與劉孀一輩也其餘皆寫宮掖不易交通之慘狀」此亦釋眞獨到處然劉老老乃兼寫劉孀所謂雙管齊下也

曰「平兒指柳如是爲其才之相似也如是如是不過如是亦平字之義也（解釋巧合）牧齋之交通劉孀固以錢郎然宮掖豈易於往來之地非河東君之力其誰力乎」想當然語亦甚合情事可取也

曰「一根毫毛比腰還壯失節武臣之價值比失節婪婦差的遠比王妃更差的遠垂老尙書不如淫婦寫的刻骨」固是然拔毛仍取楊子爲我是無君之意

七回

曰「此回寫寶釵似病非病情狀卽在順治與廢后定婚三年不協期間周瑞家忽笑道「噯喲這樣說來乾得三年工夫」已經道破寶釵說「只好再等罷了」再字中寓覬覦后位之意何等細密明確周瑞家又談阿彌陀佛眞巧死了人等十年都未必這樣巧」廢后非常事詔旨所謂遺議後世朕所深悉而諸臣所謂屢諫者也又兼伏出家一筆巧極況后卽被廢繼之者又有別人覬覦如何不病藥品要雨露霜雪自是求爲后意思黃柏亦喩其苦心且以柏舟伏後日守寡張本爲釵寫劉孀不過旁襯一丸便好戲語亦讖語出家影子也」此段似較王夢阮索隱爲長因三年二字在劉孀庶無着落誠如釋眞所言故也

八回

曰「此一回本體全寫順治繼后私通與乾隆那拉后由宮婢

得幸」又曰「李嬤嬤攔阻寶玉吃酒一段是說順治私通繼后不知其爲孝莊手段方且恐其知道了見罪如在醉夢中是說乾隆要逼死皇后太后又使之爲尼還要謚爲孝賢視天下後世如在醉夢中實則自己眞在醉夢中」以順治私通繼后爲長于標目中奇緣巧合四字露其消息于文中寶釵認通靈之情形湊合之一毫不露又指出寶玉爲玉璽金鎖上詞句爲蒙古諸藩世勛銘辭皆仝鄙意

又曰「此段兼擬雲臯李文貞以直撫入相雲臯謂文貞曰國朝以科目躋茲位者凡幾」文貞屈指若得五十餘人雲臯曰甫二十年而已得五十餘人其不足重明矣願公更求其可重者時魏廷珍在座退而曰斯人吾前未見無怪人多不樂聞其言也座師高廷尉初度靈臯壽以文引老泉上言鄭公書以循致高位而碌碌無所成爲懼觀者大駭所謂「林姐兒口比刀還利害也」（雖有幾分

相似惜未能完全拍合耳）

九回

謂寫襲人爲正后形影挾有後援以強迫皇帝者（形容到家又能逐句拍合的是合作惜全體未能皆如此耳）

茗煙者明湮也亦泯燕也改名焙茗者焙明也焙茗原名茗煙者謂其焙明之燕又將焙淸之燕此輩人于武臣傳中指不勝屈（焙茗仍須兼背明意可合下文寶玉罵爲反叛王八的也）

以張春擬賈代儒謂其居蕭寺中緊結授課一時開創名臣若范忠貞寧文成輩皆曾執經受業者也時人比之文中子教授河汾諸徒理唐之業滿大臣某入都告明臣某曰「汝國有一張夫子而不知用反爲我國教育英才明臣奏疏毀公爲李陵衞律顚倒黑白云云」（頗合情理且知寶玉再入家塾則不在此例甚得活看本

書之法

評「皆有竊慕之意將有不利于孺子之心一段」謂「當時主少國疑有推理王爲帝者矣有推鄭王爲帝者矣並有欲推肅王英王者矣其最要者則睿王已曾被推（應加一語以拍合皆有竊慕）而孝莊以身籠絡之順治乃得立威權日重至于帝之后可以未經選擇而強納與皇帝之母私通猶以爲未足必求下嫁而後已此其爲辱較龍陽奚若公將有不利于孺子之心正指是也只懼薛蟠以睿王之不敢輕動是畏漢人漢人據有兵權者莫如三桂三桂後來之敗敗于其名之不正者亦惟其獨一無二之大原因設使清廷有廢主之事諸王分崩離析篡位者獨無懼乎畏薛蟠者畏其乘間而起而順治賴以不廢者反若三桂之力以延殘喘」此節甚精到惟應增睿王自命爲周公輔成王故利用金縢篇中語並畏三桂

反而密通圓圓以制之始能拍合懼薛蟠威勢不敢謀篡之言

又曰「本回李貴罵茗煙等略指馮銓金之俊陳之遴三人內三院學士也後有三個小子之稱亦是此義」甚是

十回

謂標題中權受辱權字罵得金之俊死却又不沒其功因之俊爲滿人制作頗有陰爲漢人地者（卽俗傳十不從之議）故其下標題曰細文中曰心性高強聰明不過的人但聰明太過則不如意事常有（利用不如意事常八九照應十不從甚巧）思慮大過相形之辭也終非一朝一夕的症候多過了望春分情見乎詞矣（頗合金之俊心理）謂于失望之中有希望

十一回

謂此篇以鳳姐代表豫妃及孝莊以王夫人代表睿妃以寶玉

代表睿王以李國翰女代表肅妃看他微文處處湊笋好妹妹豫肅二妃之比也媳婦聽你的話卽言此意開導開導卽豫王夫婦有不得不調停于睿肅之間者也王夫人云姪兒媳婦醜語也此等事是劉媪最爲難處（亦是活看一法可採）

十二囘

謂曹氏借賈天祥戲鳳姐一事放筆寫假青天雖能拍合官場獻媚百般醜態寫降臣與汚吏之巴結長官如嫖客之巴結妓女然終不如專寫降臣之稱假天祥三字也

十三囘

謂此囘正文爲順治六年攝政王以寶璽進封其福晋博爾濟錦氏爲正宮元妃及乾隆進封其次子永璉爲太子謚端慧太子寫也攷東華錄順治二年十二月攝政王元妃薨令兩白旗牛彔京以

上官吏妻皆衣縞牛彔章京以上官皆弔按是時孝端已死睿王對孝莊實無所忌故爲此事（亦頗相似）又錄東華錄乾隆三年冬十月辛卯上壽皇太后幸寧壽宮視皇子永璉疾是日皇次子永璉薨輟朝五日以及十月王大臣等議覆履親王允裪等奏定慧端太子安葬塋地一切典禮端慧太子吉兆應尊號園寢造京殿五間兩廡各五間大門五間玻璃花門三座瞭燈一座覆以綠瓦題主時禮節敬擬牛一羊二奠帛爵讀文致祭嗣後祭祀儀與妃園寢同事跡與此段恰合（果爾則此回寫秦鍾亦可云端慧影子因乾隆諭中有永璉爲人聰明貴重氣宇不凡以及恐年幼志氣未定恃貴驕矜左右諂媚逢迎至于失德甚且有窺伺動搖之者皆能與秦鍾與寶玉對面一段見之且曰雖未册立已命爲皇太子即下回秦鍾死時鬼拍寶玉言論豈端慧己得寶璽册封故鬼不敢即召之去如此方

能打照

十四回

謂威重令行是寫豫王夫婦傳恆夫婦專權事而前回所云「從小兒大妹妹頑笑時就有殺伐决斷」殺伐决斷傳恆父子之地位行事與其婦夫之專權宮中行事歷歷如繪滿清親貴婦女與皇帝皆係中表親戚故曰大妹妹賈珍求大妹妹允諾是何等說誠乾隆與富察氏婦合而爲一矣（寫來極似自較劉嫞一面爲有力）

十五回

評「這一年來的光景他爲香菱不能到手合姨媽打了多少飢荒是說三桂不知有父只知有圓圓」但尙須加一句因之和東夷兵馬打了多少飢荒才完滿

十六回

評鳳姐笑道國舅老爺大喜「謂豫王扶小宛而自居于國舅之列此一說也又謂傅恆爲嫡嫡親親正理國舅乃以裙帶事故失其國舅價値故以此段文字誅富氏此又一說也又謂富察氏明知天子之尊仍有此等情事自已男子絕無有過問之能力因不妨于吞吞吐吐之中作明明白白之答覆其意若曰天子要我如此便是依舊被我鬧了個人翻馬仰更不成個體統而國舅老爺之威力諒亦無如我何也」雖是誅心之論不成體統正可以評君戲臣妻也

十七回

以萬斯同擬初入大觀園之妙玉因斯同字季野爲梨洲高足爲徐元文延至京師謂以布衣叅史局不署銜不支俸與人往還自署曰萬斯同其曰父母相繼已亡故是指祖國已亡故身邊只有兩個老嬷嬷一個小丫頭伏侍指其猶子言並徵入史局也文墨經典

好史學極好也模樣兒也極好師爲黃黎洲黎洲子百家亦與史局隨師父上來之說也侯門公府必不肯去下箇請帖以檻外人自居是何等身分書中指射士人惟此一絲不漏云「亦釋眞獨見但兩老嬷嬷欠考據或指先生以班馬老史家自命歟

十八回

擬元春歸省爲孝莊下嫁甚合根據蔣良驥手寫東華錄稿本載順治五年和碩禮親王代善薨八月加皇叔父攝政王爲皇父攝政王凡進皇本章旨意俱書皇父攝政王一則以斷定（惟無下嫁詔旨然改稱皇父絕非偶然故作者特借相約相罵劇中假皇甫以寫之且假皇父正爲代友戲其妻而後下嫁之說始無可隱惜釋眞及諸家均未能抉出之也）

十九回

謂襲人爲順治廢后順治初雖不願聘而情竇初開則自易引逗篇中言兩姨妹子外甥女兒蓋壬聚其私党女子狐羣挑逗襲人之哭是狐媚變相乘轎車又不乘了是私合明徵李嬷嬷之鬧事是宮中不服東華錄載傳廢后之旨者爲馮銓或亦連上文而拉雜書之耶若花自芳亦一薛姨媽耳（甚合情事兩姨妹子仍謂蒙古滿洲兩夷之女子外甥女兒言外藩所生仍指廢后之爲科爾沁圖卓禮克圖親王吳克善之女耳）

評焙茗與萬兒一段曰明之焙誰焙之天啓之童昏焙之天啓之焙以客魏爲禍首約十七歲者十七年之崇禎也書中之景象非客魏之景象而何猶恐未盡乃曰萬兒天啓非萬歷子孫乎明之亡史臣謂萬歷實基之天啓內魏忠賢客氏固是萬兒之一解然追原禍始實不得爲萬歷恕（此亦釋眞獨見頗有深味）

二十回

以李嬤嬤擬馮銓雖覺牽強而補出馮不附合順治廢大婚並傳廢后旨亦有可取——以晴雯擬董年與三姑娘皆有幾分相似湘雲擬四貞與鄂意合——疏不間親可以爲乾隆私通富察氏對富察后敷衍之語後不僭先可以爲乾隆寵幸那拉氏對后敷衍之語（寫來恰合情事）

二十一回

評襲人我們這起東西可是玷辱好名好姓的話以爲是廢后自矜其家世以壓董妃與四貞等東滿也西蒙也好名好姓廢后爲蒙古親王女且爲孝莊女固倫公主下嫁吳克善子弼爾答噶爾妃之小姑也在作者則借以直罵旗人爲蠻族不是東西及其姓名與漢人不同而已（是爲第一義諦）評莊子外篇盜篋一則謂莊周

胸中無君臣且謂皆主人之物其所以爲君臣束縛者由于肉慾而起而君主以肉慾之故釀成種種罪惡卽黃黎洲所謂人君以天下爲淫樂之具而目之爲大盜者以此（可以補入鄙評之著者之思想然作者引莊子並有大盜盜國之意）

擬多姑娘于富察氏婦甚合但于你就是娘娘誰是娘娘之言何以未指出

評平兒爲賈璉遮蓋擬諸柳如是爲牧齋運動遮蓋詩集雖不能恰合亦有意味

二十一回

評湘黛主子小姐丫頭奴才公侯平民諸語界限分明有感于平民政治亦合于著者思想——看南華經謂南華爲漢土對東夷言甚合餘亦合鄙說

批你證我證諸語謂卽鄭所南大無空眞經之義你證我證知己中間可語種族大義心證意證知已難得吾心自喻是無有證歷史已亡不足徵也斯可云證毁我歷史亦不可意之證據但評無立足證方是乾淨願我漢族犧牲一切而後有乾淨之一日（甚能道出作者一片苦心）

二十三回

批寶黛同看淫書一段知淫書爲謗書而不知大學中庸之隱淸明兩代秘史與西廂記之包含淸宮秘史同一深刻之筆

二十四回

擬賈芸與范文程隱用舍己田芸人田意甚是批俗語說的好數語曰「文程自歸淸太祖首先投旗三世老臣仍爲下輩爺爺孫子之義也山高遮不住太陽太陽君象山高極品只有天在上更無

山與齊之義也（寫來無不拍合）

評小紅爲賈芸出力爲洪承疇輸心改節于范文程義亦較他索隱爲長

二十五回

評魘魔法注重叔嫂兩字仍歸罪于孝莊睿王又言順治與劉孀亦是叔嫂劉孀原爲節婦一旦變操不啻受五鬼播弄（亦是一解）

又曰此篇以康熙廢太子例之則趙姨媽當指慧妃與允禵之母賈環當指允禔允禔母賤不得立允禵母亦甚微賤康熙定有彼身者庫賤婦之子語（皆能關照本事）

二十六回

曰「前回和尙道士是承疇看喇嘛淫穢塑像繪畫影子」亦

通又以佳茗擬張存仁因存仁曾力勸洪降極是

評晴雯綺霞仗老子娘的臉面謂擬董年晴雯無老子娘臉面可仗(不知作者以李雯擬晴雯而李因守父母棺未離京而爲睿王所強聘非仗老子娘臉面而何)以綺霞爲晚朱擬長公主仗崇禎帝后面子甚合評小紅蒸下饅頭等你的話以影御祭九壇頗見巧思

以馮紫英擬希福不如擬馮銓之子爲合情事詳眞諦

二十七回

探春與寶玉說話評以臧名世南山詩寫康熙之納妹事「寶玉道我那裏敢提三妹妹三個字」此事大不好看對上人如何說得趙姨媽氣的抱怨了不得此等事叫他母如何氣得過正經二字對不正經言(此段亦釋眞別有會心處)

二十八回

評兩箇寃家一曲謂移之二臣情勢確切已極兩家寃家新舊主之謂偷情者降清也（曰投淸更合）尋拿者明人誅之也滴不盡相思血淚移作故國之感你是個可人指三桂撤藩將反時怨望清廷語可喜你一曲亦是廢后大婚時情狀眞也巧三字最好靑春二字屬結髮亦較切而三桂之迎來戰場亦關合得巧（不失鄙人所謂第一義諦尙嫌粗略）

二十九回

評淸虛觀淸醮淸虛者淸屋空虛（並虛僞）淸醮者淸廷之改醮婦也謂寫孝莊晚年詔喇嘛入宮談佛事（有相似處然其中尙含東莪一段情史）

又曰第二義寫睿王之葬事以白蛇記滿床笏南柯夢寫出叉

用串表焚錢楮開戲不在話下字樣以拍合（開戲于焚楮葬死之後另打鑼鼓另開臺）道士看玉與徒子徒孫同看謂睿王在日掌玉璽皇帝從未見天日此次拿出來看便是要親政道士賀禮卽羣臣上表請皇帝親政（皆第一義諦而寶玉不喜道士提親寓不樂廢后一案）

·三十回

評鳳姐進來一段就順治論到劉孀與董妃同爲漢人其逢迎孝莊也最甚始未嘗不與董妃合旣而體案情形知其事不可遂則轉而伺察寶黛兩箇嚇了一跳伺察之說也順治和妃不歡孝莊安得不令人勸和則安得不用與妃近之漢人（雖亦想當然語情節自合）

三十一回

謂金釧玉釧指希福與索尼頗費解釋眞此類甚多鄙意決不謂然故僅摘稍近情理者錄而詳之

謂脚踢襲人是順治與廢后志意不協實證此說可通？

既知湘雲擬四貞對于陰陽一段話却少發揮孔有德反明歸清稱奴才于滿人正是昧于順逆正反而甘爲臣妾者也按此段尙應引宣和遺事開卷辭爲記因翠縷說「從古至今開天闢地都是此陰陽了」恰與遺事所云「茫茫往古繼繼來今上下三千餘年興廢百千萬事……看破治亂兩途不出陰陽一理中國也君子也天理也皆是陽數夷狄也小人也人慾也皆是陰數」諸語恰合所以接着「理還是一樣」云云

田妃狙后忤君一段引證亦太遠

三十二回

謂胇腑一段指董妃開口便說丢下了什麼金什麼金麒麟（以指漢軍或卽金旗之鄰近者耳）邀求爲后之意見于言表然曰金曰金麒麟者董妃已明知臥榻之側虎視眈眈而自問身世更復間以種族其情甚危其勢甚迫不得不以直捷了當之說面訴皇帝而且欲以感情哀苦之詞求得一當難矣哉（不失第一義諦之旁義而仍以金玉木石關合明清之說爲長所謂不放心謂玉璽在金畢竟使恢復漢業者不放心也）

三十三囘

批本囘謂將定睿王之罪而追原禍始直紀太祖之高皇后與其所出子太宗構陷太祖嫡長褚英致死一事並及乾隆責兩阿哥事（卻略去中間康熙諸子爭立康熙責廢太子之不孝幾昏倒一案可謂醬灸鯉魚首尾好笑然乾隆一諭責大阿哥昏庸不孝三阿

哥亦不滿人意並有必至弟兄相殺不如朕爲父者殺之等語與此
回情事亦略符合）

三十四回

評錯裏錯一段謂以三桂與繼后爲兄妹不過以同係外藩同係叛服不常隨手湊成（如魯衛之政兄弟也之湊合）以便于文字間架（頗能自圓其說）而對薛蟠揭破寶釵心事擬以三桂揭破順治宮中秘史尚差一間按此段應就三桂有白版天子之意不重玉璽所以說「打死了寶玉」既寓反清意亦輕玉璽至曰「好妹妹你不用和我鬧」數語是講你們滿人自稱後金造爲金玉因緣以奪明家寶位自然行動憑着玉璽不能不愛護他我則期期不奉詔視玉璽如無物直寫到清康熙詔三桂北上詔書被三桂部下毀却並殺來使而後決意謀反如戲曲中李克用將程敬思捧出聖

旨接過來擲地一般地不愛護

三十五回

以鶯兒爲宮婢與順治繼后同黨巧結梅花絡以籠絡順治然只能得之一時而終不以易其愛董妃之心亦釋眞獨見其引順治停皇后應進中宮箋奏與責內監並良輔交通內外官員作弊納賄請託營私頗有蹤跡可尋

三十六回

評「朝廷受命於天非聖人則天不與以萬機」曰「神權與君權合而世無公理此等言論雖大權臣尚不敢出之口吻而惟君主能之如此明白淺易宣佈宗旨而聞者乃欲以明珠傳恆輩當之一頗是但兩語明露天命朝並隱寫「聖人則天」四字以擬孝莊之如武后能秉萬機以與順治而奪多爾袞之權惜無能指出者

評梨香院謂書中雀兒唱戲是旗下二字代表以機范承謨謂自浙移閩即歸入雀籠不待畫壁而已知其必因御醫診視賜蔆著趣赴新任亦於本回中詳致意（甚合書旨）

又以齡官擬李紱掘強頗牽強

三十七回

評賈政放學差謂太后下嫁特開一科劉子壯郎爲是科狀元劉與杜茶村兄弟同鄉同學同不出山乃以明朝舉人應此下嫁覃恩特科茶村憤恨達於極點「我是那多愁多病身怎當你這傾城傾國帽」非特帽與貌同音而多愁多病傾城傾國其意亦特別有所專屬黃鶴樓頭之一飯淸水無魚大雪紛紛不是將子壯凍死餓死直是將子壯羞死矣（的是眞諦杜茶村之多愁多病正是與滿有許多仇恨之病傾城傾國此指亡國又作本書愁字每作仇字解

一証）

評探春啓開詩社爲正結南山詩一案謂妹不就臥何必告乃兄親勞撫囑四字最惡毒兄妹何人而堪作此語又謂魯公墨蹟指南山集將康熙所見眞本而舉以告其妹者見賜即滅跡之謂爲其已取而焚之惠愛之深何以逾此（此節亦獨到魯公墨跡似寓爭坐位三字寫康熙納妹必有與爭此位者而詩社之爭前後亦似從此寫來）

評蕉下客夢鹿得失菱洲菱爲破鏡洲在水中藕榭榭爲旁屋藕爲淸白指後三藩謂假兄妹之體以避臣從之迹而發其凡（甚是惟菱並寓背月即背明意）

評探春白海棠直是孤臣孽子去國愁憤之詞自然與唐王鄭成功一輩人相合又謂耿氏舉事念其祖死狀因以思念故國亦當

如此（皆不失第一義諦）

三十八回

評賈母碰破了頭一段謂譏孝莊之屢次失身（以失脚掉下去要淹死語拍合甚巧）又謂多吃兩箇螃蟹此語更虐彼本德爾格勒之婦改事太宗已經多吃一箇再下嫁攝政便是多吃了兩箇（鄙人曾解螃蟹爲旁行邂逅以喻寡婦旁走甚合因古者寡婦再嫁不爲直行故也）解枕霞閣爲依明以影孝莊前夫家葉赫爲明之屬國又四貞父去明投滿與孝莊去葉赫入建州等故亦曰枕霞舊友（自是第一義諦）

評鳳姐吃螃蟹摘出「腥手抹臉」以譏如是與劉嫿又摘「小腿子臍子」及鴛鴦「滿桌的腿子二奶奶只管吃」爲太褻語（皆合滿字仍當注意）

評簪菊詩以擬賜姓忠孝之志傲骨淩霜殘菊則寫其國破家亡殘局莫挽崎嶇海島飄零異域結局到恢復舊疆特深希望（自是第一義論）

三十九回

以劉老老送棗子倭瓜野菜寫牧齋獻豫王之禮當時以爲最薄甚是仍寓劉孀早生阿哥爲野種之意

謂劉老老兼寫劉鏞亦有幾分相似不及牧齋爲長謂牧齋「開筵宴客無病而逝」與健食合（自是勝義然觀兩般秋雨盦隨筆載劉鏞食量倍常蓄一巨盎大容數升每晨以半盎白米飯半盎肉膾攪均食之一則豈不更與老劉老劉食量大如牛符合哉）謂劉鏞也好之對爲信口開河之尤而牧齋尤甚又引秘記載濟南妓標榜富察后而乾隆有「何所聞而去子無得信口開河乎」語（

雖牽強亦有巧合處予謂抽柴引火便是絳雲樓之焚而茗煙所訪瘟神直是柳河東君死變厲鬼所謂美人不過如是亦巧謔也）

評信口開河尋根究底寫當時文字獄影響于牧齋詩集野叟曝言（甚合情事）

四十囘

評此囘爲指錢主張下嫁事以笑話二字點題又劉老老令莊家人指孝莊亦算是人耳大火燒了毛毛蟲塞外燒荒之狀三曰綠紅再著紅衣王冠亦變色（卽俗語早間死了穿紅的晚間便有穿綠男以爲配也）湊成便是一枝花不宜湊成卽拚頭代名詞花兒落了結箇大倭瓜於義則指順治於文則指朝鮮福晋（大倭瓜音同大阿哥頗合清室世子稱謂仍寓劉孀老而生子意也）

此一牛影牧齋牧字旁（甚巧）

千叟宴事原著者及曹氏皆不及見恐非書中引乾隆末年與嘉慶事皆可抹去

四十一回

評品茶爲品題調查史稿仍以妙玉爲萬季野以老老爲牧齋謂牧齋曾爲修明史副總裁（陳臥子曾作「淸史何曾借蔡邕」以調之可証）謂託黛釵的福爲一滿一蒙（不如言明淸兩家爲正）

評要了兩張草紙便解衣以兩張草紙爲下嫁詔旨及儀注註脚（亦是妙悟）

寫老老醉臥紅怡院一路情形爲失節老奸走頭無路不顧死活只圖戴滿頭花謂滿字着眼極是然亦寫劉孀之醜態

四十二回

評蝗字爲皇家毒虫吸民膏血之禾稼甚是
謂後段入惜春正傳江山如畫而土地人民之財產附焉買物之單即是此義桂王之殘疆和珅之相府作如是觀可矣桂王走而地歸于清與嫁粧固無以異乾隆寵而公主下降聽其貪黷其爲嫁粧也更奇（桂王是和珅非因著者評者均不見和珅之後半生也）

四十三回

評撮土爲香爲希福等寫照不如影射乾隆爲太子時戲某妃之的確

評攢金慶壽爲豫王蒙恩及送傳恆仍嫌空泛空泛乃釋眞通病也

四十四回

評平兒理裝以曹氏心目中在尹繼善之生母徐氏徐氏乃尹泰妻之婢生子已爲兩江總督夫人待之無加禮猶以青衣侍繼善入覲乾隆問之曰爾母受封耶繼善免冠叩首不敢言乾隆曰朕知之汝庶出也嫡母封生母未封朕卽有旨退朝歸家泰怒曰汝以皇上壓父耶以杖擊之孔雀翎墮地忽報有旨令尹泰與徐氏跪詔曰大學士尹泰非以其子繼善之賢不得入相然非其母徐氏則繼善無由生着行合巹禮卽以宮奴擁徐氏坐令尹泰拜跪之復交拜對食（雖不相符合亦一異聞可參觀也）

四十五回

評此回載家奴事最多擧嘯亭雜錄余邸包衣（大太太的陪房）有大俠張鳳陽交接戚里言路專擅六部權勢諺有曰「要做官問索三（索額圖）要講情問老明（明珠）其任之暫與長問

張鳳陽」蓋謂伊與明索二相也張嘗憩于郊有某中丞騶卒至呵張起立張睨視曰是何齷齪官乃敢威燄若是未逾月中丞卽遭白簡一時勢燄人莫之及納蘭太傅高江村等款待賓客鳳陽裼裘露頂忝居上位其交結也如此先良王夙知其行會先外祖董鄂公見罪於鳳陽鳳陽卽率其徒入外祖宅拆毀堂廡外祖奔告王王燕見仁皇帝時遂免冠奏上曰汝家人可自治之王歸呼鳳陽立斃杖下未踰時而孝惠帝皇后懿旨至（此書中老太太）命免鳳陽罪已無及都人大悅又引客寓閒話載和珅家人劉全已得四品題銜爲其母之姪沈某嘗謀入仕得太守頗賢又謂全母甚賢（是賴嬷嬷口中語）卒以令終（劉全事恐年代不合再考）

評秋窗風雨夕謂春江花月夜之格變而爲秋窗風雨夕在作者因直揉春秋之筆而春變爲秋繁花夢短如此良夜何悽愴景狀

故國山河北風其涼霏霏雨雪非惟當局者之所不能堪抑亦有心人所不忍讀寶玉聽此一詞所聽者其禁書耶抑獄辭耶鄙人以爲吾漢族之文明歷史耳安得點燈籠而遍照此形狀俾往來於狂風暴雨中而不至失脚滑倒人也（慨乎其言自是第一義諦仍嫌離却詞語）

四十六回

謂曹氏書中鴛鴦（釋眞凡關係嘉慶事者概歸之曹氏不知原作者至乾隆三十年始卒乾隆爲太子即初年事固及見也）以回部香妃爲主（與鄙說合但又牽及十三妹太不相似不可從）

四十七回

評薛蟠遭打爲三桂與李自成之交涉以龍王爺爲順治招附馬應熊尙主碰到龍椅上去封王也稱帝也皆骯髒東西也（自是

勝義惟以李岩代柳湘蓮不如柳似煙之確切但李柳性質頗相似而繩妓紅娘子刼李委禽岩私逃與柳戀繩妓霍三娘相偕私逃亦大略相同天下事無獨有偶若此何怪作者雙管齊下耶）

又引夜談隨錄載有某宗室浪遊茶肆遇惡少三人遭苦打其首惡爲美少年後從軍陣亡以爲與此篇相似（此美少年不知名姓而後從軍陣亡與柳後半生從軍立功亦頗有合或即是柳歟）

四十八回

評石獃子以爲與聊齋石清虛一條有關悟得清虛二字爲清室虛（即僞清而書中借秦太虛亦然）以及言石能吐雲變化不側覺之若性命勢家奪之幾頻于死而石有神靈終不可毀神怪之辭希冀長存（與石獃子保存古扇極似）又謂二十把扇子爲洪武至崇禎十六帝益以福王唐王桂王魯王共爲二十（意指明史

稿不知石呆子仍藏木與石頭之爲朱朱八戒亦諱獃子皆藏朱字在內也不可不知）

又引南巡秘記靑芝岫九峯園一則略謂黃俊齋賄內監致乾隆幸九峯園遂運二石入都卽靑芝岫也鹽商汪受累破家汪妻江氏芝孃（江達甫女江爲園主高氏甥）以此報黃籍其家高東井詩云「名園九個丈人尊兩叟黃顏獨受恩也似山王通籍後竹林非有五君存」又言靑芝岫鐫刻名人詩詞尤多因此石由南入北累及運石之人可影石獃子但以爲不及他事關係國家種族此釋眞能求第一義諦處可取也

四十九回

謂李紋李綺邢岫煙薛寶琴爲乾隆開四庫全書館所徵四布衣邵晉涵余集周永年戴東原（疑有未合）又以原本寶琴指吳

梅村謂寶琴先已許人卽梅村先不肯出寶琴二字從琴河感舊詩來以金碧煇煌不知何物直是梅村自贊其詩黛玉不悅云者集中董琬諸什當然非其所喜（皆不失勝諦）

評白雪映紅梅以梅尙色是以紅朱明之義也櫳翠云者靑山綠水無非故國山河（卽鄙人第一義諦但其中尙藏有煤山與梅花嶺在不可不知）

五十囘

評雪詩逐句頗合各女子身分惟首句一夜北風緊屬之劉孀不如言朔風興起于幽暗之地爲勝李紈開門雪尙飄暗藏開門雪滿山之滿字入泥憐絮白擬佟氏本漢族首先入淸辱矣又擬李光地甚似湘雲難堪破葉蕉覆巢無完卵孔氏父女現象實卽明亡現象探春色豈畏霜凋成功高節是種族偉人寶琴狂遊客許招是應

詔出山語黛玉寂寞封台榭水繪園回頭安在又沁梅香可嚼影梅菴隱語不堪卒讀皆不失勝義

評寶玉借梅二尺來高二三尺長有明三百年歷史代名詞也其間小支紛歧宗室諸王三藩及魯王代名詞也或如蟠螭或爲僵蚓或孤削如筆或密聚如林功名直節忠義隱逸學士文人孝義節烈一舉而悉包之筆爲春秋之筆林爲史科（翰墨）之林花吐臙脂香欺蘭蕙上語指明史下句欺字欺清庭只膽得這一枝花指萬季野接寫鳳姐說兩三個姑子來送年疏或要年例銀子一事年者歷史紀年兩三個姑子纂修官自稱布衣者（古國之子）皆第一義諦可取

以寶琴紅梅詩影梅村鄙意則單指煤山亡帝之色相另詳

評一個掛金麒麟的姐兒云掛麒即掛旗（不如掛金旗連想

更足明白爲漢軍旗以漢人而掛金家旗豈非孔有德輩乎）吃生肉自是滿蒙胡俗不須注

五十一回

評前回三謎此回十首懷古詩依大某山氏所指透則寶釵一個是松塔寶玉一箇是火筒黛玉一箇是走馬燈寶琴第一是法船第二是洋琴第三是耍猴第四是送喪棒第五是撥燈棍第六是雪柳第七墨斗第八是胰皂第九是鞋拔第十是月光馬卽泥塑兎兒爺謂作者微意蓋于笑罵之中寓有不使人知却又不使人不知之意（兩語甚是卽本書眞事隱之本旨也其事惟恐人知又惟恐人不知善讀本書均知之）

評「只當兩本戲看而已三歲的小孩子也知道」謂作者期望之深必要他至于如此而後快（故有「爲人不看紅樓夢讀盡

四書五經不中用」之鼓吹也）

評胡庸醫用藥言滿人不知體恤人情肝火盛者壓力太重終有反抗時（甚是虎狼藥之譏誚顯然）

五十二回

評送黛玉水仙水性無定陽臺神女（仍影江妃一事）臘梅非梅強以爲號贈之湘雲是爲漢軍將轉送于寶玉者兩人皆爲順治所有也

評外國美人謂指朱舜水不如鄭成功之確切朱鄭固一氣者可通用

評病補翠雲裘爲董年補之不如李雯爲多爾袞修書致史可法爲長且孔雀文彩而有毒正謂雯書雖美終害大義也

五十三回

評黑山村爲白水黑水乃東三省之代名詞與鄙意合惟不知烏進孝及老坎頭的從吉林莊頭名木頭老鴉來太疏而於吉林貢單貢表均未指實牽扯諸藩離題較遠不可從

五十四囘

評跟主子却講不起這孝與不孝謂滿蒙恆言主子之稱從奴才二字來講不起孝與不孝是譏忠君舊說不問種族界限降臣忘舊君而勉事新主忘其本種之君而覥事異族不知有孝安知有忠（極是）

評襲人不是家跟生長的奴才謂廢后本爲蒙古則奴才而非家跟矣

評殘唐五代爲東胡強盛時代以作者着眼在遼亦東胡種族王忠即忘忠王熙鳳即王戲鳳孝莊與劉孀等同姓同名寓言得巧

「比一個男人家之才子」調侃貳臣不少（亦是勝義）

評辨誣記謂清代誣記之最奇者莫若雍正大義覺迷錄彼所頒行天下者也吾人讀之知辨誣者之爲大誣亦是

評聽琴琴挑胡笳十八拍如替孝莊算歷史總帳而他爺爺有一班小戲追溯未嫁太宗之歷史而正面作一篇補腦文字也均是

評猴者猢猻也吃猴兒尿謂劉孀改嫁豫王也蜂者蜂蝶探花不正當行爲前罵失節後罵亂倫（譏劉孀與孝莊甚合情理）

謂滴瀝搭拉四字須着眼蓋其中有本非眷屬者有本非眷屬而不得不謂之眷屬者你們緊着混因淸廷之混鬧作書人因而不好說也（意自顯豁的當不但混鬧而且混帳緊着混包含太多所以接言更無他話可說而評以中冓之言不可道也拍合甚巧可從）

評炮杖幹的不結實禁書不能禁也民口不可防也湘雲道難道本人沒聽見四貞亦不更自見者也而孝莊與劉嬸則直截裝聾者矣（確切不移）

五十五囘

以鄭成功擬探春謂鄭芝龍僕尹士英首鄭家父子交通狀爲刁奴欺主之一証飭芝龍自獄中以手書招成功部將黃梧降淸又薦降將施琅竟滅台琅梧皆鄭部將又爲刁奴欺主一証曰「眞眞一個娘肚子裏跑出天懸地隔的人來我想到那裏就不服」謂芝龍諸子世忠世恩世藩世慈世默皆豚犬耳（特用眞眞兩字與眞眞國女子一打照奇極）林丫頭寶姑娘林爲漢人則丫頭之寶爲蒙古則姑娘之一箇是美人燈兒風吹吹就壞了狀漢人之腐敗（衰弱）一個是拿定了主意不干已事不張口一問搖頭三不知難

十分去問他蒙古之對於清廷亦不能十分作主

五十六回

評李紈寶釵皆順治之后妃宮中之事自當料理顧佟氏之無才佟氏之福繼后之有才繼后之罪曰賢曰小惠全大體收買人心爭后之手段頗强探春以才見而仍不失其爲賢德寶釵以德見而實成其爲小有才中間談學問一段更有深意下文便接寫寶釵與平兒狼狽爲奸任用私人而又不居其名一樣好事動手便壞吾恐成功果入清廷亦當如此吃虧（尙有幾分相似至以指趙勇親王淩策事兼及傳鼐皆不相干繁引無合白費抄錄耳）

五十七回

評「我只打你爲甚招出姨媽這些老沒正經的話來」打你者打其陰謀爭后也老沒正經言孝莊欺人以寫董妃與繼后之爭

（頗得要竅又謂當票可作爲立后之劵「死了無用不知是那年勾了帳哄他們頑」皇帝之誓言果安在耶皆得微旨）

五十八回

評假鳳泣虛凰引清太宗哀宸妃未能盡合但記崇德八年因先是甲喇京章席爾丹等首稱貝勒羅洛宏當敏惠慕和元妃薨時在錦州令雅爾代吹彈爲樂竟得削爵罰銀奪所屬人員罪與不得筵宴音樂合（是爲一得）

辯小琬入宮事引龔芝麓書中與文士平分鸜鵒之恨爲証（余謂龔書中道「翁姑念其琉璃易碎能少解黃塵碧海之鬱陶」句暗用嫦娥應悔偷靈藥碧海青天夜夜心語意以影小琬入宮故本書又以嫦娥擬黛玉也）

評眞情證癡理一段以爲影梅菴隱語亦當爲順治所聞良然

五十九回

評此篇爲漢族被掠諸女作一總帳極是

評女孩未出嫁一段以譏武臣中墮節諸人（自是勝義可參觀毛西河不放嫁之曲子一事）

評親的管不得以爲子女得寵于人主父母不敢過問喪失人格有慨乎其言之矣

六十回

評此回爲滿淸大獄算一總帳于義固通于文仍嫌寬泛惟老鴉窠中出鳳凰以贊成功頗似

六十一回

評投鼠忌器謂寃人者君主庇人者亦君主除文字國事之獄寃多而庇少以外其餘皆始於寬縱後乃嚴辨且用人由君參劾未

見卽准故寶玉瞞贓諸幕之總代表也（卽以玉璽代帝王之意）

評平兒行權謂豫王交通孝莊必賴劉孀豫王與劉孀嚴厲必待牧齋與柳如是之納賄運動書中所言鳳姐嚴而平兒寬是矣（此亦想當然耳但亦釋眞獨到處）

六十二囘

評柳家的照應當差謂睿王曾諭責張若麒曰大小臣工只應辦本等職業不宜諂上凌下今察知順天府差人取魚向各王府投送恐各官效尤諂佞成風自後不得勞民獻諛有乖政體若麒答辨睿王仍以事豈無因姑不究既往覆之（與本段事跡相似）

評湘雲眠裀香菱解裙爲一幅深宮行樂圖亦勝義也

評賈環與彩雲口角以擬鄭彩鴻與芝龍併命待攷

六十三囘

評探春一令曰瑤池仙品日日邊紅杏倚雲栽成功之圓妙也精忠之襲藩也（皆有合處）南山之詩又于此中一露曰「我們家已有了皇妃難道又有皇妃不成貴壻注脚不可言思杏花陪桃花一杯何神妙乃爾指而目之曰大嫂子難乎其爲小姑矣這是什麼話中冓不可道也」（自是獨到之評註）

評獨治理親長爲寫禮親王葬事亦是特見

評臟唐臭漢閻者自能明之然發于此次喪禮之中蓋指禮王與孝端死後乃下嫁也甚合

六十四回

評五美吟專重富察后太陰且紅沸一絕明用圓圓對三桂語何能他移

評賈蓉說道都無妨我二姨兒三姨兒都不是我老爺的原是

我老娘帶了來的謂隨娘子之指漢軍欲以豫王謀奪范文程繼妻一案擬賈璉之娶尤三姐也謂張華取中華意自是漢人充當皇娘莊頭當然爲投旗漢人（均以擬范亦釋眞獨得之見乃仍夾寫博爾濟氏不可不知）

舉淸初喪中演戲娶親有睿王喪中吳王納萬丹女一事孝端之喪太后下嫁豫王南征漁色亦在太宗喪中書中寫國孝家孝特別注意之乃爲此也（可供參究）

六十五回

以尤二姐擬范妻尙似以尤三姐擬陳臥子某姬不相似

六十六回

評薛蟠平安州遇盜一段爲三桂叙州之敗不如征蒙得柳似煙力之確切

又謂曹氏之尤三姐指呂四娘大非不知是寫繩妓霍三娘以擬紅娘子尙可

六十七回

評薛蟠常州泥揑小像謂泥土視三桂（應引某君咏泥羅漢以諷三桂曰你說你是硬漢子你敢和我洗澡去一事恰合本旨）

評鳳姐秘訊謂劉孀私通家奴之嫌疑亦具別見

六十八回

攷范妻爲耿王祖仲明之妹一段似嫌贅繁

謂秋桐指睿王收肅王一妃又將一妃私與伊兒英王以影賈赦所賜近是

六十九回

評曹氏對於尤二姐感想爲柴大妃訴寃絕對不是白費氣力

可惜

七十回

評桃花詩柳絮詞以爲皆輕薄之物然桃紅絮白朱明與長白之辦（自是勝義桃花詩社並借唐寅桃花菴以明黛玉之代表唐人不可不知）

柳絮詞解與鄙意合但尙嫌疏略耳且評寶釵詞爲爭后注解不如言寫滿人得意爲長也

七十一回

評僕婦得罪尤氏一段爲肅王得罪委曲而發仍嫌辭費餘文皆不足取

七十二回

評倚勢霸成親謂豫王南下自爲漁色之首同劉媪被擄女子

爲其部下逼迫者何可勝道而投旗之人亦多乘勢打刼言來旺者來者來投之意謂之曰吃酒入渾水也謂之曰不成人屏之漢族以外矣（此段可通鳳姐言王家人其意自明不須深說）

七十三回

以傻大姐擬張煊終不相似

錄懦小姐不問纍金鳳一節謂南都君臣豈有綱紀摘發之任屬于探春蓋謂使唐王與成功處此必不肯含糊了事者又謂用兵最精默以擬張蒼水又評先制服二姐姐然後就要治我和四姑娘以擬前三藩（自是第一義諦惟以侍書擬蒼水太得唐突）

七十四回

評大觀之抄爲滿人自相魚肉仍以探春擬唐王成功實身受骨肉之禍而不忍言不忍不言（明室因內爭亡國皆寫于探春口

中不可不知）

評私自傳遞引李定國伏兵磨盤山三支以待淸兵降官盧桂生洩其計遂至失敗明因之結局盧桂生之私自傳遞罪大惡極而定國之才亦爲白文選所累書中惜春孤僻本以定國爲桂王代表而文選終至降淸故仍隨尤氏以去蓋深罪文選而例之以桂生也入畫之名尤與文選映合此篇是三春本傳云（自是第一義諦）

七十五回

評尤氏碰到你姨妹氣頭上探春道誰叫你趁熱竈火來了）以爲淸初諸王之行爲烏可以入成功定國之眼哉）（亦可通）以尤氏擬肅王妃因寫惜春一駡以小姑責嫂（此處似寫滿人之重姑奶奶非寫惜春之才勝入也）以傻大舅擬寧完我因寧生平以告訐爲能然亦少掐合之辭倓攷

謂異兆悲音暗指肅王被幽甚合

七十六回

謂賈赦歪腿爲英王求爲敍王之結果因前囘賈母偏心一層釋眞以順治六年英親王阿滿格攻擊輔政豫親王詔令二子不應優異於衆又謂鄭親王乃叔父子渠乃太祖子皇上叔可以渠爲叔王而不應以鄭親王爲叔王（以寫偏袒甚合）攝政讓之諸王大臣議削英王爵睿王僅免其罪但令以後勿預部務（故曰歪腿亦合但康熙諸子爭儲亦有偏袒情形而允禩裝病不離杖尤與歪腿合可同參）

評臥榻之側豈容他人鼾睡曰漢軍與漢人從何駐足出之女子之口爭后不得決矣（仍以滿人南征爲第一義諦）

評凸碧爲淸字影子日月落時江海碧黃蘖山人之痛也

凹晶者明也以光明之物處凹下之地位安得不悲寂寞自是勝義

評清遊擬上元謂上元甲子開國之象以擬洪武（不如擬元朝爲切題）分瓜笑綠媛破瓜之義四貞宜妬繼后（按此似謂睿王納朝鮮女鮮女衣綠故云）酒盡情猶在三吾水繪又烏能忘這時候一步難一步非作詩之難乃處境之難（甚合小宛心事）其他解釋亦多有意與鄙人注可參觀

評妙玉續詩以擬萬季野收輯歷史故寓興亡之感亦合

又擬妙玉于蔡琬因其父蔡毓榮曾咏白燕第五句云「有色何曾相假借」沈思未對琬代續云「不羣仍恐太分明」以擬妙玉狷介甚似又攷三桂卒于康熙二十年毓榮得罪于二十六年琬母已剌死其父亦得罪是固生而孤落者身世與妙玉等（殊非泛

指）

七十七回

評人參過百年而日已成了灰以爲清廷之運代表（應明提胡無百年之運）

評晴雯之死以爲貞妃殉葬卽董年也其中仍有一李雯在不可不知

評吳貴姐婦一段以譏前清宮場之卑汚又評女子嫁了漢子數語以譏[illegible]臣之不堪皆有慨乎其言之矣

七十八回

評林四娘以爲與[illegible]池北偶談所載不同以作者別有傳聞（其實林四娘與[illegible]初衍志雖殊而大致相同因其爲青州衡宮宮人既相同且爲雄鬼亦相似惟聊齋無林四娘戰死歷史耳則

一百三十六

紅樓正可補其遺缺何云傳聞異辭耶）

評芙蓉誄用典不及仙女而轉用葉德善攝魂撰碑李長吉被詔爲記亦不類（不知正寫李雯也）

又擬姜西溟之與容若失之遠矣

七十九回

評夏金桂之於薛蟠爲代表三桂之繼妻張氏對于清廷代表三桂與王索隱無二不引

評迎春爲應熊尙主而發（亦連類而及之義也）

八十回

評香菱受棒仍指圓圓于義爲長

八十一回

評探春先得魚爲希望唐王與成功之獨立（可算一竿到底

（以李紋爲李雯不如晴雯之恰當紅梅詩注亦有未合另評之以邢岫煙擬毛奇齡以李綺擬朱竹垞又謂竹垞補修紅梅皆無確據

八十二回

評老學究爲清初講官亦嫌浮泛

擬襲人于廢后降爲靜妃則是偏房未降以前本由睿王之私人強迫而來則原是偏房之說亦通（可從）

八十三回

評夏家門子裏沒見過這樣規矩以三桂之家言之則無種無國無父無母而又無妻無子且曰以淫殺爲事眞眞是箇混帳世界（甚合）

評寶釵吞聲一段仍嫌太泛

八十四回

評提親二字對順治爲語無泛設因大婚年猶未滿十五十五爲聖人志學之始蓋卽爲普通人入大學之時代（卽言入大明朝之時代）不愠一題爲不愠孝莊下嫁歸墨指無父（不如用夷子二本以譏多爾袞之假稱皇父爲確切且使人失笑）

評倒給人家當家爲本非其家而據有之故曰替人當家本不認可而稱皇帝故曰不能替人當家言順治未親政權在攝政王旣親政之後辦得稀糟何曾能當家甚是

評賈環結怨以過墟志劉七擬之仍嫌不顯豁

八十五回

評此回北靜王當指鄭親王（甚是）

又評寶玉道「你瞧芸兒這樣冒失鬼」一語忽止住以擬廢后立后際范文程洪承疇與有力焉（頗見巧思）

評薛文起致惹於流刑謂打死張三郎三桂之逼死桂王駐雲南即不異放流（亦合情事）

評李家店猶是唐八土地當糟當朝之謂十八年前之張大郎崇禎大兒子二兒子也都死了福王唐王安在小雜種寫得毒不認爲漢人矣（皆第一義諦）

評老官翻案牘爲三桂幾翻前案而不自以爲醜（亦合）

八十六回

評於薛蟠打死張三之後忽提寶玉想起蔣玉函的汗巾明其爲寶位而爭也（極是改朱爲張即演戲改朱木匠爲張木匠之意（

八十七回

評黛玉想父母謂父母爲祖國（自是第一義諦）

評妙玉聽琴爲卞玉京彈琴亦有合處

評惜春輸棋爲桂王李定國之傾覆（極是）

評走火入邪魔謂不免唐突李野（按不如王索隱之擬桂王爲優）

八十八回

評讚孤兒之孤字可作少孤解亦可作稱孤道寡寡孤字解（極是）

評鬼話一段即聊齋以狐當胡以漢人當鬼之義又謂漢人之死者當作厲鬼以報豫王（不知尚有滿洲寃鬼在）

八十九回

評公子塡詞將順治對董妃乾隆對富察后之追懷一并寫出固合然其中尙有雍正篡位歷史在

九十回

擬薛蝌爲三桂大學士方光琛不甚切合惟求之于三桂方面則無過于光琛者侯攷

九十一回

評談禪爲董妃要寵之詞固是而與濟南妓爲富察后標榜與乾隆打禪語亦有合處

九十二回

評寶玉評列女傳至以卓文君紅拂爲豪傑正是影照睿王女東莪私通某生事不得專以淸皇訓女爲証

擬潘又安于訥親司棋于阿扣不相似乃釋眞通病也

九十三回

擬包勇爲張勇不知尙有趙良棟在內

水月菴一案以指豫王部下之淫亂亦不盡然

九十四回

以賈母擬孝莊又擬乾隆不免牽強

評丟了這個比丟了寶二爺還利害以爲滿人寧可亡君不可亡朝以寶玉爲玉璽自是第一義諦

評除了寶玉都是女人以園中爲國中女人爲漢人卽普天臣妾之義篇中怕女人爲賊則是防備家賊誠然

解當字爲玉璽暫寄于滿人當然物歸原主是作者本意

九十五回

評邢岫煙求妙玉扶乩爲奇齡與季野修史以詞曰噫故國之

淚也靑埂者淸之代名詞（淸更代之土也）古松數千年之古國來無影去無跡國亡于滿洲之謂（漢去胡來幾無跡影言歷史已亡也）欲追尋而山萬重河山統一完全無一塊乾淨土（追尋歷史河山依舊）入我門來一笑逢苟能自主玉璽仍歸漢族（皆勝義也）

九十六囘

仍以黛玉爲小宛以此囘寫謀后不成而失本性（有未盡意）駁王索隱謂允礽二次再儲全係孝莊及馮銓之力爲僞造歷史因孝莊死于康熙二十二年年七十五再儲二十餘年馮銓已死于康熙十一年（自是精確但兩曹氏均死于乾隆三十年前而釋眞以爲乾嘉間人其誤正相等）

九十七囘

評焚稿爲靈皐作傳卽以爲燒書代表（頗有關合處）以掉包擬雍正篡位甚是但以嘉慶卽位亦未必脫去掉包之慣例自蹈僞造歷史之嫌且非兩曹氏所及見也

九十八囘

評李紈料理黛玉之死擬佟氏對小宛以及李文貞救靈皐之獄皆有合處

九十九囘

評破例一段文字爲痛寫官僚政治情形（惜不知其中有李衛與田文鏡在）

一百囘

評幫着人家擠我們的訛頭爲自家人殺自家人所引事實仍覺浮泛

評寶釵獨你喜姊妹妹暗指康熙納妹事亦合

一百一回

寫鳳姐見鬼爲狗乃狐畏狗之意（不知其中倘有阿其那塞思黑兩鬼在）

寫散花菩薩以影滿洲天女甚似

評王熙鳳衣錦還鄉仍以過墟志闕合較爲確切

一百二回

評卜卦兄弟刼財爲肅王被幽之兆世爻上動出一個子孫倒是尅鬼的以擬順治恰合（陰用世祖之世字極巧）評園裏撞着爲秘密之事出了汗爲風流汗總不離肅王妃辱于睿王一案（自是勝義）

評大觀園淒涼以龔定菴正大光明殿賦以豐草長林鳥獸居

之爲韵而痛罵滿族固是（但其中主要在雍正遇刺客不可不知）

大公野鷄評爲禽獸而被文明毛羽（不知其中有一呂字）

一百三回

評金桂之死爲三桂之死皆有關合處

一百四回

以雪雁指趙良棟紫鵑指孫思克皆覺不切

一百回

評查抄至引和珅大錯特錯不足取也

一百六回

以鳳姐擬劉墉以譏武臣致禍于祖國（其意爲合）

評帶累二老爺引英王獄詞仍不免浮泛

一百七回

評賈政倫常上也講究也字下得惡極下嫁而以爲孝殺親王而以爲忠攝政專横而以爲守臣節（寫最循規矩可笑）以包勇擬張勇仍不及趙良棟之切當

一百八回

寫湘雲出嫁引東華錄順治十三年六月癸卯諭禮部奉聖母皇太后諭定南武莊王女孔氏忠勳嫡裔淑昭端莊堪詡壼範宜立爲東宮皇妃爾部卽照例備辦儀物候旨行册封禮爲孔四貞立妃已經宣佈（此諭甚關緊要如此則書白首雙星之言非虚造矣）

評劉阮入天台仍是李雯仕清注脚閑看兒童捉柳花仍是竹垞告歸（頗有關合）

一百九回

以柳五兒爲悼妃乃科爾沁巴圖魯王之女未及册封而逝遂追封悼妃（亦一異聞）

評漢玉缺一段頗合鄙意謂「這塊玉還是祖爺爺給我們老太爺數語」爲葉赫世代明藩襲受封爵之代表「這玉是漢時所佩兩語」爲漢族封爵典章足以誇耀鄰邦「你拿着就像見了我一樣」非世襲爵祿後嗣即與前代等乎「我那時還小撩在箱子裏」棄此命婦之地位「我見偺們家東西多從沒帶過」改嫁後不復顧舊封一撩便撩了六十多年孝莊死時年七十五去嫁葉赫時年代差似今日給與寶玉是以漢人所有給之故仍提係我祖上給我的意思（語不落空是爲上乘但尙有曹丕得玦意在）

評惜春久不畫了爲祖國難于恢復由是以後無可如何之詞亦是

評史姑爺撈病謂延齡于康熙十三年叛十二年被吳世琮所執殺之恰是四年（頗合）

一百十回

評賈母心實吃虧四字以影孝莊失節下嫁甘心自汚（極是）

一百十一回

以鴛鴦擬馬湘蘭終覺不合

一百十二回

評妙玉被刼案指蔡毓榮愛吳氏之色而辱其人因吳氏爲三桂之嫡孫女惡三桂者固快心於其孫女之爲人所汚而汚之者之罪終不可以少貸但終覺牽强

擬趙姨媽暴病爲鄭芝龍棄市亦一筆到底之意也

一百十三回

評寃魂纒擾爲漢族無數生靈向豫王索命之辭甚切

以年羹堯擬紫鵑亦太牽強

一百十四回

評鳳姐喪事草草因爲奪豫王亦寫牧齋喪事仍以平兒擬如

是但情事不甚切合

評甄永嘉蒙恩遂至闕有明裔醜受清人封爵及希望明朝恢

復還我河山兩義（實爲上乘）

一百十五回

評曹氏以惜春指豐紳殷德家事以及朱珪稚存遠及嘉慶四

年（未能切合不可取）

評甄寶玉爲祿蠹不如指永歷之切合

一百十六回

評寶玉入夢先見尤三姐因書中所記諸人固大多數因皇帝而受害受害之極則必當有以報復之報復之人必假諸受害最烈者之手故以三姐爲代表而曰「你們兄弟沒有一個好人敗人名節破人婚姻今日到這裏是不饒你的了」痛快已極（此等皆作者故意洩漏處乃胡適輩尙認爲曹雪芹自叙而曹家兄弟何曾有此等敗德耶）

一百十七回

評要玉要人爲光復之義與鄙意甚合

假牆笑話評爲作者提醒吾人之深心（而不知將吳洪諸人都寫在裏面且有蔡某一段歷史也）

一百十八回

欺孤女評爲劉孀事無據（因其寫東莪也）

以此回惜春擬桂王以紫鵑擬定國（較爲確實）

評不失其赤子之心以合于順治出家心理頗得要領

評賴尚榮設法告假以爲淸廷之部曲離心亦合

一百十九回

評探春隨鎭海都統回京謂郡主之翁實爲耿繼茂頗是

巧姐住在村裏謂曹氏指鄭家莊王孫事（不知其爲東莪）

一百二十回

香菱扶正與難產謂兼指顧眉生亦一異聞

論雪芹生世不甚明了當據近人曹氏年譜正之

（終）

正誤表

篇目	頁數	行數	字數	誤	正
眞諦卷下	四	一	二十一	事	是
	十五	二	四	蘗	蘖
	十六	十	二	空	宮
	十七	二十	九	殺	射
	十八	二十	十	者	壽
	十九	十四	八	上	工
		同上	十	臣	巨
	二十二	十三	十六	成	程
	四十八	十	十四	勉	免
	七十五	六	五	爾	氏
	七十六	八	底	銷	鎖
	同上	二十		彊辟	倒植

附記

篇中　東峨東莪通用　辟薑辟彊通用　小琬小宛通用　不更正

標目　紅樓夢眞諦　石頭記眞諦　異名同實　不更正

中華民國二十三年九月出版

紅樓夢眞諦 上下兩卷

定價一元六角

著作人　景梅九

校正者　張天放

發行者　西京出路社

代售處　西安各大書局

方豪《红楼梦新考》

景方豪，历史学家，天主教神父。字杰人，笔名芳庐、绝尘、圣老，浙江杭县(今浙江杭州)人。一九一〇年生，一九八〇年卒。曾任浙江大学、复旦大学教授兼系主任、院长。一九四〇年去台湾，任台湾大学历史系教授，并在天主教会任指导司铎、主任司铎。致力中国历史和中西交通史研究，颇具造诣，著述甚丰。先后参加德、法、意、澳、日等国举办的国际学术会议。著有《中外文化交通史论丛》《中国天主教史论丛》《宋史》《中西交通史》《中国天主教史人物传》《方豪六十自定稿》《马相伯先生文集》《明清之际中西血统之混合》等。

《红楼梦新考》，方豪著，全一册，重庆独立出版社一九四四年四月编入《中外文化交通史论丛》第一辑，并出单行本。清校者张木兰。全书约两万字，起于七十一页，止于一一二页，按照作者的说法『独立出版社为生意经打算，并出了一个单行本，可惜连书口和页数也没有改』。(见《红楼梦新考发表的经过和反应》，《方豪文录》，北平上智编译馆，一九四八年五月版。本书在制作时重新编排了页码。)

全书共『引言』『《红楼梦》中之外国地名』『《红楼梦》中外国物品统计』『《红楼梦》外国物品之来历』，『《红楼梦》人物与外国人之关系』『结论』六章。『在书中之外国物品上着眼』，对钟表、自行船与自行人、洋漆器物、鼻烟壶、西洋衣镜、玻璃器物。西药、葡萄酒、暹罗茶、孔雀氅、西洋画等外国物品的传入的时间、地点、人物做了详细考证，并从这种考证中推论：一、『此书一部分内容虽为曹雪芹自传，然其间实杂有清初宫廷及达官贵人之男女情史』；二、『宝玉虽为雪芹之写照，但亦不以雪芹一人为限』；三、『其书必为雪芹先人所草，由雪芹删改而成』等。

紅樓夢新考

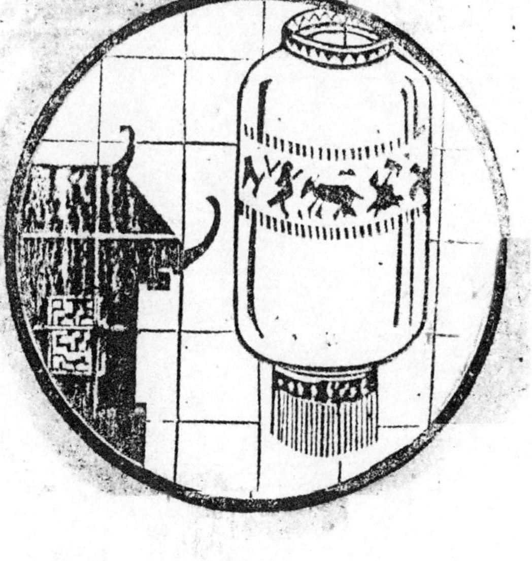

方豪著

紅樓夢新攷

獨立出版社印行

紅樓夢新考（初稿）

——從研究書中外國物品所得之結論——

（一）引　言

民國三十年秋。余來浙江大學授十七八世紀中外文化交通史，因略及《紅樓夢》中之外國物品。不意興趣所至，半年間，積稿盈帙，同事與學生，多有索閱者，並應文學研究會及史地學會之約，公開演講二次。余讀《紅樓夢》不及三遍，且走馬看花，草草翻閱，殊不敢高談『紅學』也。

自來爲《紅樓夢》考證者，主要者有下列三說：一以賈寶玉爲清世祖，以林黛玉爲董鄂妃（王夢阮、沈瓶菴《紅樓夢索隱》）；一以寶玉爲納蘭性德。黛玉乃性德之妻（陳康祺、俞樾）；一以寶玉爲曹雪芹（胡適《紅樓夢考證》）。曹雪芹爲寶玉一說，最爲時人所信服，顧余未草此文之先，即認爲雪芹不過憑其先人之筆記及家中之傳說，爲之剪裁穿插而已。原書第一回記此甚明，曰：『後因曹雪芹於悼紅軒中，披閱十載，增刪五次，纂成目錄，分出章回；又題曰：《金陵十二釵》，並題一絕，即此便是《石頭記》的緣起。』

又歷史考古之原則，凡屬傳說，非確證其出於僞造或誤傳，必時間上發生愈早者亦愈可信。董小宛爲董妃之說固不足信，然黛玉爲董妃，寶玉爲順治之說，產生既早，吾人在未證實其爲後人傅會以前，至少亦當姑以其說爲可靠也。自來駁寶玉爲順治之說者，鹹以順治帝並未出家爲惟一理由。然據陳援菴先生近年研究之結果(見所著《湯若望與木陳忞》，載《輔仁學志》第八卷第一、第二合期；又《語錄與順治宮廷》，載《輔仁學誌》第八卷第一期)，知順治確因對董鄂妃熱戀而結合。又以董妃之早卒而哀傷逾恒，因而由茆溪森和尚爲之削髮。雖其後又因玉林和尚之勸而重復蓄髮，但順治出家之念，削髮前後，固無時不縈縈於懷也。陳先生曰：『謂順治爲出家未遂則可，謂其無出家之意，無出家之事則不可。』順治與董妃是否即寶玉與黛玉，陳先生不言，而余則確信其有一部分真實性也。

以上爲余未草此文前，對《紅樓夢》本事之看法。

雖然，《紅樓夢》大手筆也；凡偉大之文藝作品，其情節往往風詭雲譎，無從捉摸，然仍必有二點可資探索：一爲世界之小說傑作，必含有一部分之自傳性質；一爲任何天才之作家，決不能完全脫離環境之影響與限制；故吾人欲求知某小說之背景，雖不應刻舟求劍，牽強附會，但亦非絕對不可知也。求索之道，莫若注意其書中之細微情節，以其易於爲作者所忽略，而於不知不覺間透露消息也。故欲尋《紅樓夢》之線索。若能在書中之外國物品上着眼，追求其何時傳入?自何地傳入?由何人傳入?應爲何等人家所能享有?亦不失爲研究之一法，而書中之本事，亦可推知其大概也。

以余研究《紅樓夢》外國物品之結果，乃益信余第一種看法爲不誤。

曹雪芹有刪潤之功，惟書中資料則應爲其先人所遺。蓋據胡適之先生考證，雪芹卒於乾隆二十七年除夕，即公曆一七六三年二月十二日，假定其死時爲四十五歲，則雪芹當生於康熙五十六年(一七一七)。如此，則雪芹之修改《紅樓夢》必在乾隆後。清宗室永忠戊子初稿乾隆三十三年有弔曹雪芹詩三首，曰：『因墨香得觀《紅樓夢》小說，弔雪芹，成七截三首。』瑤華評云：此三章詩極妙；第《紅樓夢》非傳世小說，余聞之久矣，終不欲一見，恐其中有礙語也。』而永忠丁亥悼亡詩，有云：『……墨翁愛讀情詩者……情豈有過此者耶？因出奉閱。……』丁亥爲乾隆三十五年，即雪芹卒後五年，是時《紅樓夢》尚只有傳本，但瑤華所謂『余闻之久矣』，可見在曹雪芹生前，《紅樓夢》已負大名。惟乾隆時，無論在朝廷或民間，外國物品已司空見慣，至少有若干物品。不應如書中所描寫之爲罕見。而在順治時。則宮中之外國物品，亦不能如《紅樓夢》所記之多。故以外國物品論，則《紅樓夢》最適宜之時代，應爲康熙朝，亦即曹璽及曹寅任江宁、蘇州織造時也(詳後)。據趙嬷嬷與鳳姐所云(第十六回)，則賈王二府之豪富，與接駕及管理外國進貢二事，極有關係；《紅樓夢》中必有一部分外國物品系得自彼時者，然彼時趙嬷嬷尙在童年，則其非寶玉(曹雪芹)所能親見也可知矣。或曰器物爲佈景，故事为剧情，红楼梦之作，容有以旧布景演新劇之穿插。余曰：此固非不可能者。但舊佈景與新劇，究有不調和處，或非曹雪芹所願導演也。況在地點上，在人物上，雪芹自能故弄玄虛。張冠李戴，惟日用品方面，恐不易面面顧到也。

至於順治董妃之說。雖無實據，然在出家一點上，寶玉與順治確相類似，而以外國物品言，《紅樓夢》中之洋貨，雖臣民亦不難獲得(或取得於進貢之先，或自宮中流出)，要不能與宮廷無關，余故以爲《紅樓夢》所記者，乃順康雍三朝之朝野戀愛逸事，而曹雪芹之個人生活史，自亦占一重要位置也。

本文主意既明，請進而爲《紅樓夢》中之外國物品作一統計，然後再究其來歷，及書中人物與外國人之關係。最后，则下若干结论，乱中参考困难，研究不易无遗漏，因名之曰初稿云。

（二）《紅樓夢》中之外國地名

《紅樓夢》中所有外國地名，除西洋一名外，惟暹羅（第二十五回等）、俄羅斯（第五十二回）、波斯（第六十二回）等三國爲確有其地者。其他如爪窪國爲（第十回）雖非出於虛構，但觀書中口氣，可知作者亦如當時其他小說家無異，以爪窪爲一渺茫荒遠之地而已。原文曰：『金氏聽了這番話，把方才在他嫂子家的那一團要向秦氏理論的盛氣早嚇的丟在「爪窪國」去了。』至於女兒國（第十七回）、茜香國（第二十八回）、真真國（第五十二回）、西天大樹國（第一百〇一回），則俱抄襲陳說，非必真有其地者。可知作者所見西洋物品雖不在少，然對於域外地理知識，則淺薄異常，此固顯而易見者。

（三）《紅樓夢》中之外國物品統計

1.外國呢布類

西洋物品之最經見者，爲各種衣料，包括毛織物、絲織物及棉織物。如鳳姐有翡翠撒花洋縐裙（第三回），大紅洋縐銀鼠皮裙（第六回）及大紅洋縐襖（第九十回）等，不易悉數。寶琴自謂八歲時曾在西海沿上見一真真國女孩身穿洋錦襖袖（第五十二回）。此事雖出寶琴謊造，但作者知有洋錦一物，則爲實情。李紈有哆羅呢對襟褂子，寶玉有哆羅呢狐狸皮襖(皆見第四十九回)及荔枝色哆羅呢箭袖(第五十二回)。鳳姐並以哆羅呢爲包袱(第五十一回)。洋巾在書中亦頗多見(第五十三回等)，鳳姐用以包裹銀箸(第四十回)，黛玉則包匙筯(第五十九回)，頗似西餐格式。寶釵更有一件蓮青鬥紋錦上添花洋線番羓絲鶴氅(第四十九回)。賈母賜與寶玉之孔雀毛氅衣名『雀金呢』者，則系俄羅斯國出品(第五十二回)。賜與寶琴之鳧靨裘，則爲野鴨毛製成，或亦俄國貨(第四十九回)。榮府榮禧堂王夫人房內大炕上，鋪有猩紅洋毯(第三回)。至所謂西香國汗巾(第二十八回)，乃琪官欺哄寶玉者，究爲何國貨，則不得而知矣。寧國府被抄時，得洋呢三十度，嗶嘰三十三度，姑絨四十度(第一百五回)。

2.鐘錶類

《紅樓夢》中所有外國用具，鐘錶實佔最多數。鳳姐受命管理寧國府之始，對執事人等訓話，謂『素日跟我的人，隨身俱有鐘錶，不論大小事，皆有一定的時刻』(第十四回)。友人某君語余曰：鳳姐隨從人員亦盡有鐘錶，則賈府鐘錶之多，可想而知矣。余笑曰：鳳姐之言不可信也。鳳姐欲以此恐嚇寧國府之婆婆媽媽，使各遵守時間，不致偷懶耳。否則，何以一部《紅樓夢》中，祇見鳳姐屋內有鐘，不見其身上有表，亦不見鳳姐如寶玉之時時命人取表而看。作者描寫鳳姐之刁詐，可謂至矣。鳳姐亦自知誇張過甚，恐露馬腳，故接雲：『橫豎你們上房裏也有時辰鐘，卯正二刻，我來點卯，巳正吃早飯……』如此則鳳姐來寧國府時，雖隨身無表，亦能知時刻。施賞罰也。榮國府鳳姐屋內之鐘，乃一掛鐘，劉姥姥初次候見鳳姐時，曾略受虛驚：『聽見咯噹咯噹的響聲，狠似打羅篩面的一般。不免東瞧西望的，忽見堂屋中柱子上掛着一個匣子，底下又墜着一個秤鉈似的，却不住的亂晃。劉姥姥心中想著：「這是什麼東西？……有煞用處呢？」正發呆時，陡聽得噹的一聲，又若金鐘磬一般，倒嚇得不住的展眼兒，接着一連又是八九下。』（第六回）此外，則惟寶玉怡紅院內有自鳴鐘（第五十一回、五十二回、六十三回、八十八回），乃在寶玉臥室『外間房裏槅上的』，似為座鐘。此鐘不時損壞，常需修理，晴雯曾說：『這勞什子又不知怎麼了，又得去收拾。』（第五十八回）惟賈府中有一最寶貴之自鳴鐘，則為鳳姐所變賣，値銀五百六十兩（第七十二回）。其同時售出之四五箱大銅錫傢伙，僅得銀三百兩。可知此鐘在當時所値之價，幾等於八九箱之銅錫器具，鳳姐性又貪婪，銀錢出入，恒有剋扣，則此鐘變賣所得，或不止五百六十兩。蓋其時自鳴鐘為人所寶，必不僅因其為金制也。

寶玉究有若干表，為一疑問。原書第十九回及六十三回，寶玉皆命人取表觀看。可知此表不常在其身畔。晴雯谢世後，寶玉曾密向二小婢探詢晴雯臨終時情形。一小婢曰：『我聽了這話，竟不大信，及進來到屋裏，留神看時辰表，果然是未正二刻，他嚥了氣，正三刻上就有人來叫我們，說你來了。』（第七十七回）可知當時之表，必附注有子丑寅卯等字樣。而寶玉此表之不在身畔更得一證。或曰：當時『鐘錶』二字系一個名詞，故屢有連用或互稱者。如鳳姐所謂『素日跟我的人，隨身俱有鐘錶』，此處『鐘錶』二字，必指今日吾人通稱之『表』，而寶玉小婢口中之時辰表，或即時辰鐘。蓋小表上不易附注子丑寅卯等字样，小婢能辨其為『未正二刻』及『三刻』，其為大鐘可知。寶玉懷內曾有『核桃大的金表』一具（第四十五回）。八十八回亦記寶玉看表。可見鐘錶二字在當時雖時或連用，時或互稱，惟本義上必有區別，第不若今人談說時之習於分辨耳。又錦衣軍查抄寧國府時，共得鐘錶十八件。

3.其他工藝品

西洋工藝品中有洋漆茶盤（第五十三回、六十二回）、洋漆几（第三回、五十三回）、洋漆架（第四十回）、烏銀洋鏨自斟壺（第四十回）、西洋琺瑯天使像鼻煙盒（第五十二回）。原文描寫此盒頗爲精緻，曰：『麝月果真去取了一個金鑲雙金星玻璃小扁盒兒來，遞給寶玉，寶玉便揭開盒蓋，裏面是個西洋琺瑯的黃髮赤身女子，兩肋又有肉翅，裏面盛着些真正上等洋煙。』又有十錦琺瑯杯（第四十回），及荷葉形反射鏡，鏡上有『洋鏨琺瑯活信，可以扭轉向外，將燈影逼住，照著看戲，分外真切』（第五十三回）。此今日舞臺上習見之物，不意《紅樓夢》中竟先二百年用之。惟彼時無電燈，僅用以反射燭光耳。榮禧堂有一玻璃盒爲陳設品（第三回）。大觀園有一舟，『兩邊石欄上，皆系水晶玻璃』（第十八回）。寶玉則以水晶缸盛水菓（第三十一回）。

寶玉房內有大穿衣鏡一具，鏡有鏡套，熱天即少放下（第十七回、二十六回、五十六回），嵌在門上，有西洋開關，原書稱『西洋機括』，劉姥姥曾誤觸機關，門遂自啟，門後即寶玉臥床所在（第四十一回）。余頗疑此門裝有彈簧，故劉姥姥能一觸即開。賈母八旬大慶。粵海將軍鄔家送一架玻璃圍屏，在禮物中列爲第二（第七十一回）。晴雯曾謂寶玉不知弄壞了多少玻璃缸（第三十一回）。寶玉顧視黛玉病後，因天雨不便夜行，黛玉即命以玻璃燈燃燭送去，寶玉自謂『亦有這麼一個。』最奇巧者乃一（亦有作一雙）金質西洋自行船，爲寶玉寢室陳設品之一（第五十七回）。某年寶玉寶琴生日，鳳姐所送禮物中，有一件波斯玩器

（第六十二回），不詳其名。

4.外國飲食品

寶玉被父親責打後，王夫人曾以『木樨香露』及『玫瑰清露』各一小瓶，交寶玉自飲，每一碗水，祇須用清露一茶匙。此二瓶皆有鵝黃箋，系進上所用。余斷其爲西洋物品。蓋曰『兩個玻璃小瓶，却有三寸大小，上面螺絲銀蓋』（第三十四回）。螺絲銀蓋，非當時中國所能製造。玫瑰露又見於第六十回，芳官欲得玫瑰露送柳五兒，寶玉即命襲人取出，已祇半瓶，寶玉自云『不大吃』，是此露即得自王夫人而爲寶玉所用余者。惟此處乃一『五寸來高的小玻璃瓶』，與三十四回所云『三寸大小』不合，余疑『五』字爲『三』字之誤，緣五寸之瓶，已不小矣，當爲『三寸來高的小玻璃瓶』。柳五兒與伊母見『裏面有半瓶胭脂一般的汁子，還當是寶玉喫的西洋葡萄酒』。寶玉平時飲西洋葡萄酒即由此透露，此酒之帶胭脂色，亦可以此見之。黛玉病中。寶釵曾送一包潔粉梅片雪花洋糖（第四十五回）。鳳姐亦曾以暹羅貢茶兩瓶贈黛玉，黛玉頗爲欣賞，寶釵亦然，寶玉雖亦有此茶，惟覺其尚不及尋常之茶（第二十五回）。又暹羅豬及魚，詳後第七節。

5.外國藥

鼻煙在當時亦視同藥品，上文第四節所引第五十二回之鼻煙盒，即係寶玉爲晴雯療頭疼者，酸辣異常，惟用後，太陽穴仍未止疼，寶玉乃主張『越發盡用西洋藥治一治』，遂命麝月往鳳姐處取貼頭疼膏子藥名『依弗哪』者。『依弗哪』原名不詳。其形狀與用法尚略有所記，據謂『拿了半節來，便去找了一塊紅緞子角兒，絞了兩塊指頭大的圓式，將那藥烤和了，用簪挺攤上」。敍述過簡，無法窺知其底細也。

6.外國動物

寶玉院內有一『西洋花點子哈巴兒』狗。晴雯等曾藉以譏嘲襲人(第三十七回)。黑山村莊頭烏進孝，某年年終，送呈賈珍之帳單內，有暹豬二十個。孝敬哥兒頑意之『西洋鴨』兩對(第五十三回)。薛蟠五月初三日生日，請寶玉參加宴會，有胡斯來及程日興二人所備暹羅進貢之豬魚(第二十六回)。

7.西洋美術

《紅樓夢》中之建築，純爲中國式，惟怡紅院進門即有一大幅西洋油畫，作女童來迎像，栩栩欲生。劉姥姥曾誤以爲真女童。原文亦刻畫入微，異常生動。曰：『於是進了房門，便見迎面一個女孩兒，滿面含笑的迎出來，劉姥姥忙笑道：「姑娘們把我丟下了，叫我蹦頭蹦到這裏來了。」說了，只覺那女孩兒不答，劉姥姥便趕來拉他的手，咕咚一聲，却撞到板壁上，把頭蹦的生疼，細瞧了一瞧，却是一幅畫兒，劉姥姥自忖道：「怎麼畫兒有這樣凸出來的?……」一面想，一面看，一面又用手摸去，却是一色平的，點頭歎了兩聲。』(第四十一回)此外則有鼻煙盒上琺瑯製成之黃發帶翼天使像(見前)。晴雯並知西洋織補法，在當時名曰：『界線法』，曾爲寶玉修補孔雀氅，寶玉歎爲『真真一樣』；並預先即說『那裏又找俄羅斯國的裁縫去?』怡紅院所有女郎，亦惟有晴雯獨擅此法(第五十二回)。

8.其他洋貨

《紅樓夢》中又有若干物品，不能確定其爲舶來品者，或系仿製，亦未可知。第二十八回記榮國府東邊二門前有小廝在甬路盡處踢球，爲焙茗所遇。不知是否皮球。又襲人送與芳官之花露油及雞蛋香皂，亦不能必其爲外國所制也。至於賈母等所戴眼鏡，在當時已甚普遍，不復以外國貨目之，但玻片必來自歐西也。第十九回賈妃曾以牛奶賜寶玉，寶玉乃留與襲人，但竟爲李嬷嬷所飲。牛奶又名糖蒸酥酪，在當時視爲珍品，賈妃未賜前，寶玉已曾有之，亦送與襲人。故曰『寶玉想上次襲人喜吃此物，便命留與襲人了。』一部《紅樓夢》中得飲牛乳者，寶玉一人而已，襲人與李嬷皆受寶玉之惠而得分嘗者。襲人說：『他吃了倒好，擱在這裏白糟塌了。』珍惜之意溢於言表。此牛乳似爲外國貨。或仿西式而制者。

上述諸件而外，亦有混稱『洋貨』而無詳細說明者。第六十七回記薛蟠自江南帶來『兩個夾板夾的大棕箱……一箱都是綢緞綾錦洋貨等家常應用之物』。第二箱有自虎邱帶來之自行人，此自行人必系西洋玩具，購自蘇州者。

（四）《紅樓夢》外國物品之來歷

《紅樓夢》中之外國物品，有爲外國進貢用者，如暹羅茶、暹羅豬；有爲臣民進上用者，如木樨香露、玫瑰清露；（廣州十三行爲洋貨一大來源。《皇朝文獻通考·市糴考》曰：『乾隆四十九年（一七八四）尚書福康安、兩廣總督舒常奏議：洋行商人潘文嚴等情願將洋貨內如鐘錶等類可以呈進者，每年備辦，籲懇監督，代爲呈進。』）有購自江南者，如薛蟠帶来之洋貨及自行人。亦有莊頭送來者，如兩對西洋鴨。

至於其他洋貨，究系何處而來?鳳姐曾說：『我們王府裏也預備過一次(按指接駕)，那時我爺爺專管各國進貢朝賀的事，凡有外國人來，都是我們家養活，粵閩滇浙所有的洋船貨物都是我們家的。』(第六十回)可知當時各國進呈之品，能到達宮中者實不甚多，進貢者必先賄賂海口及沿路各關卡之員司，讀蕭若瑟著《天主教傳行中國考》，知利瑪竇之進萬曆帝方物，途中亦曾爲太監馬堂留難苛求。又如嘉慶和珅檔案(錢鱸香先生手鈔本，白蕉補輯，見《人文》七卷二至五期)，載和珅被籍沒之家產中，所有洋貨物，亦多爲貢品，且與《紅樓夢》中記載，大致相同。茲先爲摘述如下，計有：

大自鳴鐘十九座
洋表一百余個
瑪瑙煙壺一百余個
氆氌一百十板
五色嗶嘰二百余板
小自鳴鐘十九座
洋錢五萬八千圓
五色大呢八百板
五色羽緞六百余板

根據右述情形，余已敢斷定《紅樓夢》中之洋貨，什九爲貢品，故爲宮廷用品。今試擇主要物品，爲之一一考求。

自鳴鐘由利瑪竇帶來我國，爲最早傳入之西洋物品之一。但《紅樓夢》中之鐘錶，俱極平常。沈初《西清筆記》卷三，謂『內府一自鳴鐘，下一格，有銅人長四五寸許，屈一足跪，前承以沙盤，鐘鳴時。銅人手執管於盤中，劃沙作「天下太平」四字，鐘響寂。則書竟矣』。《紅樓夢》無此類鐘，可奇也。清汲修主人著《嘯亭續錄》卷三曰：『近日泰西氏所造自鳴鐘表，製造奇邪，來自粵東，士大夫爭購，家置一座，以爲玩具。純皇帝惡其淫巧，嘗蔡其入貢，然至今未能盡絕也。』乾隆時，自鳴鐘已普及士大夫家，且和珅家中乃有大小自鳴鐘三十八座，洋表一百余個，遠在榮寧二府之上，余故斷定《紅樓夢》之作必在乾隆前也。

1. 鐘 表

今人談《紅樓夢》於其自鳴鐘計時之法，往往不解。若一閱南懷仁康熙十二年（一六七三）刊印之《儀象志》（亦曰《靈台儀象志》及儀象圖，即不難了然也。據《儀象志》六三圖，可知當時之鐘爲長方形，上半部（大半部）爲一大圓圈，周刻子丑寅卯等十二時，中僅一針；下半部（小半部）左右分列二小圓圈，右計分，左計秒。計分者注有一刻、二刻、三刻、四刻，每刻十五分，與現在通行之鐘同，故一刻與二刻、二刻與三刻，三刻與四刻之間，各有五分、十分、十五分等字樣；觀鐘者必先察其爲何時，然後再觀其爲何刻何分。取例言之：《紅樓夢》六十三回回之子初二刻十分，則爲晚十一點四十分，蓋子正爲午夜十二時，子初則尤未到十二時，二刻爲三十分，加十分則四十分矣。

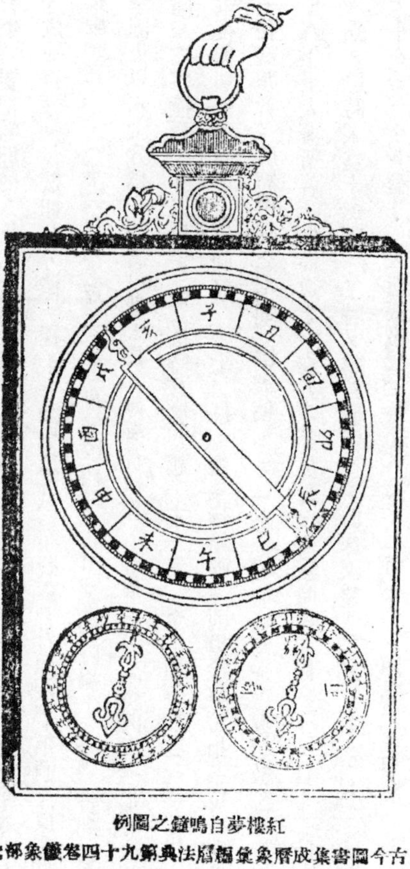

紅樓夢自鳴鐘之圖例

(見古今圖書集成曆象彙編曆法典第九十四卷儀象部彙考)

斐化行(H. Bernard)著《天主教十六世紀在華傳教志》二〇五、二〇六、二〇七、二一〇、二一八、二七六、二七七等頁，均述及初期教士攜鐘錶來華之情形，詞長不錄。其二〇八頁記一五八三年一月四日星期六(萬曆十年十二月初九日)義教士羅明堅(Rug gieri)在肇慶府『大自鳴鐘整理得甚是準確，但是爲應和中國人的習慣，要把歐洲的二十四小時改爲十二個時辰，把亞剌伯字改成中國的名字，每天又分成一百段，每段分成一百分』。按如此分法，極不合數學原理，余疑譯者有誤，惜手頭無原著可查。讀沈景倩《萬曆野獲編》卷二十『華夷百刻之異』，即可知改西洋一日二十四時爲十二時，實利瑪竇創之也。《靈臺儀象志》固仍以六十分爲一時者。邵太緯《薄海番域錄・古蕃二》，謂澳門有『定時台，巨鐘覆其上，立飛仙台隅，爲擊撞形。亦以機轉之，按時發響，起子末一聲，至午初十二聲，複起午末一聲，至子初十二聲。晝夜循環無少爽。前揭圓盤，書十二辰，俟某時鐘動，則蟾蜍移籌指某位。』蓋其時各地自鳴鐘無不標子丑寅卯者。所謂擊鐘之飛仙，則天使 Angel 也。天使通常皆畫翼，故邵太緯名之曰『飛仙』。乾隆五十八年王大海所著《海島逸志》卷五《聞見錄》記定時鐘，曰：『一日十二時，分爲二十四點，子時爲一點，巳時末爲十二點，午時又爲一點，至亥時末又爲十二點，合一日爲二十四候，是亦一道也。其鐘大小不一，小者盈寸，大者高數尺。』蓋其時十二時與二十四點已並用矣。

《正教奉褒》第二冊(一一四頁)載：『康熙三十三年(一六九四)六月二十八日上傳徐日昇(Pereira，葡人)至黼座前。賜牙金扇一柄，內繪自鳴鐘，樓臺花樹，御題七言詩曰：「晝夜循環勝刻漏，綢繆宛轉報時全，陰晴不改衷腸性，萬里遙來二百年。」』可見康熙帝愛好自鳴鐘之一斑。二百年當爲一百年之誤，蓋利瑪竇之進呈自鳴鐘在萬曆二十八年十二月二十四日，即一六〇一年一月二十七日，距康熙三十三年才九十三年也。王氏《東華錄》記康熙三十九年冬十月，以皇太后六秩聖壽，命皇四子準備進獻禮物，內有進貢一千四百四十分自鳴鐘一架。按一千四百四十分即二十四小時也。

2.自行船與自行人

自行船爲寶玉房內所有，西洋貨也。《故宮畫刊》三二六期，有乾隆五十年(一七八五)進貢之首飾箱表攝影，其表每上弦可走八日，其上有活動船，殆即與《紅樓夢》自行船同一構造也。惟與《紅樓夢》撰著之年代相較，似稍後耳。《粵海關志》卷二十二億大利亞國條，記雍正三年教王伯納第多所貢物品中，有『四輪船』一隻，必自行船之類也。自行人則爲薛蟠自虎丘帶來，以理度之，亦當爲洋貨。

自行船與自行人之製法，蓋皆利用自鳴鐘之發條而成也。《西清筆記》所載內府自鳴鐘，有銅人能執筆作字，即自行人之類也。《西清筆記》又載『昔在閩見一鐘，上一格，兩扉常闔，至交初正時，內有銅人兩手啟扉，轉身於架上取槌，擊鐘如數畢，置槌於架，兩手闔扉。又有銅人高數尺，如十三四丫頭，麵粉衣繪，前置洋琴，啟銅人鑰，則兩手起執椏擊琴，左右高下，其聲抑揚頓挫合節，頭容目光，皆能運轉，助其姿致。鼓畢，則置椏於琴，兩手下垂矣。又制飛雀，呼噪逼真，西洋工匠之巧如此。』按《故宮畫刊》三二六期有樂鐘。每小時奏樂，背面小鳥跳躍，並搧其翅，又有『人打琴』，與上述飛雀及銅人鼓琴同。至道光間，則此等巧製，已不罕見，且有在市肆出售者。《道光外交史料》卷三，頁六，《福建道監察御史章沅請禁夷商以違例貨物私易官銀出洋摺》云：『夷商每歲必務爲新奇可喜之物，藉相炫

乾隆三十五年 Williamson 進呈之英國機器人

（可與紅樓夢中之自行人相參證）

惑，如多寶笛，自鳴雀，風琴，不可枚舉。』

然此種以法條轉動之機器人實早已傳入我國。費賴之《入華耶穌會士列傳》(Prister: Notices Biog· et Bibliog)法文原本第一冊一一三頁記比教士金尼閣(Trigault)於一六一七年春(萬曆四十五年)由法國皇室Cosimo de Medicis贈以一無比之自鳴鐘。鐘上雕一人首羊身之怪物(Satyre)，持弓發矢，每時發一矢以報時。又原書第一冊二五三及二五四頁記葡教士安文思(G· de Magalhaens)某日以一自行人獻於康熙帝，其人不能言語，內裝法條，能自行十五分鐘，右手執一出鞘之劍，左臂懸一盾。某日。文思又獻一鐘。每小時報時後，即奏樂一曲，各時不同，最後，則如萬炮齊鳴，聲亦漸降，若向遠處退却，終於不聞。蓋渠在宮中，時為康熙帝創制新奇工藝品，與一普通工人無異，欲以此博康熙之歡心，俾教會得穩固而廣傳耳。康熙十六年(一六七七)四月初五日，文思卒，初六日帝降諭曰：『今聞安文思病故，念彼當日在世祖章皇帝時，營造器具，有孚上意。其後管理所造之物，無不竭力。況彼從海外而來，歷年甚久。其人質樸夙著，雖負病在身，本期療治痊可，不意長逝，朕心傷憫。特賜銀二百兩，大緞十疋，以示朕不忘遠臣之意。特諭。』(《正教奉褒》第二冊七十三頁)可見安文思之供職清廷，實始于順治時。後康熙帝又派侍衛襲薩等三員送葬。可謂榮矣！

安文思能制自行人，但在其後，又有瑞士籍修士林濟各(Stadlin)者，以康熙四十六年(一七〇七)冬抵北京，入宮盡職，所制奇器，為數尤多。蓋康熙四十一年(一七〇二)德教士龐嘉賓(Castnar)回歐洲，為清廷羅致善制機件之修士，林濟各即應徵而來也。乾隆五年(一七四〇)卒，帝亦賜銀二百兩，大緞十疋。(見

費賴之原書第二冊六二〇頁）

乾隆時，宮中已有鐘房，專以招待西洋教士之管理鐘錶者。羅馬教廷傳信部檔案處所藏《乾隆十八年葡使來華紀實》(見前)原文曰：『又因他(按指西洋教士華名爲西澄元者，文中亦稱西老爺，西名Adeodat，爲傳信部司鐸，見後)在朝裏在花園裏作鐘作玩意，天天見萬歲，萬歲狠喜歡他，很誇他巧，常望他說話。如意館內有三位西洋人畫畫，兩位作鐘，共五位。萬歲常向他們兩個說話，就是畫畫的郎老爺，官名士寧，聖名若瑟，很有德的。萬歲狠愛他的，他有河道雪亮藍頂戴，王公大人面前，有體面，西老爺也是如此。……西老爺在如意館內鐘房，常見萬歲，萬歲同他說話，看他做的，很誇獎他的法子狠巧。欽差未來之先，萬歲對西老爺說過好幾次，你們快快完西洋房子，你們的西洋大人來了，我叫他看我的西洋房子裏的陳設，都是大西洋來的很好的東西，又有好些都是西老爺作的，狠巧狠妙的玩意排設。』西澄元住鐘房，又專制鐘及玩意，亦値得注意者。蓋寶玉之鐘，時有損壞，常需修理(晴雯曾有此言，見前)，余嘗謂寶玉覓修理之人，以爲必系當時在宮中之西洋教士也。

乾隆間又有法籍修士楊自新(Thibault)者，以乾隆三年(一七三八)至中國，亦居於宮中鐘房，嘗制一自行獅，能走一百步，與活獸無異。發條則藏於獅胸。其後又作一獅一虎，能行三十步至四十步，極爲乾隆所喜。自新卒於一七六六年一月十八日，即乾隆三十年十二月初八日。(費賴之原書第一冊七九三頁)

楊自新卒後三年，即一七六九年九月十五日，法籍司鐸汪達洪(J. M. de Ventavon)記曰：『余來華後一年(按即一七六七年)即以鐘錶師資格被召入宮。然余實可稱爲機械師，蓋皇上所需者乃奇巧之機器，而非鐘錶也。在余抵此前不久逝世之楊自新修士，曾制一獅一虎，能自行三四十步，余近正制二人，能手持花瓶而行，余已工作八月，惟尚須一年，始克完成。余以是能屢見皇上。……余因常須入宮，故不能與其他同事同居城內，余因職務關係，常居海甸。國內之大吏與王公，時時請西人爲彼等修理鐘錶，鐘錶在中國爲數頗多，而吾輩修理者僅二人，一爲傳信部司鐸。一即余也。』(見費賴之原書第二冊九一四頁)所云傳信部司鐸，即《乾隆十八年葡使來華紀實》文內之西澄元。晁俊秀(Boutgeos)亦記曰：『帝見汪達洪爲渠所制之二器，極爲滿意，乃溫語嘉勉。所用言詞，爲中國皇帝所不輕發者。』(見同上)

乾隆三十五年(一七七〇)英使 Williamson 貢一機器人，能書『八方向化，九土來王』八字。乾隆五十年汪達洪爲之改造，俾能書滿蒙字(見通報一九一三年二三頁)。

康熙十年(一六七一)後，教士閔明我(Grimalol)、恩理格(Herdtricht)亦均被召至宮中任欽天監及關於機械之任務。法籍修士陸伯嘉(Brocard)，以康熙四十年(一七〇一)抵中國，五十七年(一七一八)卒，在華十七年，皆在宮中製造鐘錶及物理器具，與皇帝及大臣所愛好之雜器。又有波希米教士嚴嘉祿(亦作顏家樂、燕嘉樂)Slavicnek 抵京，彼爲數學、音樂及機械專家，在宮中以彈奏六弦琴爲帝及近侍大臣所嘉賞，並精於製造或修理鐘錶、風琴。雍正十三年(一七三五)卒於京。又乾隆三十九年(一七七四)卒於北京之法籍司鐸李俊賢(H.de Moricourt)曾與汪達洪同在宮中担任鐘錶及機械工作，不及一年即去世。(見費賴之原書三七二、五九二、六五五、九七四等頁)又法國味增爵會修士巴嘉祿(C.Paris)乾隆五十八年(一七九三)來華，嘉慶九年(一八〇四)卒於北平，墓碑稱其『在內廷修理鐘錶，效力有年』。民國二十七年法文《公教月刊》十二期有巴嘉祿傳，謂一七八七年乾隆帝自英國得一機器寫字人，置於行宮。帝願在宮中亦有一具，巴修士奉命與傳信部教士 Adeoduel 同作，逾一年余始告成功。計高四五尺，能作漢滿蒙藏字。以頌皇帝。（此據一七八九年十月十七日羅尼閣[Roux]函，見通報一九一三年二四四、二五二頁）

3.洋漆器物

洋漆器物，在清朝初不特爲國人所寶，清帝且以之賜外國使者。梵蒂岡圖書館 Borg. Cin. 516 有雍正帝五年（一七二七）賜葡萄牙使臣麥德樂（Metello）回國時之禮單，共七箱，在第四箱內有洋漆柿子盒一對及洋漆蓋碗四件，第五箱則全箱爲洋漆奩妝一對。洋漆在當時既如此可寶，則《紅樓夢》所記殆非清室莫屬矣。

洋漆器皿之作爲欽賜西人禮物，至乾隆而猶然。羅馬傳信部檔案處，在一七五五年至一七五六年卷宗內（第二百二十頁），有乾隆十八年（一七五三）葡王若瑟第一遣巴石喀（Don Fr. Xav. As Pachecoy Sampay《使華紀實》一文，述是年端午節『萬歲送了伯爾都亞王幾箱香袋、扇子、小荷包、紗葛布絹，頂好洋漆的傢伙，各樣頂細磁器傢伙』。

4.鼻煙壺

鼻煙在清代，頗爲盛行，然其始亦惟宮中及大臣可得享用，故鼻煙壺之製造，異常精緻，而質料亦俱極名貴。雍正四年（一七二六）葡使麥德樂所進方物三十箱，第一號箱內即有金琺瑯鼻煙盒一個，金鑲蜜蠟珈石瑜瑪瑙藍石雲母鼻煙盒六個，奇樣銀鍍雲母玳瑁鼻煙盒四個。又第九及第十號箱內，亦各有鼻煙六瓶。可見雍正時，西人尚以鼻煙及鼻煙盒爲貢品，其非平民或尋常士大夫所能享用，不難想知。而金琺瑯鼻煙盒尤可與《紅樓夢》所記相印證。葡使進物文獻現藏梵蒂岡圖書館 Borg. Cin. 516。

洪亮吉《七招》自注云：『煙草一種，百年來盛行，近複尚鼻煙，皆刳玉爲瓶，精者至穴大珠爲之。』(《卷施閣集》)杭世駿解谷馬君傳：『君迎駕江，疊蒙恩賚，賜禦書、石刻、貂緞、荷包、鼻煙壺等物。』可覘乾隆初年之風氣。

乾隆十八年來華之葡使，於四月初九日在圓明園『進了萬歲他本國王帶來的禮物，共有四十八抬，禮物是這些金絲緞、銀絲緞、銀器、自來火、大鳥槍、小鳥槍、各樣香料、各樣葡萄酒、各樣葡萄燒的蒸的香露、各樣藥料油、寶劍、寶石、各樣鼻煙盒、玻璃器皿等物。大概共值二十萬上下價值。』(見上)是乾隆時，鼻煙盒猶爲貢品，而吾人亦可知和坤家中所有一百余瑪瑙鼻煙盒之由來矣。

5.西洋衣鏡

《紅樓夢》記寶玉房內有大衣鏡一具，此物在彼時亦惟皇室有之。康熙二十五年(一六八六)荷蘭貢物中有照身大鏡二面。(見《池北偶談》)三十九年冬十月，帝獻祝皇太后六秩聖壽禮物中有千秋洋鏡及百花洋鏡各一架。(見王氏《東華錄》康熙六十六)高士奇《蓬山密記》記康熙癸未(四十二年，一七〇三)三月二十六日『上入宮，經筵畢，召臣士奇至養心殿。……上命近榻前觀新造玻璃器具，精瑩端好。臣云：「此雖陶器，其成否有關政治。今中國所造遠勝西洋矣。」上賜各器二十件，又自西洋來鏡屏一架，高可五尺余。』其時能得康熙帝如此厚賜者，不可多得。

6.玻璃器物

據上引《蓬山密記》，知康熙時中國已能自製精良玻璃用具，顧以其成本太高，不能普及民間。故清初外國與清帝送贈之禮物中往往雙方皆有玻璃器物。《池北偶談》卷上記康熙丁未夏(六年，一六六七)荷蘭國甲妻吧王油煩嗎綏極，遣陪臣卑獨攀呵閏等八員入貢，除西洋小白牛、荷蘭馬及哆嗲尼絨等以外，又有玻璃箱，大約即榮禧堂玻璃盒之類也。甲妻吧亦作噶羅巴、噶喇巴、噶留巴，即爪哇也。

《朔方備乘》卷二十九《北徼方物考》，『玻璃鏡』條記：『臣秋濤謹案張玉書(外國紀)曰：俄羅斯康熙十五年來貢玻璃鏡。』康熙五十九年除夕(一七二一年一月二十七日)帝在中和殿宴教皇使節嘉樂(Carolus Toumon)，嘉祿所進禮物中即有『玻璃器皿』。至次年正月十八日(一七二一年二月十四日)帝賜『教化王燈三對，卜你拖噶爾國燈三對，還有磁器二箱，琺瑯二箱，日本漆器二箱，玻璃器二箱。』(見梵蒂岡圖書館 Borg. Cin. 439，511 藏標下千總陳良志撫標千總袁良棟稟帖)而乾隆十八年來華之葡使，所進物品中，亦有『玻璃器皿』一項。(見前)具見玻璃器皿在清初非常人所能有也。寶玉與黛玉皆有玻璃球燈，而《正教奉褒》第二冊，記康熙二十八年(一六八九)二月十一日帝南巡至杭州，『侍衛趙伍(按爲兩人)來堂叩拜天主聖像，禮畢，傳旨欽賜銀兩，與賜濟南天主堂一樣的。鐸澤(按即當時在杭州之義教士殷鐸澤[Intorcetta]齋方物八種，隨侍衛趨往上獻。上閱畢，傳諭云雲：不收他獻，老人家心裏不安，收玻璃絲毯，余着帶回。』不知此玻璃絲毯是否與寶玉黛玉之玻璃球燈相類也？又康熙二十五年荷蘭貢物內有大琉璃燈一圓，聚耀燭臺一懸，琉璃盞異式五百八十一塊(見前)。《澳門記略》卷上《官守篇》謂外舶『之來以嗶嘰、哆哆睫、玻璃、請異香珍寶』。可知玻璃器物實當時之主要舶來品也。

7.西　藥

清初在華教士，不乏以醫藥爲傳教入手之門者。惟平民對西醫疑忌特甚，鮮敢身試。然康熙帝則曾服西藥求西醫，乾隆帝亦嘗爲第五子訪西醫也。

《正教奉褒》第二冊(一二三頁)載『康熙三十二年五月，聖躬偶感瘧疾，張誠(Gelbiilon)、白進(Bouvet)、洪若翰(J. de Fontaney)進金雞那(按即今譯奎寧)。上派四大臣試驗，給瘧者服之即愈，四大臣又自服，亦無恙。奏聞，上遂進用，不日即康豫。上欲旌張誠等忠愛，因於六月初九日賜皇城西安門內廣廈一所，並派內大臣飭工修整，以便修士居住』。

Letters Edifiantes et Curieuse, T. XXVIII, P. 52記，允礽廢立後，康熙沉入深痛中，心臟衰弱，心跳極速，臥病幾死。羅德先(Rhodes)修士進藥痊癒，遂榮任內廷御醫。德先爲法國都羅斯(Toulouse)人，康熙三十八年(一六九九)入中國，先居廈門，旋奉召入京。帝嘗以不治之症驗之，無不立愈，廷臣俱驚服。嘗自製藥品，求者甚眾，曾爲康熙帝治疾二次，一爲心悸症，一爲上唇生瘤。帝嘗作十次旅行，歷時各在半年以上，修士均隨侍左右。帝頗感激，乃賜耶穌會士價值二十萬佛朗之金錠云。(費賴之原著五五五至五五七頁)以上兩項材料所記心臟衰弱及心悸症，必同爲一病。

康熙時京中有一著名西洋外科醫師，即法籍修士樊繼訓(Frappele)，康熙三十九年(一七〇〇)入中國，曾爲康熙小孫在病危時授洗，年約三四歲。四十二年(一七〇三)十一月二日修士卒，年僅三十九歲。(費賴之原書五六三頁)《正教奉褒》謂繼訓奉派內廷行走。四十二年陰曆十月十五日『上諭赫世亨：「據大阿哥所奏，樊繼訓病故，似此外科，委實難得，且人品亦優，深爲可憫，朕甚悼之爾齊集西洋人等，傳此旨意，將大阿哥所付賞賫之物以賜之。特諭。」十六日，赫世亨隨廣儲司員外郎安泰，及茶膳房人員，將帑金二百兩。大緞十疋，齎至西安門內天主堂。』安泰亦修士，精醫，見後。

又有羅懷忠修士(Fr. De Costa)曾從名師習制藥及手術。康熙五十五年(一七一六)入中國，在京中爲教內外人治病達三十年，地方人士及大小官員均重其術。立施診所一處，義務治療。又不時奉召入宮。但尤樂與貧者親。病者或艱於行，則躬往顧視。卒於乾隆十二年(一七四〇)。(費賴之原書六三九——六四〇頁)據《正教奉褒》(第二册一二八及一三六頁)懷忠系康熙五十四年以精明外科醫理，奉召進京，內廷行走。卒後，帝賜葬銀二百兩。

安泰修士(Rousset)康熙五十七年(一七一八)入中國。康熙帝最後數次巡行，修士皆扈從。精醫，藹然可親，清晨與午後，往往戶限爲穿。乾隆二十三年(一七五八)卒。(費賴之原書六六二頁)以上四修士，羅德先嘗爲康熙治疾，樊繼訓以醫術在內廷行走，卒後得旨褒揚，可謂優異。羅懷忠亦因擅醫，奉召進京，又不時奉召入宮，安泰與羅德先後皆從帝出巡，其爲御醫也無疑。此外乾隆間在京中行醫者尚有二人，一爲修士羅啟明(Fr. de Mattes)，十六年(一七五一)入中國，二十九年(一七六四)去世。一爲巴新修士(Bazin)，三十年(一七六五)入中國，三十八年(一七七三)去世，巴修士乃乾隆帝專聘爲第五子醫病者，後即在宮內供職。(費賴之原書八六八，九六二至九六四頁)

8.木樨香露與玫瑰清露

從植物中取露之法，我國古本有之，惟《紅樓夢》所記者則爲外洋貨，或爲仿西洋而制者。明末西洋教士龐迪我(Pantoja)曾以制露之法傳徐光啟。萬曆四十一年(一六一三)光啟家書中有云：『龐先生教我西國用藥法，俱不用渣滓，採取諸藥鮮者，如作薔薇露法，收取露，服之神效。此法甚有理，所服者皆藥之精英，能透入臟腑肌骨間也。』萬曆四十六年(一六一八)熊三拔(S· de Ursis)著有《藥露說》一卷。民國二十四年友人向覺明先生發現，乃一鈔本。附鄧玉函(Trreng)所著《泰西人身概說》後。關於蒸餾及制藥爐等器，均有圖說。玉函本人亦精醫。《帝京景物略》稱其『嘗中國草根，測知葉形花色。莖實香味，將遍嘗而露取之，以驗成書，未成也。』南懷仁(Verbiest)《西方要紀》述藥露尤詳，曰：『……其名玫瑰者最貴，取煉爲露，可當香，亦可當藥。』是即《紅樓夢》所稱『玫瑰清露』也。又曰：『醫有內外二科，內外科分爲二。有專以草木爲藥者，又有兼用金石煆煉之藥者。……有制藥一家，專煉藥草之露，如薔薇露之類，特取其精華，而棄其渣滓，則用藥寡而得效速。不害脾胃而漸漬消除。中國嘗有用此法者。如生紫蘇煉爲露，置酒中少許，飲下，則寒氣頓除，而身生快，比用本草更便且驗矣。』當時稱露猶今人稱水。故藥露即今人所謂藥水。尤侗《外國竹枝詞》，詠歐羅巴，曰：『天主堂開天籟齊，鐘鳴琴聲自高低，阜成門外玫瑰發，杯酒還澆利泰西。』注曰：『國中玫瑰花最貴，取蒸爲露，可當香藥。』《澳門紀略》(下卷《澳蕃篇》)謂：『藥露有蘇合油、丁香油、檀香油、桂花油，皆以瓶計，永片油以瓢計。』西洋藥露，在當時亦爲貢品，康熙二十五年之荷蘭貢品，即有丁香油、薔薇花油、檀香油、

紅樓夢新考　　二五

桂花油各一罐。(見前)雍正四年(一七二六)葡使麥德樂進貢方物之第二號箱『內裝水晶箱一個，內裝各品藥露五十四個小玻璃瓶。』(見前)第二箱所裝者即爲此五十四個小藥瓶，別無他物，且箱內有箱，而內箱又爲水晶所制，可見其珍貴也。乾隆十八年葡使禮物中亦有『各樣葡萄燒的蒸的香露，各樣藥料油』。(見前)可見嘉慶以前，藥露在中國，原亦惟宮中有之。《正教奉褒》第二冊記康熙二十八年(一六八九)三月十一日帝巡幸至山東濟寧，西班牙教士利安寧(Em des J. Baptista)『齎西洋土物四種，趨往獻呈，上收取水晶箱一對，奉溫諭，收一件猶如全收了。』錄此以爲葡使進呈之水晶箱作參證也。

9.葡萄酒

以葡萄爲酒，我國漢時已有之。『葡萄美酒夜光杯』最爲國人所樂誦。惟當時之葡萄來自甘肅西部及新疆一帶，遠則產於自西域，而寶玉所飲葡萄酒，則《紅樓夢》固說明其爲西洋物也。

西洋葡萄酒在清初惟教堂中有之，西洋教士時以之進呈御用，而皇上亦偶或賜與大臣同飲，大臣以得嘗葡萄酒爲榮，視爲異數也。關於葡萄酒之史料最多，今茲不過摘錄一二耳。

康熙二十五年荷蘭貢品中有『葡萄酒兩桶』。(見前)故宮博物館出版《文獻叢編》第十二輯，有康熙四十八年(一七〇九)三月江西巡撫郎廷極奏報西洋人殷宏緒進酒摺，及同年三月二十六日馬若瑟進酒摺，《史料旬刊》第三期第七十三貫有兩廣總督趙弘燦奏西洋人進洋酒等物摺。奏文過長，茲將當時各西士進物之種類及瓶數，列表如後：

饒州殷弘緒　西洋葡萄酒六十六瓶

哈爾谷斯默一瓶
珠穀臘八錫瓶（按即巧克力糖）
建昌馬若瑟　格爾默斯一瓶
洋酒四瓶
臨江傅想澤　洋酒八瓶
撫州沙守信　洋酒六瓶
九江馮秉正　洋酒六瓶
贛州畢安　洋酒二瓶
德利亞爾噶一盒
南昌穆泰來　洋酒二瓶
廣州穆德我等　酒一箱
洋煙一箱
又　畢登庸　酒一箱
又　景明亮　酒一箱
藥一瓶

殷弘緒(Fr. Xav. Entrecolles)，馬若瑟(J. de Premare)，傅想澤(爲傅聖澤之誤，Foucquet)，沙守信(E. de Chavagnae)，馮秉正(J. de Mailla)，以上皆法人。畢安，不詳。穆泰來當爲 A. de Simoens，見費賴之(見上)原書第一冊三九七頁記彼於一七一〇年至一七一一年(康熙四十九年至五十年)在南昌，與《文獻叢編》發表之奏摺亦合，而其外國名字中之 mao 字譯爲穆姓，尤爲可能，亦葡人也。穆德我，不詳；畢登庸(A. da Costa)，葡人；景明亮，不詳。

次年，兩廣總督趙弘燦、廣東巡撫范時崇，又奏有西洋人李國震交到進皇上葡萄酒十五瓶，云系西洋人何大經所進，外書一封，與京中天主堂紀姓者。按李國震，亦作國正，葡人，原名 Ozorio，費賴之《入華耶穌會士列傳》，謂一七〇六年後，即不詳其事蹟，據此，則彼在一七一〇年(康熙四十九年)固尚在人間也。何大經亦葡人，原名 Pinto；在京之紀姓，應爲紀理安，德人，原名 Stumpf。其人頗爲康熙信任，亦常扈駕出巡。(以上見費氏原書四六四、四六五、四七二等頁)

康熙四十八年、四十九年，何以有如許洋人進如許洋酒？《正教奉褒》第二冊記康熙四十八年正月二十五日(一七〇九年三月六日)上諭：『西洋人自南懷仁、安文思、徐昌昇、利類思等在廷效力，俱勉力公事，未嘗有錯，中國人多有不信。朕向深知，真誠可信。即歷年以來，朕細訪伊等之行實，凡非禮之事，斷不去做，豈有過犯可指？前者朕體違和，伊等跪奏，西洋上品葡萄酒，乃大補之物，高年飲此，如嬰兒服人乳之力。諄諄泣陳，求朕進此，必然有益。朕鑒其誠，即准其奏，每日進葡萄酒幾次，甚覺有益，食膳亦加。今每日竟進數次，朕體已經大安。念伊等愛君之心，不可不曉諭朕意。今傳衆西洋人，都在養心殿，叫他們知道。欽此。』梵蒂岡圖書館 Borg. Cin. 3 亦有同樣之文獻。惟詞句略有不同。其主要之語句如下：『前者朕體違和，爾等跪奏西洋上好葡萄酒，乃高年人大補之物，即如童子食乳之力。諄諄泣奏，求皇上進葡萄酒，朕即准其所奏，每日進葡萄酒幾次，甚覺有益，飲膳亦好，今每日竟進數次，朕體已經大安，念爾等爲朕之誠心，不可不曉諭。』因此一諭，而各省西人即紛紛進酒。想見當時國勢之盛。且上諭下於正月二十五日，而三月間郎廷極即奏報殷弘緒進酒，在時間上亦云速矣。據趙弘燦奏摺，是年正月二十八日趙昌傳旨與廣東總督弟男子侄：『以後凡各處西洋人所進皇上所用物件。並啟奏的書字，即速着妥當家人雇包程騾子，星夜送來，不可誤了時刻。欽此。』

康熙下諭與西教士之進葡萄酒正曹寅卒前三年，時寅任江寧織造。又《文獻叢編》第十二輯並有康熙五十一年八月二十七日《奏請曹寅之子曹顒仍爲織造摺》，亦可證寅死於是年，且可知顧頡剛在《江南通志》中所得曹寅任江寧織造至康熙五十二年之說，爲不可靠也。附記於此。

上海徐家匯藏書樓吳漁山《三餘集》鈔本，有《代遠西先生謝恩賜飲葡萄漿並青緞白金》，有句：『丹陛臚呼二遠臣，葡萄滿賜一杯春。』陳援庵先生撰《吳漁山先生年譜》列於康熙二十八年。此所謂葡萄酒者必非西洋葡萄酒也。否則，又何必以西洋之物轉賜西洋人？且若二十八年康熙已獲嘗葡萄酒，何能待至二十年後始廣事徵求也？

惟當時帝王對外人所獻之物，頗具戒心，觀康熙上諭，彼對葡萄酒，必待爲泣陳久之而後進，可知也。故外人亦不敢冒昧送呈。實則，清初士大夫凡與西士有交往者，欲嘗葡萄酒，非難事也。戰前，陳援庵先生曾得清初名畫家王覺斯(鐸)之立軸，上書贈湯若望詩一首，述及在若望處飲葡萄酒事。陳先生曾印送友好，余亦得一軸，戰後遺失，詞句亦不復記憶。康熙七年(一六六八)彭孫貽撰《客舍偶聞》記甬東范吏部潞公在湯若望處飲葡萄酒而大醉事，蓋皆在順治間。其詞極有趣，亦爲錄出：『湯若望……取西洋蒲桃酒相酌，啟一匣錦囊，又一匣出玻璃瓶，高可半尺，大於碗，取小玉杯二，瑩自無瑕，工巧無匹。謂吏部範公曰：「聞公大量，可半杯。」若望斟少許相對，吏部以爲步。若望笑曰：「此不可逮飲，以舌徐濡之。」潞公如言，才一沾舌，毛骨森然若驚，非香非味，沁入五臟，融暢不可言喻。效舐酒盡，茫茫若睡鄉。生平所未經。若望亦如寐，良久始醒。僕從分飲半杯，仆不能起。若望命取粥各舉一碗，身柔緩，須扶乃登車。僕從皆踉蹌欹側歸。』

順治帝曾飲西洋葡萄酒與否，不可考。惟雍正四年葡使麥德樂之入貢方物，其第十七、十八、十九、二十諸箱所裝者乃『紅黃白露葡萄酒四十八瓶』(見前)，而乾隆十八年葡使亦進有『各樣葡萄酒』(見前)，其爲珍貴可知。

10.暹羅茶

《掌故叢編》第二輯載聖祖諭旨一首，略曰：『爾等同會暹羅國話西洋人問暹羅進貢使臣，爾國所進孩兒茶皮有甚用處?孩兒茶如何做成?其性同否?還有鼠角香是何物?做什麽?再有閑話當問者，一併細細寫記，報上來奏。』鳳姐以暹羅貢茶送黛玉，必此物也。寶玉謂平時所飲者有女兒茶，但第十七回寶玉考證『女兒茶』之來歷曰：『大約騷人詠士，以此花紅若施脂，弱如扶病，近乎閨閣風度，故以女兒命名，世人以訛傳訛，都未免認真了。』則女兒茶亦虛有其名矣！

康熙時，西洋人經暹羅而來中國，或由中國而往暹羅者，頗不在少，然精暹文者，則遣查不得。

11.孔雀氅與鶴氅

《紅樓夢》中之外國衣料，若洋縐、若洋錦、若哆羅呢等，胥爲當時豪富所可染指，非極難得者。惟寶釵之鶴氅與寶玉之孔雀毛氅，即在其他同時代之書中，亦無同名之物品。《天主教十六世紀在華傳教志》(二〇九頁)記一五八三年一月六日(萬曆十年十二月十一日)肇慶府廣東總督陳瑞『以二位司鐸遠道來臨，覺得是中國的最大榮幸，並且因爲他們有求必應，又求他們差人從澳門給送十件最美麗的羽翎來，以爲送入北京之禮品。』殆即孔雀氅或鶴氅之類也。二司鐸者羅明堅與巴範濟(Pasio)也。王士禎《香祖筆記》亦有一條曰：『羽紗羽緞，出海外荷蘭、暹羅諸國；康熙初入貢止一二疋，今閩廣多有之，蓋緝百鳥氄毛織成。』或曰：羽紗羽緞，皆毛織物，今稱嗶嘰是也。但康熙二十五年荷蘭貢品分列『烏羽緞四疋，新機嗶嘰緞八疋，中嗶嘰十二疋』。康熙三十九年帝獻祝皇太后六十聖壽之禮物中，亦分列『羽段一九，哆羅呢一九，嗶機段一九』，可知非一物矣。嗶機今作嗶嘰。

12.西洋畫

西洋畫在清初頗爲習見。《魏叔子集(魏禧)·答曾君有書》曰：『王生來，承賜泰西宮室圖，益奇妙。禧懸勺庭中，日視之，常若欲入而居者。』其他記都中天主堂西畫者尤多。如汪啟淑《水曹清暇錄》卷四，謂阜城門天主堂『堂中佛像，用油所繪，遠望如生』。而乾隆十八年徐岜撰《透齋偶筆》卷下則述天主堂壁畫曰：『上層俱繪人物，或三五歲稚子，神態俱活，皆有肉翅能飛。』又曰：『盈尺孩童，圓渾活跳，洵稱絕筆。』歎賞之情，與劉姥姥在大觀園中見洋畫時，誠無二致。其他如姜紹書之《無聲詩史》，鄒一桂之《小山畫譜》，王士禎之《池北偶談》，趙翼之《簷曝雜記》，袁棟之《書隱叢說》，顧起元之《客座贅語》，吳長元之《宸垣識略》，張庚之《國朝畫征錄》等，不能備述。但西洋畫之大者佳者，皆爲宮中所得。乾隆時且徵西士如郎世寧(Castiglione)、艾啟蒙(Sichelbarth)等，居如意館，專司繪畫。高士奇《蓬山密記》述康熙四十二年(一七〇三)三月二十一日至暢春苑觀劇處，『高臺宏麗，四周皆樓，設玻璃窗。上指示壁間西洋畫。』四月十八日帝又對士奇言：『西洋人寫像得顧虎頭神妙。因雲有二貴嬪像，寫得逼真。爾年老久在供奉，看亦無妨。先出一幅，云此漢人也；次出一幅，云此滿人也。』十九日，賜士奇西洋畫三幅。可見康熙時已有西士爲宮中嬪妃畫像，其西洋畫傳入宮中者，爲數亦必不少。

（五）《紅樓夢》人物與外國人之關係

一部《紅樓夢》中，所有人物不爲不多，品類至繁，外國貨物亦充斥書中，獨外國人則從未出現。如有，則亦惟寶玉口中之俄羅斯裁縫，寶琴口中之眞眞國女孩而已。但俄羅斯之裁縫，寶玉明言無處可求，而眞眞國則又因真無其國，故強名之曰眞眞。是以徹底言之，《紅樓夢》中實無外國人也。惟第十六回，鳳姐說：『我們王府裏也預備過一次(指接駕)，那時我爺爺專管各國進貢朝賀的事，凡有外國人來，都是我們家養活。粵閩滇浙所有的洋船貨物，都是我們家的。』可知王氏祖先必有及見外人者。但上述四省，惟滇省爲暹羅及安南進貢路線，余三省皆爲西洋人朝貢必經口岸。吾人讀上節外國物品之來歷，知當時外國貨之來源不外二途：一爲外國使臣進貢，一爲外國教士送呈；以理度之，《紅樓夢》撰人應與外國人有接觸，但《紅樓夢》之外國地理知識既異常膚淺，而書中亦並無外國角色。胡適之先生考曹雪芹家世，以爲與《紅樓夢》最有關係者应爲雪芹之祖曹寅。寅字子淸，號楝亭，正白旗漢軍，能詩，藏書甚富，又嘗刻古本二十余種，曾任蘇州織造四年，江寧織造二十一年，同時並兼任四次兩淮巡鹽御史。寅任江寧織造時，適值康熙帝最後四次(第三次至第六次)南巡。即三十八年(一六九九)，四十二年(一七〇三)，四十四年(一七〇五)，及四十六年(一七〇七)，皆以織造署爲行宮，寅遂有四次接駕之機會，《紅樓夢》第十六回曾由鳳姐與趙嬤嬤提及此事。按康熙南巡，凡有外國教士之處，教士皆趨謁聖駕，獻呈物品，但此四次則不見外國教士在南京接駕之記載。南京教士之接駕，可考而知者，僅康熙二十三年(一六八四)及二十八年(一六八九)兩次。二十三年接駕者爲法教士汪儒望(Volat)與義教士畢嘉(Gabiani)。帝並索閱耶穌像，畢嘉乃進呈十字架，上有耶穌被釘像。帝注視良久，仍還畢嘉。(見費賴之原書二八二及三一七頁)《正教奉褒》第二冊八十二頁記述尤詳。二十八年陰曆二月二十五日畢嘉與洪若翰(de Fortaney)在上方橋冒雨跪迎；二十六日晨二人赴行宮(即織造局)請安；二十七日晨帝賜白金，亭午，二人赴行宮謝恩，並進方物十二種，蒙收半數，帝又要求氣溫表二具。並詢問晚間可見老人星否。二十八日晨二人再趨詣行宮，以前晚測驗所得之老人星出入地平度數，繕具黃冊，進呈御覽。三月一日，帝臨行賜二教士蒙古珍饌三盤，並傳旨不必往行宮謝恩，即在天主台前謝恩可也。初五日，二人趕抵揚州灣頭送駕，帝命畢嘉船傍禦艦而行，並賜御饌四色。（摘錄《正教奉褒》第二冊九五至九八頁）《耶穌會士通訊集》(Lettres Edifiantes et Curieuses)，T. x. P429 亦記曰：『康熙帝入通濟門，畢嘉與洪若翰跪迎于秦淮河上方橋上(在高橋門與夾岡門之間)。帝騎馬，侍衛騎隊凡二三千，儀仗甚盛，所費不貲。以織造局爲行宮。』洪若記曰：『帝居南京時，吾輩日往行宮，帝亦日遣一二侍臣來堂，並派人問南京可見老人星否。答以入晚即現，帝乃於某晚特至觀星台測望。』按康熙問老人星事，王氏《東華錄》亦有記述，而康熙以織造局爲行宮一事，乃得外文材料爲參證，亦至可喜也。

顧頡剛先生謂『康熙南巡，除第一次（按即康熙二十三年）到南京駐畢將軍署外，餘五次均把織造署當行宮。』今據當時躬逢其盛之西教士記載，則第一次南巡，康熙亦以織造署為行宮也。余近于友人夏朴山先生處，得見道光本張穆編《閻潛丘先生年譜》（八十五页附注）知曹寅之父，名璽，字完璧，康熙十七年以工部侍郎典江寧織造，（與顧頡剛氏在《江南通志》中查得曹璽自康熙二年即任江寧織造官不合）則汪儒望、畢嘉、洪若等在南京接駕，正曹完璧任江寧織造時也；畢嘉與洪若既屢住行宮（織造局）；曹完璧豈有不見西洋人之理？唯是時遠在雪芹刪改《紅樓夢》之前六七十年，雪芹記曾祖之事，宜乎其不詳也。如以曹雪芹為賈寶玉，則曹頫當為賈政。曹寅為賈代善。而曹璽正為榮國公矣。（按《閻潛丘先生年譜》尚有關於曹寅材料，今從略）

然曹寅四次接駕時，南京雖無西教士躬與其盛，但修士羅德先旣隨康熙作十次巡行，而修士安泰亦在最後數次巡行時同行，曹寅至少當髓與此二西人晤見也。

又按道光前，宮中修理鐘錶者，概由歐洲司鐸或修士任之。最早者可推及明末之湯若望，最後者或即嘉慶九年(一八〇四)去世之法國巴嘉祿；汪達洪又謂國內之王公鉅卿，時時請西人爲彼等修理鐘錶(皆見第四節)，然則榮寧二府鐘錶之修理，亦不能不借手於當時之西洋教士矣。曹雪芹生時，家道已中落，或不能及見西人，況康熙最後南巡時，雪芹(寶玉)未生；故鳳姐亦自悔不早生二三十年，目睹盛典也。但自曹頫(賈政)以上，固應與西士有往還也。

(六) 結　論

《紅樓夢》爲名小說，凡偉大之文藝作品，雖時或風詭雲譎，其情節無從捉摸，然有二點可資探索：一爲世界之小說傑作，必含有一部分之自傳性質，一爲任何天才作家，決不能完全脫離環境之限制；故吾人欲求知某一小說之背景，雖不能刻舟求劍，牽強附會，但亦非絕對不可知者。求索之道，莫如注意於細徽情節。准此，剮吾人由《紅樓夢》中之外國物品，已可知：

一、此書一部分內容雖爲曹雪芹自傳，然其間實雜有清初宮廷及達官貴人之男女情史。此說早有人言及，但觀書中外國物品之記載。乃益可徵信。

二、寶玉雖爲雪芹之寫照，但亦不以雪芹一人爲限，自陳援庵先生證明順治確有出家之念及落發之事後，可知寶玉爲順治化身之說，亦非無因。而寶玉對於信用西藥之態度，則複與康熙極相彷彿。寶玉房內之西畫，房內之自行船，似亦非康熙帝不能有。

三、書中一部分老年人物必曾與西人有交往，但曹雪芹旣不及見西人，書中亦無外國角色，對外國地理知識，又極模糊，然其祖曹寅，曾祖曹璽則俱有晤見西人之機會，故其材料必得自雪芹先人，由雪芹刪改而成，而雪芹在書首，對此點亦言之甚確。

四、書中之西洋物品，皆非出於虛構者；物品之來源雖非一途，但來自西洋教士者必占多數，蓋貢使寥寥可數，而又稍留即返；不若教士之常居中國，並有在『內廷行走』者；且教士絡繹而來，故西洋物品之傳入宮中及顯宦之手，亦源源不絕也。

五、與書中歷史事實有關者，曹璽亦爲主要人物，不應僅重曹寅也。

（附識）關於外國貢物之史料，不能盡述，本文所引，僅以與《紅樓夢》中之外國物品有關，及近年在國外新發現之一部分罕見史料爲限。粤海关志记清代各国贡品甚详，本文亦不盡引。

（附錄）

1.順治出家問題（見陳垣撰《湯若望與木陳忞》第二章第三節，載《輔仁學志》第七卷第一第二合期）

順治出家之說，不盡無稽，不過出家未遂而已。順治之知有佛法，自憨璞聰始。憨璞聰者百癡元嗣，費隱容孫，容與木陳俱密雲悟嗣。密雲曾著《辨天說》，費隱曾著《原道辟邪說》，皆闢天主教，淵源所自，木陳與憨璞固與天主教夙不相容者也。

《憨璞語錄》載，順治十四年十月初四日，憨璞召對萬善殿。上問：『從古治天下，皆以祖祖相傳，日對萬機，不得閒暇。如今好學佛法，從誰而傳。』對云：『皇上即是金輪王轉世，夙植大善根，大智慧，天然種性，故信佛法，不化而自善，不學而自明，所以天下至尊也。』其說甚訣，爲帝所喜。又能結納太監，有自作詩爲證，已見前篇。木陳《重修城南海會寺記》云，海會寺創於嘉靖乙未，至順治丙申，歲久寺頽。都人士謀欲鼎新，乃請今憨璞聰公住持是刹，禪衆川趨，宗風大振。丁酉上狩南苑，因幸寺，延見聰，複召入禁庭，問佛法大意，奏對稱旨，賜明覺師號。日昨上謂忞曰，朕初雖尊崇象教，而未知有宗門耆舊。知有宗門耆舊，則自憨璞始，憨璞固大有造于祖庭者也。

自是而後，玉林琇、茆溪森、木陳忞、玄水杲先後至京，有《三世奏對集》。三世者，琇忞一世，森二世，聰、杲三世也。《北遊集》載上一日語師：『朕再與人同睡不得，凡臨睡時，一切諸人俱命他出去，方睡得著，若聞有一些氣息，則通夕爲之不寐矣。』師曰：『皇上夙世爲僧，蓋習氣不忘耳。』上曰：『朕想前身的確是僧，今每常到寺，見僧家明窗淨几，輒低回不能去。』又言：『財寶妻孥，人生最貪戀擺撲不下底。朕于財寶固然不在意中，即妻孥覺亦風雲聚散，沒甚關情。若非皇太后一人掛念，便可隨老和尚出家去。』師曰：『剃髮染衣，及聲聞緣覺羊鹿等機，大乘菩薩要且不然，或示作天王、人王、神王及諸宰輔，保持國土，護衛生民。不厭拖泥帶水，行諸大悲大願之行。如只圖清淨無爲，自私自利，任他塵刼修行，也到不得諸佛田地。即今皇上不現身帝王。則此番召請耆年，光揚法化，誰行此事。故出家修行，願我皇萬勿萌此念頭。』上以爲然。

此順治想出家之最初見於記載者也。時在順治十七年春夏之間，董妃寵方盛，何以忽萌此念。或疑其體力不支，故爲此消極之言，亦頗有見。《北遊集》載上一日語師：『老和尚許朕三十歲來爲祝壽，庶或可待。報恩和尚來祝四十，朕決候他不得矣。』師曰：『皇上當萬有千歲，何出此言。』上彈頰曰：『老和尚相朕面孔略好看。』揣懷曰：『此骨已瘦如柴，似此病軀，如何挨得長久。』師曰：『皇上勞心太甚，幸撥置諸緣，以早睡安神爲妙。』上曰：『朕若早睡，則終宵反側，愈覺不安，必瞧樓四鼓，倦極而眠，始得安枕耳。』師曰：『乞皇上早爲珍嗇，天下臣民幸甚。』

按是年順治才二十三，自以爲可支持至三十歲，則體力未爲大憊。本年八月，忽有董妃之痛，經此打擊，勢不能支矣。《湯若望回憶錄》云：『此後皇帝便把自己完全委託於僧徒之手，他親手把他的頭髮削去，如果沒有他的理性深厚的母后和若望加以阻止時，他一定會充當了僧徒的。』據湯若望所記，與《續指月錄・玉林繡傳》所載，微有不同。然順治將發削去，則爲事實。《續指月錄》云：『玉林到京，聞森首座爲上淨髮，即命衆聚薪燒森。上聞，遂許蓄髮乃止。』據此，則是茆溪森爲上淨發，非上自削之也。《玉林語錄》載：

十月十五日到皇城內西苑萬善殿，世祖就見丈室，相視而笑。世祖謂師曰：朕思上古，惟釋迦如來舍王宫而成正覺，達磨亦舍國位而爲禪祖，朕欲效之何如。師曰：若以世法論，皇上宜永居正位，上以安聖母之心，下以樂萬民之業。若以出世法論，皇上宜永作國王帝主，外以護持諸佛正法之輪，內住一切大權菩薩智所住處。上意欣然聽決。

此文最可注意者，爲『相視而笑』四字，蓋是時上首已禿也。雖許蓄發，而出家之念未消，故複以爲問。玉林所答，與木陳略同。不久帝以痘崩，出家之事遂不果。故謂順治爲出家未遂則可，謂其無出家之意，無出家之事則不可。而論者猶多謂一夫一妻之制，皇帝必不能行。則試問出家易乎?一夫一妻之制易乎?既可以出家，棄妻子棄天下如敝屣，獨不可守一夫一妻之制乎?必不然矣。

2.順治出家（見陳垣撰《語錄與順治宮廷》二，《茆溪語錄》二部，戊，順治出家。載《輔仁學志》第八卷第一期）

順治出家，爲自來一種傳說，彼據《清涼山贊佛》詩等模糊影響之詞，謂順治果已出家者固非，然謂絕無其事者亦未爲的論。《續指月錄》玉林傳注明謂森首座爲上淨發，湯若望《回憶錄》亦記董妃薨後，皇帝把頭髮削去，則順治實曾落髮。惟康熙本《茆溪語錄》無此項記載，蓋此舉爲玉林所不滿，順治之發，既已去而仍留，故茆溪門人亦諱之，惟卷三羅人琮撰塔銘，載茆溪臨終偈中，有一度字，稍透漏其消息，真可渭一字千金矣。偈云，慈翁老，六十四年，倔強遭瘟，七顛八倒，開口便罵人，無事尋煩惱，今朝收拾去了，妙妙，人人道你大清國裏度天子，金鑾殿上說禪道，呵呵，總是一場好笑。龍藏本亦附此塔銘，惟度天子作見天子，金鑾殿上作萬善殿中。見與度意義頓殊，見天子可有萬人，度天子只一人，顯爲有意改易。《揞黑豆集》《正源略集》引此偈，無此二句，亦以見天子事屬平常，故略去，而不知原本乃作度天子也。一字之微，關係史實若此，讀書能不多聚異本哉。

接陈先生第一文所根据者为《弘觉忞禅师北游集》及杨丙辰译德人魏特著《汤若望传》；第二文（引文）所根据者为康熙杭州圆照寺刊本《敕赐圆照茆溪森禅师语录》。

補記

據顧頡剛先生在《江南通志》中所查得，康熙六次南巡，除第一次駐蹕將軍署，余五次均以織造局爲行宮；又第一次帝在南京時任江寧織造者爲曹璽，第二次南巡時爲桑格，第三次以下則爲曹寅，如欲知當時南京西教士能否與曹府發生關係，可列表如下：

南巡年	南京行官	江寧織遣	在南京魏帝之西教士
康熙二十三年	將軍署	曹璽	畢嘉與汪儒望
康熙二十八年	織造局	桑格	畢嘉與洪若翰
康熙三十八年	織造局	曹寅	無記載
康熙四十二年	織造局	曹寅	無記載
康熙四十四年	織造局	曹寅	無記載
康熙四十六年	織造局	曹寅	無記載

觀上表，可知康熙第一次南巡時，任江寧織造者爲曹璽，南京亦有西教士接駕，當時南京之達官貴人，必羅致珍奇，上獻於帝，西洋物品爲當時人所目爲最名貴者，彼等向西教士求索西洋物品，自極可

能；雖第一次康熙南巡之行宮非織造局，但明末清初之西教士，平時已常與士大夫晉接往來，有此接駕之機緣，自必更有酬酢，則是年西教士已與曹府(曹璽)發生關係，殆可斷言。

至於第二次康熙南巡，其行宮固爲織造局，且有西文史料證實西教士入織造局覲帝，惟任織造者乃爲桑格而非曹府中人，則此次西教士當無與曹府往來之跡矣。乃據最近獲得之史料，知《江南通志》之記載實不可靠：

(一)道光刻本張穆編《閻潛丘先生年譜》八十五頁附注稱康熙十七年，曹璽以工部侍郎典江寧織造，越二十余年而子清繼之，子清爲首寅字，可知繼曹璽職者乃曹寅，此職由曹氏世襲，並無桑格雜於其中也。

(二)友人嚴敦傑告余故宮博物院民國十七年刊行康熙朱批諭旨中，有康熙五十一年九月初四日曹寅子連生奏曹寅故後情形摺之謂：『奴才故父一生叨沐聖主浩蕩洪恩，出管江寧織造二十余年。』以康熙五十一年上推二十余年，則當在康熙三十一年之前，《江南通志》乃謂康熙二十三年至三十一年任江寧織造者系桑格；以史料價値言之，奏摺之可靠性實在《通志》以上，故吾人可信康熙二十八年第二次南巡時，任織造者，非曹璽，即爲曹寅，是年南京接駕之西教士，旣屢入織造局，則與曹府發生關係，不足奇矣！